부암동

랑데부

미술관

부암동

랑데부

미술관

채기성 장편소설

나무옆의자

차례

어쩌다 부암동

　은은하고 어쩌면 희망차기까지 한 아침 햇살이 몸 구석구석에 닿았지만, 호수는 그런 기운이 무색하게 잔뜩 상기된 표정이었다. 가쁜 숨을 고르며 호수는 부암동 주민센터 부근 언덕길을 터덜터덜 걸어 올랐다.

　그러다 어째서 지금 이곳을 오르고 있는 것일까 문득 생각했고, 어차피 저 밑은 내가 있을 곳이 없으니까, 그런 자조적인 생각을 하며 오른 길을 내려다봤다. 그 내리막길이야말로 자신의 인생 경로 같았으며, 지난 6년 동안의 시간이 아무 의미 없게 느껴지기까지 했다. 그 시간을 지나가며 호수는 자기 안의 열정을 잃어버린 상태였다. 그건 차가운 죽처럼 식어 말라붙어 다시 펄펄 끓게 하기 어려운 지난날의 감정이었고, 언제 그런 게 있었던가 싶을 정도로 막연한 것이었다. 아나운서가 되기 위해 공을 들였던 지난 6년을 생각하면 이제 열정 같은 건 다른 행성에 두고 떠나온 것만 같은 기분이 들기도 했다.

모든 게 다 심드렁하게만 여겨지는 마음을 뒤로하고 호수는 발길을 재촉했다. 매일 이렇게 버스 정류장에서부터 숨을 고르며 언덕길을 오를 걸 생각하니, 차라리 아예 출근을 하지 말아버릴걸 하는 후회가 찾아들기도 했다. 자신이 있었어야 할 곳은 도심 한가운데의 방송국이라는 생각에 호수는 다시 한번 뒤를 돌아다보았다. 아무리 봐도 이 산동네는 자기가 있을 곳이 아니라는 탄식과 함께.

창의문 앞 삼거리를 지나 백석동길을 따라 걷다 호수는 표지판을 확인한 후 골목으로 들어섰다. 골목에서도 여러 번 방향을 틀어 걷고 난 후에야 호수는 벽돌색 담벼락 밑에 걸린 작은 간판을 발견했다.

'랑데부 미술관.'

그래도 늦지 않고 제시간에 도착한 것만큼은 다행이었다. 숨을 몰아쉬며 담벼락 너머로 길게 늘어진 나뭇가지들이 바람에 가볍게 쓸려 다니는 걸 바라보다 호수는 생각했다. 이건 출근이라기보다 하나의 여정에 가까운 게 아닐까 하고.

호수는 선뜻 발길을 내딛지 못하고 시들한 마음으로 미술관 간판을 한동안 올려다보았다.

계속되는 낙방 끝에 지푸라기도 잡는 심정으로 한 기업의 사회 재단 사내 아나운서직에 지원해 2차 면접까지 갔지만 결과는 불합격이었다. 애초에 딱히 마음이 가는 곳이 아니었기에 별다른 기대를 품고 있지 않았으면서도, 그래도 혹시나 하는 마음으로 결과를 기다리고 있던 호수는 크게 좌절했다. 재단에서 연락이 온 것은 발표가 나고 며칠 후였다. 이제 자신을 받아줄 곳은 세상 어느 곳에도 없으리라는 낙심한 마음으로 집에서 나와 추레한 몰골로 동네 어귀를 어슬렁거리고 있을 때였다.

지원했던 사내 아나운서는 아니지만, 재단 미술관 행정직으로 근무할 생각이 없냐는 연락이었다. 어떻게 이런 일이 일어난 건지 호수는 어리둥절했지만, 재고 말고 할 겨를이 없었다. 절실한 마음에, 하겠다고, 뭐든 하겠다는 맹세에 가까운 말을 뱉어낸 끝에 호수는 전화를 끊었다. 어찌 되었든 드디어 회사에 취직이 된 것이었지만, 기쁨보다는 뭔가 찝찝한 마음 때문에 호수는 멍한 생각에 빠져들곤 했다. 아무리 식은 열정이라지만, 6년간에 걸쳐 끌고 온 아나운서라는 꿈을 이대로 포기해야 한다는 게 왠지 억울했고, 무엇보다 미술에 관해서라면, 호수는 조금도 아는 것이 없었다. 그래서 입사 절차를 거쳐 첫 출근 하는 아침까지도 이건 아예 시작하지 않는 게 맞지 않나 싶은 심경에서 벗어날 수 없었고, 미술관에 도착해서도 그 마음은 달라지지 않았다.

미술관 입구로 들어서자 그리 넓지 않은 자그마한 안뜰 한편에 여러 그루의 수목과 꽃들이 나란히 줄지어 있는 게 보였다. 안뜰 건너에는 아담한 크기의 두 개 건물이 'ㄱ'자 형태로 놓여 있었다. 오른쪽은 베이지색 테라코타를 두른 단층 건물이었고, 맞은편에 보이는 건 그보다는 큰, 박공 모양 지붕에 연회색 콘크리트 빛이 감도는 건물이었다.

오른쪽 건물 출입문을 열고 들어서자 로비라고 하기엔 꽤 비좁은 공간 안쪽으로 프런트 데스크가 보였다. 사람은 보이지 않고 지나치리만큼 적요한 공간이었다. 로비를 천천히 가로지르며 내부에 전시된 예술 서적들과 도록, 화구 등을 훑어보던 호수는 뒤쪽에서 들리는 인기척에 뒤를 돌아보았다. 프런트 데스크 너머에서 문이 열리며 그 안에서 직원으로 보이는 한 여자가 걸어 나왔다.

"혹시, 윤호수 씨 되세요?"

직원으로 보이는 한 여자가 호수를 알아보고는 다가오며 물었다.

"네, 맞습니다."

삽시간에 긴장한 호수가 꾸벅 고개를 숙였다.

"오늘 첫 출근이시죠. 반갑습니다. 저는 학예연구원 손다미라고 해요."

여자가 손에 든 명함을 내밀며 인사를 건넸다. 갸름한 얼굴에 큰 눈망울, 야무져 보이는 입매, 긴 머리를 뒤로 한데 묶은, 언뜻 봐도 다부진 인상의 여자였다. 여자를 따라 인사를 하고 나서 호수는 왠지 기운이 쇠하는 것 같았다. 그동안 아나운서라는 하나의 길만을 좇다 이제 원치 않는 일을 해야 한다는 게 이런 기분인 듯싶었고, 어쩐지 난파된 뒤 길을 잃어버린 배 위에 올라탄 막막한 심정이었다.

"아, 아, 그 친구구먼."

다미가 문을 열고 나왔던 사무 공간에서 한 중년 남자가 모습을 드러내며 호수를 향해 손짓했다.

"미술관 오영균 학예실장님이세요."

옆에서 속삭이듯 건네는 다미의 말에 호수는 얼른 허리를 굽혔다.

"안녕하십니까!"

"반가워요, 반가워." 오 실장이 호수에게 손을 내밀며 악수를 청했다. 도톰하고 거친 손이었다. 고루해 보이는 금테 안경과 허옇게 센 머리, 무표정하고 살진 얼굴이 약간은 괴팍스럽기까지 해 보이는 인상이었다.

"일단 일을 시작하려면 이곳이 어떤 곳인지는 한번 둘러봐야 하니까, 우리 손 연구원이 안내를 좀 해주지 그래. 가능하다면 앞으로 호수 씨가 맡아야 할 일도 간단히 설명해주고."

"네, 알겠습니다. 실장님."

다미가 대답하는 사이 호수는 프런트 데스크 안쪽의 사무 공간을 넘겨다보았다. 맞붙은 여남은 개의 책상 말고 따로 보이는 직원은 없었다.

"미술관에서 일하는 사람은 저희뿐인가요?"

호기심에 물은 말이었는데 순식간에 오 실장의 얼굴이 굳어졌다.

"지금 상황엔 이것도 많아" 하고 오 실장이 중얼거리듯 말하는 바람에 무안해진 호수가 몸을 외틀었다.

"……그런데 원래는 아나운서직에 지원했었다죠?"

안경 너머 마뜩잖아하는 듯한 눈길로 묻는 그의 물음에 호수는 한껏 기가 죽었다. 어딜 가나 잉여 취급 받는 건 벗어날 수가 없구나 하고 호수는 자조했다.

"암튼 잘 살펴봐요. 여기가 어떤 곳인지 눈에 익혀야 하니까. 그런데 여긴 지원한 분야와 아주 다른 곳인데, 미술에 대해서는 좀 안목이 있어요?"

일말의 기대감을 안고 자신을 바라보는 듯한 오 실장을 향해 호수는 "아뇨" 하고 대답했다.

"어서 다녀와요, 다녀와."

곧바로 실망한 눈초리로 허공에 손을 내젓던 오 실장이 뒤돌아서며 중얼거렸다. "아니, 채용에서 떨어뜨린 사람을 뭐 하러 미술관으로 보내는 거야. 나 참 이해를 못 하겠네. 여기가 만만한 거야 뭐야."

안 그래도 마음이 서걱거리던 호수는 오 실장이 중얼거리는 소리를 귀신같이 알아듣고 씁쓸해지는 기분을 어쩔 수 없었다. 출근 첫날부터 밀려드는 자괴감에 위축된 호수는, 아무래도 내일부터 출근하지 말아야 하나 싶을 정도였다.

"그럼 같이 가보실까요?"

옆에 있던 다미가 건네는 말에 호수는 푹 숙인 고개를 들었다. 그래도 오늘은 버텨야지 하는 생각으로 돌아서는데, 갑자기 뒤에서 다시 실장의 목소리가 들렸다.

"아니지, 아니지, 가방은 여기 놓고 가야지. 그걸 들고 가면 쓰나."

어느새 다가온 오 실장이 호수의 가방을 낚아채 들고는 다시 돌아섰다.

"성격이 좀 급하세요."

금세 사무 공간 안으로 들어가버린 실장을 지켜보며 다미가 작은 목소리로 말했다. "실장님 말에 크게 신경 쓰지 말아요. 뒤끝은 없어서 저러다 말아요."

숨을 한번 크게 들이마신 후에 호수가 다미를 향해 물었다.

"혹시, 실장님은 어떤 분이세요?"

"음…… 약간 준꼰대라고 할까요?"

"준꼰대요?"

"자기는 꼰대 아니라고 강조하지만, 하시는 거 보면 은근
꼰대 맞는?"

다미의 입가에 소리 없이 맴돈 미소를 보고, 자기도 모르
게 피식 웃음을 터뜨린 호수가 얼른 입을 가렸다. 무의식중
에 별안간 터진 것이었지만, 생각해 보니 얼마 만에 짓는 웃
음인지 몰랐다. 이곳에 있는 자신도, 별안간 터진 웃음도, 사
람들도 미술관도, 호수는 하나같이 다 낯설기만 했다.

"이곳이 전시관이에요."

먼저 앞서가던 다미가 건물 앞에 멈춰 선 다음 말했다.

"여기가요?"

건물을 올려다보며 호수가 물었다.

"전시관이 원래는 여러 전시실로 구성되어 있었는데 지금
은 일부만 사용하고 있어요."

"일부만요?"

"네, 지금은 단 하나의 작품만 전시하는 공간이니까요."

"단 하나의 작품……."

조금 실망한 목소리를 숨기지 못하고 호수가 나지막이 중얼거렸다. 그래도 제법 이름 있는 기업에서 운영하는 미술관이어서 전시 규모가 어느 정도 이상일 거라고 생각했기 때문이었다.

"그럼, 어떤 그림을 전시하는 건가요?"

속 타는 마음과 다르게 짐짓 미소를 지으며 호수가 다미에게 물었다.

"관람객들의 사연을 받은 이후에 저희 미술관 소속 작가님이 그중 하나의 사연을 선정하시거든요. 그 사연을 바탕으로 작품이 만들어지고, 완성된 후 이곳에 전시하고 있어요. 말하자면 오직 한 사람의 이야기로 완성된 하나의 작품만을 전시하는 곳이에요."

미술관 자체도 생소한 데다 전시 방식마저 복잡하게 여겨진 호수는 어쩐지 얼얼하기만 했다.

"한번 들어가보시겠어요?"

다미의 손짓에 호수가 전시관을 향해 발걸음을 옮겼지만, 그녀는 제자리에 그대로 선 상태였다.

"저 혼자 들어가면 될까요?"

호수가 전시관 안쪽을 손가락으로 가리키며 묻자, 다미가 고개를 끄덕였다.

"그편이 좋을 것 같아요. 직접 전시관 내부를 살펴보고 그림을 감상해봐야 이곳이 어떤 곳인지 알 수 있을 테니까요."

"아…… 네. 그럼 그렇게 하죠."

뭐 하나 마음에 드는 구석도, 딱히 전시관의 그림을 보고 싶은 생각도 없었지만, 그렇다고 지금 뭘 어쩔 수 있는 것도 아니었다. 다미를 향해 꾸벅 "다녀오겠습니다" 말을 남기고, 호수는 문을 열고 전시관 안쪽으로 들어섰다. 어쨌든 오늘까지만 버티고 내일부터는 미술관에 절대로 출근하지 않아야 겠다는 굳은 결심과 함께.

발끝에 매달린 것

전시관 문을 열고 들어선 호수는 아치형으로 된 전시실 입구 옆 회벽에 검은색 고딕체로 찍혀 있는 안내 문구를 주의 깊게 들여다보았다.

랑데부 미술관은 오로지 당신만을 위한 사적인 예술 공간입니다. 소박하지만 당신과의 운명적인 조우를 위해 몇 가지 사항을 안내해드립니다.

1. 오직 하나의 미술 작품을 전시하는 랑데부 미술관에 오신 것을 환영합니다.
2. 작품을 감상하신 후, 의사에 따라 자유롭게 방명록에 소감을

적어주셔도 됩니다.

3. 관람 이후 자기만을 위한 미술 작품을 신청하고 싶다면 '사연의 방'으로 이동해주세요.

4. '사연의 방' 안에 마련된 탁자에 앉아 편안하게 사연을 적은 다음 함에 넣어주세요.

5. 사연이 선정되면, 작품을 제작하는 데 필요한 자료나 보충 설명을 요청드리기 위해 미술관에서 추가로 연락을 드릴 수 있습니다.

6. 신청자의 사연을 기반으로 미술관 소속 작가가 오직 하나뿐인 미술 작품을 완성하게 되며, 이후 일정 기간 동안 전시관에 전시합니다.

이렇게 만들어지는 작품이란 어떤 걸까 궁금해하며, 호수는 입구 안쪽으로 천천히 걸어 들어갔다. 어둑한 전시실 중앙에는 테이블에 노트북이 놓여 있었고, 위에서 희끄무레한 스포트 조명이 은은하게 비추고 있었다. 그 바로 옆에는 자전거 한 대가 세워져 있었다. 주변을 맴돌며 서성이던 호수는 벽면 한쪽에 적힌 문구를 발견했다.

인생을 걸었는데도 실패했습니다. 희망이라는 게 뭔지 알 수 있을까요?

호수는 전시실 입구에서 본 문구를 떠올렸다. 사연을 기반으로 작품이 만들어진다는 설명이 뒤따라 떠올랐고, 이곳에 적힌 글이 작품의 사연이구나 싶었다. 호수는 제목 아래로 이어지는 글들을 시선으로 찬찬히 짚어 내려가기 시작했다.

직장 생활 하며 차곡차곡 모은 돈으로 창업한 카페였어요. 그래도 동네 사람들이 제법 아껴주고 좋아해주던 곳이었지요. 우리 동네에도 이런 아기자기한 곳이 생겼냐며 신기해하던 분들도 있었고요. 팬데믹 시절에 대출까지 받아가며 간신히 버텨낼 수 있었던 것도, 동네 사람들의 그런 애정 때문이었는지 몰라요. 그런데 사정이 달라진 건, 근처에 다른 대형 브랜드 카페와 중저가 프랜차이즈 점포가 하나둘씩 생겨나면서부터였어요. 한 동네에 생겨난 네 곳의 카페가 서로 경쟁하기 시작한 거죠. 경쟁을 버티다 못해 커피 가격까지 내렸지만 소용없었어요. 하루 매출이 10만 원도 넘지 못한 날이 많아졌고요. 반대로 원재료 가격은 나날이 오르고, 고정비에 대출이자를 빼고 나면 남는 게 없을 정도였어요. 생기가 넘쳐 보이는 바깥의 풍경과 다르게 카페 안은 사람 하나 없이 점점 을씨년스러워져갔죠. 결국 버티지 못하고 폐업을 결정한 후 제게 남은 건 노트북 하나밖에 없더라고요. 그런데 이 노트북마저 시름시름 앓더니 아예 작동조차 않게 되었습니다. 그동안의 기록들이 담긴 노트북마저도 볼 수 없으니 지난 시간을 아예 통째로 잃은 기분이에요. 인생이 커피와 함께 그라인더에 갈려버린 것 같습니다. 매일매일 눈뜨는 게 정말 괴로워요. 남은 거라곤 빚밖에 없는 상황은 절망적이고요. 이제는 뭘 어떻게 시작해야 할지 모르는 제가 희망을 갖고 살 자격이 있을까요. 희망이라는 게 정말 존재하기는 하는 걸까요.

사연 신청자, 박새연

호수는 사연을 모두 훑고 난 후 그 옆에 보이는 작품 제목으로 눈길을 돌렸다.

Title: 저의 목소리를 들어주세요

의미를 이해할 수 없는 제목 밑에 다음과 같은 설명도 함께 보였다.

자전거에 올라타 페달을 구르면 제 목소리를 들을 수 있습니다.

오도카니 서서 제목과 작품 전시 공간을 번갈아 바라보던 호수는 이내 자전거에 올라탔다. 그러고는 천천히 페달을 밟았다. 하지만 어떤 일도 일어나지 않고 페달 돌아가는 소리만 나지막이 울렸다. 호수는 페달을 밟은 발에 조금 더 속도를 냈다. 그 순간 노트북의 사각 면을 감싸고 있던 작은 알전구들이 일제히 빛을 발하기 시작했다.

"들리나요, 제 목소리가요?"

이어 누군가의 목소리와 함께 노트북 모니터에 뭔가가 비쳤다. 그림으로 그려진 한 남자의 모습이었다. 호수 또래로 보이는, 짧은 아이비리그컷 헤어스타일이 먼저 눈에 들어왔다. 갸름한 얼굴에 헤살거리는 미소가 싱그러워 보이는 청년이었다. 호수가 그 모습에 집중하느라 페달을 느릿하게 돌리자 노트북 화면과 불빛이 금세 사라져버렸다. 호수는 다시 페달을 밟은 발을 양껏 구르기 시작했다. 그러자 다시 노트북의 불빛이 돌아오며 청년의 얼굴이 화면에 떠올랐다.

"저는 당신의 자아입니다. 당신이 힘을 내는 동안만 목소리를 낼 수 있죠. 그러니 조금 더 힘을 내주시겠어요? 왜냐하면 꼭 당신에게 할 얘기가 있거든요."

얼핏 호수는 그 청년의 모습이 어딘가 모르게 자신을 닮았다는 생각을 했다. 호수는 청년의 말대로 조금 더 세게 페달을 밟았다. 청년의 모습이 모니터 속에서 사라지고 광활한 들판이 보이는 영상이 그 자리를 대신했다. 앞으로 나아가며 촬영한 영상인 듯 주위 풍경이 스쳐 지나가며 시시각각 달라졌다. 그러곤 동시에 영상에서처럼 어디선가 바람이 불어와 호수의 얼굴을 휘감고 머리칼을 휘날렸다.

"당신도 거침없이 달릴 때가 있었잖아요. 마음을 내려놓고 바람을 즐기며 시원하게 내달리던 순간을 기억하죠?"

청년의 목소리를 들으며 호수는 정말 갑작스럽게 어떤 들판을 달리고 있는 듯한 기분이 들었다. 페달을 젓고 있는 자신의 모습이 점점 어색하지 않고 홀가분하고 시원하기까지 했다. 한껏 바람을 맞으며 달리고 있는데 갑자기 모니터 화면이 어둑해지더니 뇌성이 들려왔다. 볼에 맞부딪쳐 오던 바람은 사라지고 빗물 같은 물기가 사방에 흩뿌려졌다. 호수는 자신의 얼굴에 튄 물방울을 팔등으로 훔쳐냈다.

"괜찮은가요? 굳은비가 쏟아지네요. 옷이 젖고 앞이 잘 보이지 않는다고 여기서 멈추는 건 아니겠지요? 조금 더 힘을 내주면 좋겠는데요. 아직 당신에게 해야 할 말을 끝내지 못했거든요. 힘을 내서 이곳을 빠져나가지 않는다면 우리는 결국 여기 주저앉아버리고 말 거예요. 제 목소리도 힘없이 잠기고 말겠죠. 조금만, 조금만 더 힘을 내서 저 언덕을 넘어봐요."

영상은 가파른 오르막길을 비추며 조금씩 앞으로 나아가고 있었다. 어느새 사위가 어둑해진 길 위에는 굵은 장대비

가 내리쏟아졌다. 자전거 페달이 조금 전처럼 원활하게 돌아
가지 않고 정말 경사면을 오르는 것처럼 힘이 들었다. 호수
는 안장에서 엉덩이를 들고 거의 서다시피 한 자세로 페달을
굴렸다. 그래도 동력이 모자란지 노트북 불빛이 꺼질 듯 수
차례 깜빡였다. 어지간히 힘이 들었으므로 호수는 이제쯤 자
전거에서 내려가야겠다고 생각했다.

"조금 더요, 조금 더 참고 힘을 내봐요. 아직 할 말이 남아
있다고요."

그때 들려온 목소리였다. 애달픈 청년의 목소리를 들으며
호수는 다시 페달을 힘주어 밟았다. 질끈 눈을 감고 두 발을
내리 저었다. 순간 아나운서직에 도전했던 지난 6년간의 기
억들이 호수의 머릿속에서 술렁거렸다. 서류 심사에 처음 합
격하고 나서 뛸 듯이 기뻐하던 기억, 심사 위원 앞에서 긴장
한 채 주어진 뉴스 멘트를 떨리는 목소리로 읊던 기억, 가슴
에 못처럼 박히던 탈락 문구와 온몸이 으스러지던 기분, 어둑
어둑한 동네 어귀에 올라 도심의 불빛을 바라보며 그 안 어디
에도 자신이 설 곳 없이 느껴지던 순간이 짧게 지나갔다.

설감은 눈 사이로 설핏 환한 기운이 느껴져 호수는 슬며시
눈을 떴다. 노트북을 감싼 불빛과 화면이 작동을 멈춘 대신,
바로 앞 대형 슬라이드 화면에 드넓은 대지가 숨 막힐 듯 펼
쳐져 있었다. 사방에 무성한 꽃들이 바람에 몸을 떨고 나무

들이 일렁이는 풍경이었다. 종전에 흩뿌려졌던 비바람 대신 선선한 바람이 불어왔다. 종적을 감췄던 목소리가 마침내 다시 들려왔다.

"이제 다 지나왔을까요. 제가 얘기했죠? 저는 당신의 자아라고요. 당신의 기억 속에도 분명히 그런 나날들이 있었다는 걸 떠올렸으면 해요. 좋았던 순간이 지나 어렵고 견디기 힘든 어두운 터널과 가파른 오르막길을 헤쳐 나간 기억도 분명히 있다는 걸 저는 알고 있으니까요. 당신에게 어려운 순간이 닥친 건, 이번이 처음만은 아니라고요. 그때 바닥을 짚고 일어섰던 것처럼, 열심히 페달을 밟아달라고, 힘을 내라고, 당신에게 얘기해주고 싶었어요, 가요, 가요, 힘껏 가보는 거예요. 당신이 힘을 내는 한, 나도 포기하지 않고 살아 있을 테니까요."

그 말을 끝으로 화면이 암전되었다. 불어오던 바람도 그치고 아무 소리도 들려오지 않았다. 자전거 안장에서 내려오자 빈 페달이 돌아가는 소리만이 정적 속에 들려왔다. 불빛이 사라진 노트북 모니터에 뭔가 쓰여 있는 걸 발견한 호수는 그것을 유심히 들여다보았다.

희망은 제가 발견했어요, 당신 발끝에서.

호수는 그 글을 보고 언뜻 아련해지는 기분이었다. 아나운서 말고는 다른 일을 생각해본 적 없이 6년을 지나온 그였다. 지금까지 호수가 사람들에게서 가장 많이 들었던 말은, 언젠가는 잘될 거야 같은 비교적 성의 없는 응원과 걱정스레 다른 걸 해보면 안 되냐는 염려뿐이었다. 그에게 제 갈 길을 잘 가고 있다고 말해주는 사람은 드물었고, 자신을 향한 사람들의 한결같은 암담한 시선에 몸을 움츠리곤 했다. 점점 호수는 자신이 원하는 것을 솔직히 말하는 걸 주저하는 사람이 되어갔다. 희망은커녕 조금씩 커진 무기력감 속으로 자맥질하는 기분으로 일상을 살았다. 그러다 뜻하지 않게 찾아오게 된 곳이 바로 랑데부 미술관이었다. 이곳에서 그 희망이라는 낯선 두 글자를 만나게 된 것이었다.

노트북 모니터에서 눈을 떼고 돌아서자 공간 한편에 마련된 테이블 하나가 보였다. 방명록이 놓인 테이블이었다. 호수는 방명록의 첫 장을 조심스레 넘겨보았다.

🗋 자기 눈에는 보이지 않는 게 희망인지 모르겠어요. 절망이 모든 걸 가리니까요. 그런데 일단 일어나보겠습니다. 그리고 발을 굴러 페달을 밟아볼게요. 생각해보니 과거에도 바닥을 치고 일어나 몸을 움직이는 그 순간 저에게 희망이 깃들었던 것 같거든요. 쌓인 먼지를 닦고, 옷을

갈아입고 밖으로 나가봐야겠습니다. 박새연.

맨 처음에 보이는 글은 사연을 신청한 사람의 것이었다. 그 글을 시작으로 다른 사람들의 글이 이어졌다.

🗋 사랑이 큐피드가 이어주는 거라면, 희망은 자기만이 스스로에게 줄 수 있는 선물 같아요. 그게 어렵잖아요. 자신에게 잘 대해주기가요. 스스로를 너무 미워하지 마세요.
🗋 힘드시죠. 그 마음 저도 알아요. 한 번 망한 건 망한 것도 아니에요. 한 여섯 번쯤은 망해봐야…… 저도 수도 없이 좌절한 후에도 일어섰어요. 주저앉지 않고 나아가시기를.
🗋 실망하지 마세요.
🗋 너무 좋은 전시였습니다. 마음이 전쟁터였는데, 조금 평화로워졌어요.
🗋 AI로 얼굴이 인식되는 건가 봐요. 저랑 닮은 사람이 화면에 나와서 깜짝 놀랐어요.
🗋 미술관에서 땀 내기는 처음이에요. 후아, 덥다 ㅋㅋㅋ

호수는 방명록의 글을 내려보느라 굽혔던 몸을 바로 폈다. 그 옆으로는 '사연의 방'으로 이어지는 공간이 암적색 커튼으로 가려져 있었다. 조심스레 커튼을 젖히고 안으로 들어간

26

방 안의 풍경은 소박하고 낯설었다. 원목으로 짜인 평상 위에 좌식 의자와 작은 책상이 놓여 있을 뿐이었다. 그곳에 앉아 사연을 적은 다음, 바로 옆 벽면 앞에 설치된 함에 넣으면 되는 것 같았다. 신발을 벗고 올라가 사연을 적어보고 싶은 마음이 없지 않았지만, 어차피 내일부터는 이곳에 나오지 않기로 결심했던 것을 떠올리며 호수는 그대로 커튼을 닫고 돌아섰다.

서름한 얼굴로 전시관 바깥으로 나온 호수가 이리저리 둘러보았지만, 다미 씨는 어디 갔는지 보이지 않았다. 대신 머리가 희끗희끗하고 몸이 조금 굽은 듯 보이는 청소부 할머니가 그 자리에서 전시관 유리를 닦고 있었다.

"새로 출근한 직원분이신가 봐요?"

분무기와 마른걸레를 든 채로 청소부 할머니가 호수를 향해 물었다.

"아, 네네……."

머쓱한 표정을 지으며 대답한 호수는 다시 주위를 둘러보았다. 다미 씨 없이 별관 쪽으로 발길을 옮겨야 하나 고민하던 차였다.

"참 여유가 있어 보이는 얼굴이네."

"……네?"

"요즘 젊은이들은 하나같이 여유가 없어 보이잖아요. 그런데 새로 오신 분은 아주 여유가 있어 보이네요."

"그런가요?" 하고 호수는 얼굴을 손으로 더듬더듬 매만지며 되물었다. 그런 비슷한 얘기조차 들은 적 없던 호수였다.

"요즘 사람들 아니다 싶으면 쉽게 뒤돌아서기도 하잖아요. 너무 조급해하고 또 손해를 보지 않으려고 하는 게 이해가 가지 않는 건 아니지만……." 청소부 할머니는 한 차례 유리창에 분무액을 분사한 다음 다시 호수를 향해 미소를 지으며 말했다. "그런데 새로 오신 분은 안 그럴 거 같아."

청소부 할머니의 말이 나비처럼 날아와 어깨 위에 살포시 내려앉는 것처럼 느껴졌다.

"근데 새 직원분 이름은 뭔가요?"

"아, 제 이름이요? 호수요. 윤. 호. 수."

"이름 참 예쁘네."

이번에는 할머니의 입가에 어린 미소가 밖으로 번져나간 것처럼 자기도 웃음을 머금고 있다는 걸 호수는 깨달았다. 청소부 할머니에게서 계속 전해져 오는 무언가가, 침수된 벼처럼 시종 가로 뉘어 있던 호수의 무기력한 마음을 일으켜 세우는 듯했다. 그리고 보니 아무것도 기대할 게 없다고 생각했던 이곳의 많은 것들이 호수에게 말을 걸고 있는 것 같기도 했다. 하루 이틀쯤 더 미술관에 출근한들 나쁘지는 않겠지, 하며 없던 마음이 생긴 것도 그때였다. 잘랑거리는 나

물잎 사이를 뚫고 쏟아지는 흰빛이 눈가를 어른거렸고, 왠지 호수는 그 빛이 자기를 어루만지는 게 좋았다.

보이지 않는 젊음

춘호는 요즘 들어 도통 사는 낙이 사라져가는 느낌이었다. 아내를 사별하고 난 후 몇 년간 외로움은 더 깊어졌고, 말동무가 되어주던 또래 노인들이 거처를 옮겨가는 일이 잦아졌다. 일상의 안부를 물으며 마음을 터놓고 지낼 사람이 점점 드물어지면서 춘호는 꼭 자신이 외로이 핀 들풀 같다는 생각을 자주 했고, 사람들끼리 어울려 살았던 옛날이 좋았다는 말을 습관적으로 중얼거렸다.

동네에 낯설고 젊은 세대의 사람들이 많이 보이면서 이제 춘호는 누군가와 마음을 터놓지는 못할지언정 일상을 방해받지만 않고 살았으면 좋겠다고 생각했다. 하지만 그 소박한 기대는 아주 가까운 곳에서부터 균열이 일기 시작했다.

빌라 윗집에 젊은 신혼부부가 이사 온 건 불과 삼 개월 전의 일이었다. 전에 윗집에 살던 이들은 춘호와 엇비슷한 나이대의 노부부였다. 있는 듯 없는 듯 살던 그들 부부가 이사가고 나서 찾아온 변화가 그는 당혹스럽기만 했다. 조용한 마을에서 남은 생을 조용히 정리하며 살아야겠다고 생각하던 춘호는 낯선 소음에 아연실색한 나머지 이사 첫날부터 인터폰으로 윗집에 전화를 걸었다.

"아이들이 조금 뛰나 보죠?"

"아, 안녕하세요. 아이는 하나인데 지금 집에는 저 혼자뿐이거든요."

전화를 받은 건 젊은 여자의 목소리였다.

"이사와 집을 정리하느라 조금 소란스럽게 해드렸나 봅니다. 죄송합니다……."

"네네, 조금 시끄러운 듯해서요. 알겠습니다."

춘호는 여자의 말을 더는 듣지 않고 인터폰을 끊었다. 하여간 요즘 젊은 사람들은 자기 할 말을 다 해 피곤하다는 생각밖에 들지 않았다. 그런데 좀 전의 발소리가 아이가 뛰는 소리가 아니라 여자가 걸을 때 나는 소리라는 것도 그를 놀라게 했다. 앞으로 윗집 사람들의 이런저런 소음에 시달릴 것을 생각하니, 춘호는 갑자기 이곳에서 살아갈 일이 막막해지는 기분이었다.

　윗집에서 일어나는 소음은 다양했다. 춘호는 윗집 사람들이 걸을 때 나는 발망치 소리로 그들의 이동 경로를 환히 들여다볼 수 있었고, 새벽에 울리는 알람음에 그들의 기상 시간과 출근 시간을 짐작할 수 있었으며, 뛰어다니는 소리로 그 아이가 얼마나 활달한 성향을 지녔는지 보지 않고도 알수 있을 지경이었다. 윗집의 소음이 가장 심했을 때는 마침 피파 월드컵 시즌이 시작된 무렵이었다. 대한민국의 경기가 있는 날이면 밤이나 새벽을 가리지 않고 천장에서 발 구르는 소리와 함성이 연이어 들려왔다. 춘호는 다른 사람들의 염원이야 어찌 됐든 얼른 대한민국 국가대표팀이 예선 탈락하기만을 바랐다. 윗집을 향한 증오에 가까울 정도로 감정의 진폭이 커진 것도 그 시기를 거치면서였다.

　춘호는 윗집의 소음에 그때그때마다 반응했다. 짧으면 이틀에 한 번, 길면 일주일 간격으로 인터폰을 통해 항의했다. 너무 자주 연락하는 게 아닌가 싶었지만, 어떻게든 바로잡지 않으면 사는 게 점점 더 피곤해질 것만 같았다. 방해받지 않고 되도록 타인의 소음을 느끼지 않으며 살아가는 게 그가 원하는 삶이었다. 춘호의 라이프스타일은 단순했다. 티브이는 아예 집에 들여놓지도 않았고, 아홉 시 무렵이면 잠들었다. 저녁 어스름이 내려도 웬만하면 불을 켜지 않고 가끔 거실 간접조명 하나 정도만 켜놓고 지내는 편이었다. 불을 끄고 창문을 열어놓으면 부암동의 자연에 한층 가까워지는 느낌이었다. 춘호는 적막을 사랑하는 사람이었다.

한 번은 윗집의 젊은 부부 내외가 아이와 함께 찾아왔지만, 춘호는 인터폰 화면으로 그들을 바라보기만 했을 뿐, 기척을 내거나 문을 열지 않았다. 어차피 혼자 살아가는 생이라고 여긴 지 오래였다. 익명으로 사는 게 편했다. 그들이 돌아가고 난 후 현관에는 과일 바구니 하나가 걸려 있었는데, 그 안에는 하얗고 작은 카드 하나가 끼어 있었다.

안녕하세요. 301호입니다.
저희 때문에 많이 불편하셨던 점 죄송하게 생각합니다. 아이가 뛰거나 할 때마다 소음이 일어나는 걸 저희도 인지하면서 그러지 않도록 지도하고 있습니다. 앞으로 아랫집에 피해가 가지 않도록 더 세심하게 아이를 살피도록 하겠습니다. 저희 역시 소음을 최소화할 수 있도록 실내 슬리퍼를 신고, 두꺼운 매트를 곳곳에 깔아두었습니다. 앞으로 조금 더 조심스럽게 지내며 생활에 불편을 드리지 않도록 노력하겠습니다.

춘호는 그날 밤 다시 과일 바구니를 가져다 윗집 현관에 걸어놓았다. 겨우 이거 하나로 현재의 상황을 퉁치고 말겠다는 심산인가 싶었고 그런 식의 타협은 받아들이고 싶지 않았다. 그저 윗집의 소음에 신경 쓰지 않고 사는 일상, 그게 춘호가 바라는 유일한 것이었다. 게다가 소음이 눈에 띄게 줄어들었다는 느낌조차 춘호는 갖지 못했다. 매트를 깔았다고는 했지만, 그 때문에 아이가 더 마음껏 뛰는지 소리가 전보다 더 쿵쿵 울리는 듯했다. 상황이 그쯤 되자 춘호는 더 이상 참지 못하고 보복하듯 위층 천장을 마대자루로 마구 두드려댔다. 소리가 울리는 천장 부근 바로 밑에서 맞소음을 내는 식이었다. 그렇게 하면 분노 해소에 도움이 되었지만 다른 한편으로 자기 안의 뭔가가 빠져나가는 기분과 함께 호흡이 가빠졌다. 아무래도 너무 윗집 소음에 신경 쓰다 못해 생긴 신경쇠약 탓이라 생각하고 춘호는 매일 아침 집을 나서 북악산 길로 향했다.

길을 걸을 때마다 그는 자신의 마음을 산란하게 하는 것들에 대하여 생각했다. 익숙한 것들이 사라진 곳에 낯설고 새로운 것들이 자리하는 게 그에게는 두려움이었다. 결국 자신만 낡고 쓸모없는 사람으로 남으리라는 두려움. 위층의 젊은 부부 때문인지 몰라도, 요즘 젊은 사람들이 자기만 생각하고 상대는 눈곱만큼도 배려하지 않는, 자기 할 말은 다 하고 사는 부류라는 인식을 점점 굳혀가는 중이었다.

그날 춘호가 어느 젊은 커플을 마주친 건, 여느 때처럼 북악산 산책길 쪽으로 걸어 오르던 참이었다. 갈래길을 앞에 두고 남자와 여자가 한창 서로의 사진을 찍어주거나 어깨를 마주하며 셀카를 찍는 모습을 보면서 그는 그 옆을 천천히 걸어갔다. 그러다 남자와 눈이 마주쳤다. 춘호는 순간 자기에게 뭔가 말을 걸려는 듯한 낌새를 눈치채고 얼른 지나쳤다. 사진을 찍어달라는 부탁이었을지 모르니 금세 지나치기를 역시 잘했다고 그는 생각했다. 길을 앞서가다 말고 춘호는 슬쩍 뒤돌아 그들의 모습을 흘겨봤다. 남자와 여자 모두 잔뜩 멋을 낸 등산복 차림이었다. 언젠가 산 정상에서 누군가 젊은 사람들의 모습을 가리키며 고프코어룩이라고 한 것과 비슷한 차림새였다. 춘호는 세련되면서도 간결한 그들의 차림새에 비해 투박하고 어두운 자신의 옷차림을 내려다보았다. 등산화는 오래된 소나무의 등껍질만큼이나 낡고 거칠어 보였다. 그들로 인해 자신의 모습까지 상대적으로 초라해지는 게 춘호는 언짢고 쓸쓸했다. 그에게는 요즘 젊은 사람들이 잔뜩 멋을 낸 채 정상에 올라 인증숏과 셀카를 찍어대고 산에서 데이트를 즐기는 게 여간 꼴사나운 게 아니었다. 부글거리는 속을 끌어안고 춘호는 다시 길을 올랐다.

한참을 걸어 오르다 부실한 무릎 때문에 잠시 서서 숨을 고를 때였다. 아까 보았던 젊은 커플이 어느새 숨을 헐떡이며 바로 옆까지 다가왔다.

"혹시, 어르신. 백사실 계곡으로 가려면 어느 쪽으로 가야 하죠?" 하고 선글라스를 낀 남자가 물어왔다. 눈이 마주쳤을 때 남자가 건네려던 말이 실은 사진을 찍어달라는 게 아니라 길을 묻는 것이었을지도 모른다는 데 생각이 미쳤지만, 그보다 앞서나간 건 감정 섞인 거친 말투였다.

"아, 그럼 아까 거기서 꺾었어야지 왜 여기까지 올라왔어!"

꾸짖듯 말을 뱉고 나서 춘호는 갈래길에서 한가롭게 셀카를 찍고 서로 웃던 그들의 모습이 떠올랐다. 눈꼴시면서도 한편으로는 정답고 생기 있게 보이던 그들의 모습이.

"……네?"

하지만 이미 되돌릴 수 없을 정도로 자신의 감정이 혼탁해진 걸 그는 느꼈다.

"아니, 자기들끼리 사진 찍던 곳 말이야. 거기 그 갈래길에서 진작 내려갔어야지 왜 여기까지 올라왔냐는 말이야!"

"아, 네…… 그, 그랬어야 했는데." 남자가 벌게진 얼굴로 여자를 쳐다보며 우물거렸다. 남자와 다르게 여자는 꼿꼿이 서 팔짱을 낀 채 춘호를 노려보며 중얼거렸다. "뭐야, 저 할아버지."

남자가 여자의 뒤에서 등을 떠밀며 "가자, 가자." 중얼거리자 여자도 하는 수 없이 내리막 쪽으로 발걸음을 옮기기 시작했다.

아래쪽으로 멀어져가는 커플을 한동안 혀를 차며 바라보다 오르막을 향해 막 돌아서려는 순간 바닥에 떨어져 있는 무엇인가가 빛에 번득이며 춘호의 눈을 찔렀다. 가까이 다가가 고개를 수그려 바라보니 바람에 휘날리는 낱장의 홍보 리플릿이었다. 길을 걷다가도 쓰레기가 보이면 일단 주워 드는 그이기에 다가가서 그것을 주웠다. 자기 물건 하나 챙기지 못하는 허술한 젊은이들이라고 중얼거리면서.

'한 사람의 이야기로 꾸며진 오직 하나의 작품만 전시하는 공간, 랑데부 미술관.'

천천히 리플릿 위의 문구를 읽어가던 춘호는 미술관의 이름이 어쩐지 낯익다 생각했다. 그러고 보니 백석동길을 오가는 와중에 바깥에서 호기심에 몇 번 안쪽을 들여다본 적이 있던 그 미술관이었다. 한 사람의 사연으로 만들어진 오직 하나의 작품만을 전시한다는 문구에 춘호의 시선이 멈췄다. 미술관에서 누구라도 사연을 써서 신청하면 선정해 작품으로 만든다는 설명이 궁금증을 유발시켰다. "내 사연이 작품이 된다고……?" 리플릿에서 여전히 호기심 어린 눈길을 떼지 못하며 춘호는 언젠가 한번 이곳에 들러봐야겠다고 다짐했다. 그러다 그때가 지금이 아닐 이유가 없다는 생각에 이르자, 바로 발걸음을 미술관 쪽으로 돌렸다.

누구에게도 방해받지 않고 싶은 그였지만, 가슴 답답한 무엇인가를 어디에든 털어놓고 싶은 욕망만큼은 절실했다. 하루 종일 거의 단 한마디도 하지 않을 정도로 주위에 이야기를 나눌 사람이 없었다. 춘호는 오르막을 오르는 대신 길 아래쪽 미술관을 향해 거의 뛰다시피 걸어 내려갔다.

전시관 입구에 들어서자 등산화에 묻어 있던 흙무더기가 바닥에 자르르 흩어졌다. 잠시 낭패 어린 표정을 지은 춘호는 작품이 전시된 전시실로 조심스럽게 발걸음을 옮겼다. 그곳에는 과연 리플릿에 소개된 대로 하나의 작품만이 전시되어 있었다. 몸을 쭈뼛거리며 주위를 두리번거리던 춘호는 한참 후에야 회화 작품에 시선을 가져갔다. 살면서 직접 미술관에 가서 작품을 감상해본 적은 없었다. 그저 책 속에 자료로 담긴 미술 작품 사진을 감흥 없이 바라보거나 노상에서 사람들의 이동 동선을 따라 나열된 그림이나 사진 작품들을 넘겨다본 게 다였다. 낯선 이질감이 한기처럼 몸을 에워쌌다. 움직일 때마다 옷깃 스치는 소리가 자기 것이 아니라 공간의 다른 어디에선가 나는 것처럼 느껴졌다. 항상 익숙한 공간에서 거의 비슷한 일상을 보내던 춘호였다. 소름이 돋듯 갑작스럽게 피부로 느껴지는 비일상적인 감각을 안고, 춘호는 '사연의 방' 안으로 걸어 들어갔다.

작고 소담스러운 탁자 앞에 앉아 춘호는 종이와 펜을 집어 들었다. 막상 뭔가를 써보려고 하자 아무도 자신의 글 같은 건 눈여겨보지 않을 거라는 생각이 들어 펜을 내려놓았다. 하지만 미련을 떨치지 못하고 '그래도 그냥 한번 신청해보는 거지, 별거 있어.' 하는 마음으로 다시 펜을 잡았다. 종이 위에 펜을 갖다 대자 이번에는 가슴에서 격한 감정이 치솟았다. '여기서 뭘 하고 있는 거야? 너는 그런 사람 아니잖아. 이런 걸 즐기는 사람이 아니잖아.' 습관적으로 울끈하는 마음 때문에 춘호는 어깨를 움츠리고 말았다. 평소라면 자리를 박차고 일어났을 춘호였다. 그는 언젠가부터 즉각적인 감정을 충실히 따르는 사람이었으므로.

'한 글자는 쓰고 나가야지. 이제 다시 오지 않을 수도 있는데.'

춘호는 자기 안의 감정을 억누르며 버텼다. 마음을 다잡은 그는 펜을 잡은 손아귀에 힘을 꽉 준 채 종이 위에 갈기듯 써 내려가기 시작했다.

〈내게 남은 젊음을 한번 그려주시오〉

할 수만 있다면 내가 잃어버린 젊음을 그림으로 보고 싶소. 그런 게 가능할지 모르겠지만, 매일매일 봐야 하는 이 지긋 지긋하게 늙고 주름진 얼굴이 아니라, 다른 사람들이 가진 생기와 젊음이 내게도 있는지 보고 싶소. 다 늙은 고약한 영감이 된 거울 속 내 모습을 그림으로는 다시 보고 싶지 않으니 그럴 거면 말고요. 다만 내가 가진 생기와 젊음을 그려줄 수 있다면, 보여줄 수 있다면 그려주시오. 제발 보여주시오!

사연 신청자, 김춘호

펜을 거두고 춘호는 수그린 고개를 들지 못했다. 지긋지긋한 건 젊은 사람들이 아니었는지 모르겠다고 춘호는 생각했다. 그저 늙어간다는 게, 아무도 모르게 혼자가 되고, 시간의 저물녘을 향해 어떤 의미도 없이 매일매일을 까먹어간다는 사실이야말로 지독히 진저리가 처지는 일이었다. 얼마 남지 않은 시간을 다 까먹고 나면 그다음은 그저, 죽음이겠지. 그렇게 생각하고 나면 인생이 너무 허무해져, 춘호는 가끔 잠자리에서 눈물짓던 걸 떠올렸다.

미술관을 나오자 밖이 완전히 달라 보였다. 분명히 미술관 안으로 들어설 때만 해도 진초록과 노르스름한 빛이 섞인 나뭇잎들이 대부분이었는데 어느새 불그스름해진 듯했다. 어느새 깊어진 계절의 모습만큼이나 공허해진 마음을 안고 춘호는 낙엽이 떨어진 길 위를 사부작거리며 걸어가기 시작했다.

집에 돌아오니 그날따라 층간소음이 들려오지 않았다. 유치원에서 다녀온 아이가 한창 뛰어다닐 시간이었는데 그러지 않는 게 이상했다. 이런 날도 있구나 싶었는데 아이에게 무슨 일이 생긴 건 아닌가 의심이 들었고, 그런 하릴없는 걱정을 하는 자신이 영 낯설었다. 창문을 열자 쏴쏴 나뭇잎들끼리 바람에 부대끼는 소리가 들려왔다. 복잡하고 혼돈했던 정신이 조금은 맑아지고 단순해진 것 같았다. 부암동에 살아 좋은 건 그런 것이었다. 바람이 여과되지 않고 불어와 언젠가의 어머니의 손길처럼 얼굴을 매만져주는 느낌이 들 때가 있었다. 김춘호 씨가 간혹 느끼는 따스함이나 기억은 사람이 아니라 바람과 자연 속에 깃들어 있었다. 그렇게 밖을 바라보고 있는데 문자 메시지 도착 알림음이 났다. 휴대폰을 들여다보니 랑데부 미술관에서 온 메시지였다.

안녕하세요, 김춘호 관람객님. 저희는 랑데부 미술관입니다. '오직 한 사람의 이야기로 꾸며진 단 하나의 작품' 전시에 사연이 선정되신 것을 축하드립니다! 저희 미술관은 김춘호 님께서 신청해주신 사연을 바탕으로 하나의 그림을 완성할 계획입니다. 이와 관련해 요청할 사항이 있어 연락드렸습니다. 크게 번거롭지 않으시다면 가장 최근 사진과 더불어 과거 사진 몇 장을 보내주셨으면 합니다. 사진은 여력이 되는 대로 보내주시면 됩니다. 저는 랑데부 미술관 매니저 윤호수라고 합니다. 문의 사항이 있으실 때는 저에게 연락 주세요! 그럼 또 연락드리겠습니다.

메시지를 들여다보며 거 사람 참 번거롭게 하는 미술관이구먼, 하고 춘호는 중얼거렸다. 괜히 가서 일을 벌이고 왔나 하는 생각과 동시에 윗집에서 아이가 다다다 뛰어다니는 소리가 들렸다. 춘호는 천장을 올려다봤다. 그 집 거실 바닥 위에서 동동거리며 뛰어다닐 아이의 얼굴이 처음 떠올려졌고, 무심코 "별일은 없나 보네." 툭 말을 뱉어냈다. 괜스레 안도하는 마음에 무안해진 찰나, '쿵' 소리가 들렸다. 춘호는 한숨을 내쉬었다. "그러면 그렇지, 또 시작이군, 시작이야." 이 정도면 예의 미간이며 곳곳에 팬 주름 사이로 몰린 긴장과 예민함 때문에 얼굴을 잔뜩 구겼을지 모를 그였다. 하지만 그는 잠시 헛웃음을 짓고 말 뿐이었다.

춘호는 수납장에 넣어놓은 채 수년 동안 펼쳐본 적 없던 앨범을 꺼내 펼쳐놓았다. 아내와 사별하고 나서는 단 한 번도 열어본 적 없는 지난날의 기억. 무의미하다고까지 여겼던 지나온 시간들이었다. 돋보기안경을 쓰고 앨범 속 사진첩을 천천히 넘겨보면서 춘호는 알 수 없는 음을 흥얼거렸다. 오래전 그에게는 그런 버릇이 있었다. 가벼운 마음으로 뭔가에 몰입하거나 일을 시작하기 전에 꼭 콧소리로 저도 모르는 노래 곡조를 웅얼거리곤 했다.

오랜만에 그에게, 할 일이라는 게 생긴 것이었다.

다정한 눈빛으로 말해요

 사무실 문이 열리면서 바깥의 서늘한 바람이 냉큼 사무실 안으로 들어왔다. 새어 들어온 바람을 가두기라도 할 듯이 서둘러 문을 닫은 다미가 사무실 이곳저곳을 기웃거렸다.

 "뭐, 찾으시는 거라도……?"

 "여기 있다."

 호수가 질문을 마치기도 전에 다미가 갑 티슈에서 티슈 몇 장을 집어 들었다.

 "전시실에서 어떤 분이 울고 계셔서 가실 때 우리 미술관 책자하고 같이 드리려고요. 그냥 방문 기념 굿즈 드리는 것처럼요."

"누가 울고 있다고요?"

"네, 좀 나이가 지긋하신 할아버지 같던데요."

"할아버지라면……."

뭔가 짚이는 구석이 있는 호수가 자리에서 허리를 곧추세우며 물었다.

"혹시, 등산복 입은 분 아니세요?"

"……그런 거 같아요." 다미가 고개를 끄덕였다.

사진을 직접 가져다주겠다며 미술관을 찾아온 김춘호 씨는 등산복을 입은 어김없는 할아버지의 모습이었다. 희끗하게 센 머리, 성글게 아무렇게 뻗은 턱 주변의 수염과 말할 때마다 입가에 퍼지던 잔주름들을 호수는 떠올렸다.

"그분, 사연 신청자분이신가 봐요."

"아…… 그래서." 다미가 손에 든 물티슈를 물끄러미 쳐다보다 다시 호수를 향해 고개를 들었다. "이거 드릴 건데, 같이 가실래요?"

"그렇게 하시죠."

망설이지 않고 일어선 호수는 다미와 함께 사무실을 나섰다. 전시관 쪽으로 걸어가며 호수는 아무래도 희한한 미술관이라는 생각을 떨칠 수 없었다. 전시를 여는 작가의 이름은 어디서도 볼 수 없고, 그저 사람들이 원하는 그림을 그려주는 것부터가 그랬다. 그리고 지금은 한 사람의 관람객을 다독이기 위해 전시관으로 향하는 중이었다. 고개를 갸웃거리며 호수는 잰걸음으로 다미의 뒤를 쫓았다.

전시실 앞에서 살짝 안을 들여다보자 과연 김춘호 씨의 뒷모습이 보였다. 사진을 전달하러 찾아왔을 때와 다르지 않은 복장이었다. 그는 어깨 한쪽이 기울어진 채로 전시된 그림들을 골똘히 바라보는 중이었다. 김춘호 씨의 등 너머로는 그림들이 여럿 보였다. 원래는 단 하나의 작품만이 걸려야 하지만, 이번에 전시된 작품의 수효는 모두 여섯 점이었다. 하나의 작품이 여러 조각으로 나뉜 듯, 여섯 점의 그림들이 두 점씩 나란히 위아래로 배열된 상태였으며, 아래쪽에 제목처럼 세대가 표기되어 있었다. 할아버지의 20대와 30대, 그리고 40대, 50대, 60대, 70대의 모습까지가 차례로 이어진 그림들이었다. 김춘호 씨가 가져다준 사진을 바탕으로 화가가 그의 젊은 시절부터 현재의 모습까지를 세대별로 그려낸 것이었다. 20대 때의 부리부리한 눈매는 시간이 지나면서 깎이고 다듬어져 50대에 이르러서는 각이 사라진 채 밋밋해졌으며 보기 좋게 봉긋 솟아 있던 광대뼈는 60대를 넘기며 얼굴에 살집이 사라지면서 더 불거진 모양새였다. 힘이 들어가 있던 눈꼬리가 처지고 주름마다 고랑이 파이면서 그의 얼굴은 강파르고 성마르게 보였다. 김춘호 씨는 지금, 시절을 따라 변화해온 자신의 모습들을 한눈에 펼쳐놓고 바라보고 있는 것이었다. 그림들 밑에 전체를 아우르는 또 하나의 제목이 굵은 글씨체로 적혀 있었다.

Title: 눈빛

그러고 보니 젊은 시절부터 지금까지 외적인 모습은 많이 변화했지만, 어딘가를 바라보는 눈빛만큼은 한결같다는 느낌이었다. 그것은 나이를 먹어갈수록 어쩐지 가라앉는 듯 희미하게 변해가는 얼굴 골격과 숱한 주름들과 시들해져가는 머리칼과 상관없이 단단하게 박혀 있는 반짝임 같은 것이었다. 전체적인 겉모습의 기운은 쇠해가고 있어도 눈의 정기만은 지켜간 사람 같은 모습이었다. 김춘호 씨는 이윽고 몸을 틀어 '작가의 말' 앞으로 다가가 거기 적힌 글자들을 손가락으로 하나하나 짚어가기 시작했다.

작가의 말

처음에는 조금 이상하게 여겨졌어요. 주위를 돌아보면 젊은 사람들의 생동과 활기가 보기 좋게 넘쳐나는데, 사연 신청하신 분이 굳이 자신의 젊음을 보고 싶다고 해서요. 아마도 자기 안의 젊음이 모두 소진됐다고 여기는 분이 아닐까 싶었습니다. 그래서 무척이나 외로우신 분 같다는 생각이 들었고요.

저는 직접 뵌 적 없이 작품을 위해 받은 사진으로나마, 사연을 신청하신 김춘호 님의 젊음이 어떻게 변화해왔는지 볼 수 있었습니다. 집념과 강인함이 느껴지는 새파랗게 젊은 시절부터 점점 익어오듯 변해온 지금의 모습까지요. 분명 그분의 외면은 시간을 따라 변해왔습니다. 정말이지 젊음이란 건 연체할 새도 없이 현금을 인출해가는 은행처럼 시간에 인색한 것 같습니다.

사진을 훑다 다시 사연을 읽어보니 김춘호 님께서 아직 남아 있는 자신의 젊음의 흔적이라도 찾아달라는 부탁처럼 느껴졌습니다. 그저 나이가 든 채로 주위의 젊은 사람들에게 훈계나 하는 그런 늙은이가 되어가는 걸 경계하거나 싫어하는 분이 아닐까 싶더군요.

그런데 제가 찾아낸 건 젊음의 흔적이 아니라 김춘호 님의 진짜 젊음이었어요. 세대를 거치면서 외적인 모습은 어쩔 수 없이 늙어갔지만 변하지 않는 게 있더군요. 그건 바로 그분의 눈빛이었습니다. 형형하게 살아 있는 그 눈빛만은 전혀 늙지 않고 있었으니까요. 저는 이번 작품에서 그분의 변하지 않는 그 눈빛을 그려내는 데 힘을 기울였습니다.

김춘호 님.

당신은 이미 젊음을 가지고 있는 사람. 외로워 말아요. 누구나 한때는 젊었습니다. 당신도 마찬가지고요. 그림을 그리면서 저 또한 깨달은 게 있었습니다. 젊음은 보이는 게 다가 아니라 안에 담겨 있다는 것을요. 단지 외적으로 생기 있는 젊음이 뚜렷이 표현되는 시기가 인생의 한때뿐이라는 것을요. 젊음의 시기는 짧지만 인생은 길지 않던가요.

그러니 젊음을 부러워도 두려워도 마세요. 전 당신의 변하지 않는 그 눈빛이 넉넉하고 좋아 보입니다. 아주 오래전부터 변하지 않는 보석처럼 간직해온 청년의 눈빛을, 잊지 않고 살아가시면 좋겠습니다.

김춘호 씨는 거기 적힌 문구들을 천천히 느리게 읽고 또 읽었다. 그걸 쓴 화가의 생각을 어루만지듯이 손으로 더듬던 그는 옆 테이블 위에 올려진 방명록에 손을 뻗었다. 그리고 얼마의 시간이 흘렀을까. 등을 수그린 채 방명록을 한 장씩 넘겨보던 그의 어깨가 희미하게 들썩였다. 무엇을 보고 흐느끼는 것인지는 알 수 없었다. 김춘호 씨가 천천히 무거운 발걸음을 옮기기 시작했을 때 다미가 호수를 돌아보며 "이거 가져다드리고 올게요" 하고는 전시실 출입구 쪽으로 향했다. 그러는 사이 호수는 전시실 안으로 들어가 김춘호 씨가 들춰보았던 방명록을 펼쳤다. 그가 그렇게까지 감정을 가눌 수 없어 한 이유가 문득 궁금했기 때문이었다.

🗋 올해 여든셋 된 사람이오. 나도 아직 한창 젊은 나이라 생각하는데. 그런 나에 비해도 김춘호 님은 아직 새파랗기만 한데 무슨 젊음을 그리 찾으시나, 하하하.

🗋 이삼십 때보다 오히려 지금이 더 젊어 보이세요.

🗋 정말 멋진 최상의 눈빛! 너무 젊어 보이세요.

🗋 죄송하지만 저에게는 젊다기보단 뭐랄까 영글어 보이는 눈빛이었어요. 저를 향해 너도 곧 늙어, 하고 말하고 있는 것 같은 눈빛이어서 좀 섬뜩했어요ㅋㅋ 지금 모습 그대로 잘 사시기를 바랄게요.

🗋 나이 든다는 건 서러운 일이죠. 어디 가서 그런 말 잘하지 않는데 여기서 동지를 만났네요. 젊은 눈빛 보고 위안 얻어 갑니다. 저도 집에 가서 거울을 한번 바라보아야겠어요. 힘내세요.

🗋 살아오신 내력이 다 저 눈빛에 담긴 것 같아요. 백 살이 넘어서 모습은 변해도 지금 같은 눈빛 항상 간직하시기를 바랄게요.

방명록에 적어놓은 다른 사람들의 글을 차례로 훑다 호수는 김춘호 씨가 남긴 듯한 글을 발견했다. 삐뚤빼뚤한 글씨체의 아이와 엄마가 차례대로 적어놓은 글에 그가 답장처럼 써 내려간 것이었다.

할아버지, 우리 아랫집 할아버지 맞죠? 제가 할아버지 머리 위에서 너무 뛰어다녀서 힘드시죠? 저 때문에 할아버지가 이렇게 늙으신 거예요? 죄송해요. 엄마가 뛰지 말라고 할 때마다 할아버지 무서운 얼굴 떠올렸는데 그림 속 얼굴은 하나도 그렇지 않은 것 같아요. 할아버지 힘들지 않게 많이 뛰지 않을게요. 눈빛 할아버지 파이팅! 301호 연두 토끼 올림.

안녕하세요, 201호 어르신. 저, 301호 아이 엄마예요. 우연히 아이랑 미술관 왔다가 보게 되었습니다. 찾아가서 뵙지 못하고 멀리서나마 뵐 때마다 죄송했는데 여기서 뵙게 되네요. 어르신 그려진 그림 보며 저도 조금 반성했습니다. 요즘 가족들이나 주위 사람들에게 습관적으로 늙는다는 얘기를 반복해서 하고 있었거든요. 그런데 어르신. 지금도 충분히 젊어 보이세요. 저희가 스트레스받게 해드려 죄송합니다. 오래오래 건강하세요.

종이 위 아이와 엄마의 글 사이에 물기에 번진 자국이 보였다. 아직 채 마르지 않은 것으로 보아 김춘호 씨가 남몰래 어깨를 들썩일 때 떨어뜨린 눈물 자국 같아 보였다. 그는 두 사람의 글 밑에 정자 글씨체로 정성 들여 답글을 적어놓았다.

🗎 301호, 아니, 토끼…… 암튼 아이야. 어떻게 이 할아버지를 알아보았니. 미안하구나. 할아버지 생각하지 말고 낮에는 실컷 뛰어다니며 놀거라. 아주 실컷 말이야. 낮에는 내가 산에 오르니 어차피 집에는 아무도 없다. 대신 밤에는 할애비가 자니까 그때만 조심해주면 돼. 미안하다 아이야. 할아버지가 무서운 얼굴로 다녀서 그동안 미안해. 앞으로는 할아버지가 다정하게 아는 척할게. 사이좋게 지내자. 301호 할아버지가.

호수는 김춘호 씨가 걸어 나간 전시실 출구를 바라보았다. 이곳을 빠져나간 그가 어떤 눈빛을 띠었을지 궁금했다. 그 눈빛으로 바라본 세상이 조금은 달리 보였는지도. 전시관 바깥으로 나가자 미술관을 나선 김춘호 씨의 뒷모습이 총총히 멀어지는 중이었다. 그의 모습을 다미가 물끄러미 바라보고 있었다.

"되게 마음이 여리신 분 같았어요."

다가선 기척을 느꼈는지 여전히 김춘호 씨의 모습을 바라다보던 다미 씨가 중얼거렸다.

"네, 저도 그렇게 생각해요."

다미의 눈길을 따라 좇으며 호수가 맞장구를 쳤다.

"그런데 할아버지가 왜 그림 앞에서 눈물이 났던 건지 알

려주셨어요. 제가 티슈를 건네니까 마침 잘됐다고 하시더라
고요. 안 그래도 요즘 눈물이 많아졌다면서요.”

“왜…… 그러셨다는데요?”

“처음에는 당신 얼굴이 그려진 그림들과 작가의 말을 보곤
눈시울이 실룩였는데, 방명록을 열어본 후에 그만 감정을 주
체하지 못하셨대요. 거기 또 그런 글이 있었다고 하시더라고
요. 참 다정한 눈빛이라는 말이요. 그 글이 사별한 부인이 마
지막 숨을 거두기 전 할아버지에게 한 말을 생각나게 했대
요.”

“부인께서요?”

“당신 참 다정한 사람이야, 그렇지?”

다미가 호수에게로 고개를 돌리며 말했다. 마치 그 사람이
된 것처럼 말하는 그녀를 보고 당황한 나머지 호수의 얼굴이
발그레해졌다.

“그렇게 말씀하셨대요. 할아버지 자신은 정작 한 번도 그
렇게 생각한 적이 없었는데도요. 부인이 돌아가시고 나서 왜
조금 더 일찍 다정하게 대해주지 못했을까 후회했는데, 방명
록에 있는 그 글이 예전의 그 마음을 다시 건드렸나 봐요.
이렇게 살다가는 죽기 전에 또 후회가 되겠구나 싶으셨대요.
아무한테도 다정하지 않은 사람이라서요.”

다미가 다시 미술관 밖으로 멀리 시선을 내던졌다. 한동안

그러고 있던 다미가 정면에서 시선을 떼지 않은 채 호수에게 물었다.

"혹시 오늘, 점심 어떻게 할 생각이세요?"

점심거리를 챙겨오지 않은 호수는 "그냥 간단히 먹으려고 요" 하고 가볍게 웃어 보였다. 미술관에서는 직원들끼리 점심을 같이 먹는 법이 없었다. 출근한 첫날부터 호수는 점심시간은 각자 알아서 보내는 시간이어야 한다는 사실을 깨달았다. 그날 점심시간이 넘어서도 누구 하나 움직임이 없어 눈치만 보며 가만히 앉아 있는 호수에게 실장이 다가와 말했다.

"아니지, 아니지. 그렇게 앉아 있으면 안 되지. 어서 점심 해결하고 와요."

엉겁결에 떠밀리듯 나와 부암동 여기저기를 헤맸으나 갈 만한 곳을 찾기는 어려워 그저 정처 없이 걸으며 시간을 보내고 돌아왔을 뿐이었다. 며칠간 관찰한 결과 실장은 점심시간이 되어도 계속 자리에 앉아 일을 하는 유형의 사람이었고 다미는 어딘가로 사라지거나 홀로 조용히 회의실 안으로 들어가 있고는 했다. 서로 점심 메뉴를 묻거나 함께 식당으로 나서는 편은 아니라는 걸 알게 된 것이었다. 호수는 이후 가끔 샌드위치를 사 와 전시관과 별관 사이 벤치에 앉아 먹거나 그도 아니면 빈 배 속으로 점심을 건너 퇴근까지 견뎌내곤 했다.

"실장님도 안 계시고, 전 오늘은 밖에서 먹고 들어올까 봐요."

"그래요……? 그럼 저도 함께 가면 안 될까요? 여기 근처 밥집 괜찮은 데를 몰라서 한번 따라가보면 좋을 것 같아서요."

호수가 반색하며 물었다.

"그래요, 그럼."

다미가 순한 미소를 지으며 대답했기에 호수는 안도했다. 오랜만에 밥다운 밥을 먹을 수 있겠다 싶었다.

미술관 밖으로 나와 다미를 따라 걷던 호수의 눈에 가파른 언덕길을 뒷짐을 진 채 걸어가는 김춘호 씨의 뒷모습이 보였다. 한 무리의 빛이 성글게 엮인 김춘호 씨의 정수리를 덮었고, 그는 그 빛이 성가신지 자주 머리에 손을 갖다 대었다. 숨을 고르듯 제자리에 선 김춘호 씨에게 눈을 떼지 못하고 호수는 자리에 멈춰 섰다.

"이쪽으로 오시면 돼요."

먼저 앞서간 다미가 뒤를 돌아보며 외치는 소리가 들렸지만, 호수는 쉽사리 발걸음을 옮기지 못했다. 그러다 다시 김춘호 씨가 움직여 길을 오르기 시작했을 때야 호수는 참았던 숨을 뱉어내고 다미가 있는 쪽으로 발길을 움직였다.

어떤 길은 쉽게 잊히는 듯싶었고, 또 어떤 길은 오르기 힘든 현재가 되는 것도 같았다. 호수에게는 언제나 바로 앞에 주어진 길이 가장 힘든 오르막이었다. 그렇다고 도로 내려가거나 머무를 수만은 없는 길이었다. 그렇게 굽이굽이를 반복해 걸어 나가는 게 삶의 형태가 아닌가 싶었고 언젠가 자신도 김춘호 씨와 비슷한 뒷모습으로 어떤 길 위에 서 있게 될 것을 상상했다. 계절과 오르막처럼 모든 게 반복되며 살아나간다는 생각에 이르자 호수는 김춘호 씨를 응원해주고 싶어졌다. 다정한 눈빛이 그에게 내내 머물러 하나의 꽃처럼 피어 있기를 바라면서. 때가 다를 뿐 다 비슷비슷하게 물결처럼 흘러 어딘가 종착지로 향하는 게 인생 아닐까 그런 생각을 하며 고개를 들어 돌아봤을 때 김춘호 씨의 모습은 완전히 사라진 뒤였다.

위로의 맛

호수와 다미는 미술관을 나와 털레털레 길을 걷기 시작했다. 내리막길과 오르막길이 반복되며 복잡하게 엉켜 있는 부암동 길에 아직 호수는 적응하지 못하고 있었다.

"부암동은 전에 와본 적 없으세요?"

"네, 저는 처음 와봤어요. 서울 살면서 이런 동네가 있는 줄 몰랐거든요."

길을 걸으며 호수는 전선들 사이로 멀찌감치 내려다보이는 차도를 바라봤다. 자신이 있어야 할 곳이 저 도심 한가운데의 빌딩 숲속이어야 한다는 생각은 언제나 호수의 머릿속에 클립처럼 꽂혀 저장되어 있었다. 오전이면 커피를 테이크

아웃 하기 위해 매장 앞에서 줄을 서고, 점심을 먹기 위해 빌딩 밖으로 쏟아져 나온 인파를 헤치고 식당을 찾아다니며, 일에 치여 정신없는 하루를 보낸 후 저녁이면 퇴근한 사람들로 인해 비어버리다시피 한 빌딩 숲 사이의 공허를 호수는 동경하는 것이었다. 호수가 입사하고 싶었던 방송사들이 하나같이 그런 지역에 있기도 한 탓이었다. 그런 지역에 비해 부암동은 지나치게 한적한 동네였다.

"여긴, 너무 좀 조용하지 않아요?"

호수가 떠보듯 다미에게 물었다.

"전 그래서 좋은데요."

"……그건 그렇긴 한데."

약간 무안해진 호수는 마음에도 없는 호응을 했다.

"자주 걷는 골목인데 길 모퉁이를 돌 때마다 항상 뭔가를 우연히 만나는 것 같은 기분이거든요. 길고양이와 눈이 마주치기도 하고, 어느 집 앞에 어제는 져 있던 꽃이 피어나 있고, 어떤 작은 술집 앞에는 빈 와인 병이 늘어나 있고, 매일 똑같은데, 매일 다른 것 같아요, 이곳은."

다미의 얘기를 들으며 그녀와 자신은 참 다른 것 같다고 호수는 생각했다.

"서울에 있는 다른 동네와 달리 부암동에 없는 세 가지가 뭔지 아세요?"

"글쎄요……."

호수가 고개를 갸웃거렸다.

"대형마트, 학원, 지하철이에요."

듣고 보니 그런 것 같아 "오, 정말 그러네요" 하고 감탄한 호수는 "교통이 불편하긴 하죠" 하고 슬그머니 덧붙였다. 하지만 "전 그래서 더 좋아요. 부암동은 걸어야 진짜 맛을 느낄 수 있는 곳이거든요."라는 다미의 말에 호수는 그녀가 자기와는 전혀 다른 차원의 사람이라는 걸 확신하게 됐다.

함께 길을 걷다 멈춰 선 곳은 한 소박한 식당 앞이었다. 호수는 '정배식당'이라는 상호를 확인하고는 안을 들여다봤다. 테이블이 서너 개밖에 없는 작은 식당이었다.

"여기 손맛 좋다고 소문난 식당인데, 국밥 괜찮으세요?"

"전 좋아하죠. 그런데 이런 취향이셨어요? 저는 연구원님이 점심은 거르거나 샐러드 같은 걸로 때우시는 줄 알았어요."

"가끔 먹긴 해요" 하며 다미가 희미하게 웃었다. 갑자기 허기가 졌고 얼른 밥을 먹고 싶은 생각에 호수는 자기도 모르게 침을 꿀꺽 삼켰다. 마침 식사를 마치고 식당 문을 열고 나온 한 무리의 사람들을 스쳐 보내며 호수와 다미는 식당 안으로 들어섰다.

"처음 보는 얼굴이시네?"

밀차에 빈 그릇들을 옮기던 아주머니가 다미에게 말을 걸며 호수를 힐긋거렸다. 몸피가 크고 곱슬곱슬한 머리에 후덕한 인상을 가진 아주머니였다.

"저희 미술관 출근한 지 얼마 안 된 분이세요."

다미가 호수에게 눈길을 건네며 대답했다.

"아, 그러셔?" 하며 고개를 돌아보는 아주머니에게 호수는 꾸벅 고개를 숙였다. "인상 참 좋네. 앞으로 자주 와요. 여기 식당 이름도 정배식당이잖아요. 정이 배가 되는 식당."

아주머니의 말에 다미와 호수는 같이 웃음을 터뜨렸다.

"그런데 말이야, 거기 미술관 사연 신청해서 선정되면 작품으로 전시해준다는 그거, 나 같은 사람도 해도 되는 건가?"

빈 그릇을 다 치우고도 아주머니가 테이블 옆에 서서 다미에게 물었다.

"그럼요, 오세요. 작품 관람하고 사연까지 신청하면 좋죠."

"그래? 진짜 한번 가봐야겠네."

앞니를 드러내며 아주머니가 환히 웃었다.

"여기 사장님이세요."

아주머니가 주방 쪽으로 가자 다미가 속삭이듯 말했다. 고개를 끄덕이며 호수가 주위를 둘러보자 식당 바깥에는 벌써 여남은 명의 사람들이 줄을 선 상태였다.

"꽤 소문난 맛집인가 봐요. 사람들이 줄까지 선 거 보면."

"그러게요. 갑자기 날씨가 쌀쌀해져서 그런가."

다미가 창밖으로 고개를 돌렸다. 순간 그녀의 낯빛이 창백해져 호수는 혹시 무슨 걱정거리라도 있는지 물어보고 싶었지만 그러지 않기로 했다. 사적인 일을 서로 묻고 답할 정도로 친밀한 사이는 아니었기 때문이었다. 게다가 언제든 미술관을 떠날 수 있다는 가능성이 다미에게도 거리를 두게 만들었다.

"그런데 실장님은 점심 안 드세요? 점심시간에도 항상 자리에 앉아 계시길래요."

화제를 돌려 호수는 실장에 대해 물었다.

"그런 건 아닌 것 같고……." 다미가 고개를 외로 틀었다. "점심시간이 한참 지나서 요기를 하고 들어오시는 것 같긴 해요. 딱히 어울려서 같이 밥을 먹고 이런 건 별로 좋아하시지 않는 것 같아서 앞으로도 식사 같이할 일은 별로 없을 거예요."

다미가 알아두는 게 좋을 거라는 듯 말하는 사이 아주머니가 차르륵차르륵 밀차를 밀며 다가왔다. 사람들이 주위로 바쁘게 오가며 식당 안은 어느새 몹시 복잡하고 분주해진 상태였다. 아주머니는 사람들이 오가는 모습과 비어 있는 테이블을 눈으로 확인하며 동시에 밀차에 올려져 있던 국밥 그릇을 맨손으로 쥐어 옮겼다.

"아주머니, 손이요, 손!"

호수가 느닷없이 목청을 돋운 건 뚝배기를 쥔 아주머니의 엄지손가락이 국밥 안에 반쯤 빠져 있는 걸 보고 나서였다.

"괜찮여. 안 뜨거, 안 뜨거."

"아니, 그게 아니……."

"걱정 말어."

아주머니는 나머지 다른 뚝배기도 엄지손가락을 국밥에 거의 빠뜨린 채 쥐어 테이블로 옮겼다.

"소, 손 좀, 아주머니!"

이젠 거의 사색이 되어 외치는 호수와 달리 아주머니는 나머지 반찬들을 순식간에 내려놓고 돌아서 식당 안에 들어온 사람들을 안내하느라 여념이 없었다. "이쪽으로 앉으세요들."

호수는 자기 앞에 놓인 국밥 그릇을 가만히 바라보다 다미에게 은밀한 목소리로 말을 건넸다.

"아까 여기 손맛이 좋다는 얘기가 이 손맛은 아니었죠?"

다미가 풋 웃음을 터뜨리곤 대답했다.

"그거 맞아요."

인상을 쓰는 호수를 바라보며 재밌다는 표정을 짓던 다미가 "농담이에요" 하고 덧붙였지만 호수는 영 먹을 기분이 나지 않았다.

"그래도 한번 먹어보세요. 뭐랄까, 위로의 맛이라고 할까요. 전 마음이 좀 안 좋으면 여기 와서 국밥 먹곤 하거든요."

다미의 말에도 젓가락으로 반찬을 깔짝거리기만 하던 호수는 마지못해 국밥 한 숟가락을 떠 입에 넣었다. 뭉클한 훈훈함이 속을 채웠고 몸에 열기가 돌았다. 요즘 들어 아침과 점심은 거의 빈속으로 살다 저녁만 유일하게 챙겨 먹던 호수에게는 드물게 미뢰를 자극하는 맛이었다. 맞은편에 앉은 다미도 국밥을 열심히 먹긴 했지만, 자꾸만 다른 데 몰두해 있는 사람처럼 순간순간 멍한 표정이었다.

"혹시 무슨 신경 쓰이는 일 있으세요?"

호수가 끝내 조심스럽게 묻자 다미가 손등으로 입을 훔치며 "그래 보여요?" 하고 되물었다.

"아, 아뇨. 뭔가 고민이 있는 것처럼 보여서요."

"별거 아니에요."

"그럼 다행이고요."

그러고 다미와 호수는 별말이 없었다. 테이블 위에 올려져 있던 다미의 휴대전화가 진동으로 울린 건 두 사람이 한참을 말없이 국밥을 먹고 있을 때였다.

"실장님 메시지네요."

다미가 휴대폰을 들어 올려 얼굴 가까이 가져갔다.

"뭐라세요?"

궁금한 마음에 호수가 묻자, 다미가 답했다.

"작가님이 사연 선정을 하셨다는데 작업을 위해서 뭘 좀 찾아야 한다나 봐요."

"뭘 좀 찾아요?"

"그건 내일 출근하신 후에 얘기하자 하시네요."

"아…… 네."

호수가 생각하기에 아무래도 알 수 없는 미술관이었다. 출근한 지 얼마 되지 않았어도 제한된 인력에 일이 대중없이 맡겨지는 경우가 많다는 걸 눈치껏 알게 된 호수였다. 괜한 반발심이 일면서도 이내 별다른 수가 없다는 걸 깨달은 호수는 괜스레 타는 마음을 다스리려 허겁지겁 국밥을 입에 욱여넣었다.

"그런데 그림을 그려주시는 작가분은 대체 어떤 분이세요? 아무 이름도 내걸지 않고 작품을 만드시니까 조금 궁금하긴 하더라고요."

내친김에 궁금했던 사항을 묻자, 다미는 돌연 경계의 눈초리로 차갑게 응수했다. "글쎄요. 실은 저도 궁금해요."

다미는 더 이상 아무런 말도 하지 않고 숟가락으로 국밥을 다부지게 떠먹었다. 호수는 영문을 몰라 다미만 바라보다 얕은 한숨을 뱉어냈다. 이러다 미술관을 그만두기 전에 답답해

죽지 싶었다. 하지만 국밥은 아주머니의 엄지손가락이 마음에 걸리지 않을 정도로 정말 맛있었다. 호수는 거의 코를 박을 듯 뚝배기에 고개를 수그린 채, 대체로 무슨 음식이든 입맛 없어 하던 자신이 이런 자세로 식당에 있어본 건 아주 오랜만이라고 느끼면서 열심히, 아주 열심히 먹어댔다.

투명하고 반짝이는 몸짓으로

편집숍에서 산 물건을 결제하려던 해주는 점원에게서 카드 잔액이 부족하다는 얘기를 듣고 얼어붙은 듯 그 자리에 서 있었다.

이번 달 대학 및 지역 축제와 공연 준비를 위해 고가의 의상과 신발을 카드 할부로 사들였던 것을 순간 떠올렸고, 카드 단기 대출금 결제일 역시 하필 오늘이었다는 걸 뒤늦게 생각해냈다. 더 비참한 사실은 축제와 공연에 참여하기로 한 것이 일정을 잡아준 기획사가 부도를 내는 바람에 진작에 취소되었다는 점이었다.

"다른 카드 없으세요?"

도로 카드를 내밀며 점원이 물었다.

"네, 없어요. 죄송해요."

해주는 고개를 떨군 채 빈손으로 편집숍을 빠져나왔다. 곧 내야 할 보험료와 전기세 생각에 해주는 마음이 무거워졌다. 이게 다 공연이 취소되어서였다. 공연 일정을 끝마치고 나면 출연료로 생활비를 충당할 계획이었던 해주는 한없이 막막해진 마음으로 버스에 올라탔다.

해주가 앉은 자리 쪽으로 볕이 비스듬히 들었다. 바람에 날려 잿빛 담벼락 밑으로 가라앉는 마른 나뭇잎들이 스산한 자신의 마음과 다를 바 없는 것 같았고, 어딘가로 하염없이 추락하는 기분이었다.

집에 다시 돌아갈까.

해주는 입속으로 중얼거렸다. 이런 기분으로, 아무 선물도 없이 아경을 만나러 간다는 게 민망하기도 했고, 무엇보다 그런 자신이 한없이 초라하게만 느껴졌다. 기분이 조금 나아진 건 버스가 부암동 초입 오르막길에 들어서고 나서였다. 노르스름하고 반투명한 햇빛이 은은하게 길 위에 퍼지는 걸 보며 해주는 버스에서 내렸다. 정류장 앞에서 크게 심호흡을 해보자 눅눅했던 마음의 창이 어느 정도 환기되는 것 같았다. 빈손으로라도 아경을 만나러 가야겠다는 다짐이 선 건 그때였다. 처지가 곤란하다고 해서 아경의 첫 콘서트에 가지 않는다면 두고두고 후회할 것 같았다. 뭐 하나 줄 것 없이 아경을 만나러 가는 것이 썩 내키지 않았지만 그래도 해주는 용기를 내기로 했다. 아경이 아니었다면 스트리트 댄스의 길로 들어서지 않았을 해주였다. 해주는 그녀의 공연을 꼭 보고 싶었다.

해주가 아경을 처음 만난 건, 그녀가 버스킹을 하던 길거리 무대에서였다. 그날 해주는 해외 무용단에 입단한 친구를 축하해주기 위해 동기, 선후배들과 만난 자리에서 함께 저녁을 먹고 집으로 돌아가는 길이었다. 해주는 진심으로 친구의 앞길을 응원하고 축하해주었지만, 마음 한편에 이는 쓸쓸함은 어쩔 수 없었다. 현대 무용을 전공한 동기들이 하나둘씩 자기 자리를 찾아가고 있는 것에 비해, 정작 해주 자신은 여전히 제자리걸음을 하고 있는 것만 같은 서글픔 때문이었다. 아무도 자신의 능력을 인정해주지 않는 것 같은 자괴감과 더불어 무용에 대한 열의 또한 예전보다 사그라드는 시기를 해주는 보내고 있었다.

딱히 목적지 없이 그저 상념에 젖어 걷고 있던 해주에게 길 한편에 모여 있는 사람들의 웅성거림 너머로 노랫소리가 들려왔다. 잔잔한 기타 소리와 낮은 톤으로 읊조리는 한 여자의 목소리가 전자극처럼 자신을 끌어당겼다는 것을 해주는 그 순간을 떠올릴 때마다 기억했다. 부지불식간에 완전히 인파 속으로 묻혀 들어갔을 때, 그녀는 어느새 여자가 연주하는 선율의 일부가 되어 있었다. 해주는 눈을 감은 채 여자의 연주와 노래를 들었다. 어쩐지 아련한 기분에 빠져드는 것과 동시에 자유로움을 느꼈다. 무용을 전공하는 사이 해주에게는 취향이라고 할 만한 것이 없었다. 핀에 고정된 것처럼 제한된 영역에서 한결같이 무용만 해왔던 해주였다.

저도 모르게 해주의 두 손이 가볍게 들렸다. 가늘게 눈을 뜨자 거리의 흰 가로등 빛이 마치 무대 위 조명처럼 느껴졌다. 해주는 성큼 발을 내디뎠다. 여자의 연주가 바람이라도 불러일으킨 것처럼 해주의 몸이 가볍게 들어 올려졌다. 해주는 인파 속 사람들을 비켜 가며 조금 뛰듯이 걸었고, 사람들은 뒤늦게 그녀의 모습을 시야에 담았다. 어느새 여자가 연주하고 있던 무대 앞까지 뛰어나왔을 때, 해주는 어떤 식으로든 돌이킬 수 없음을 알았다. 어느 것에도 구애받지 않고 자유롭게 몸을 움직이고 있다는 느낌에 사로잡힌 직후였다.

연주에 맞춰 너울너울 몸을 흔들던 그때 다른 두 명의 여자들이 해주 쪽으로 다가왔다. 그들은 어떤 망설임도 없이 박자가 두드러지거나 화려하지도 않은 연주와 노래를 따라 춤을 추기 시작했다. 그중 한 사람은 두 팔을 뻗어 허공을 가로지르거나 팔을 빠르게 돌리며 왁킹 동작의 춤을 추었고, 또 다른 사람은 느린 바디 웨이브로 몸을 물결치듯 하며 힙

합 춤을 추었다. 사람들이 무대 가까이 몰려들었고, 간간이 환호성이 들렸다. 한 사람의 연주에 맞춰 서로 다른 장르의 춤을 추는 사람들이 한데 어울리고 있는 작은 무대였다. 신고 있던 구두를 벗고 바닥을 박차고 올라 그랑제떼 동작을 취했을 때 해주는 뭔가 날아오르는 기분이었다. 거칠고 들뜬 숨소리가 귓가에서 울렸다. 스스로가 가볍고 투명하게 느껴지는 건 정말이지 오랜만이라고 생각했다. 그곳에서 그녀는 오래 춤을 추었다.

그날 해주는 얻고 잃은 것이 하나씩 있었다. 얻은 것은 노래하는 아경과 자유롭게 춤을 추는 자신의 모습이었다. 잃은게 있다면 그날 어딘가에 부딪쳐 골절이 된 엄지발가락 때문에 한동안 무용을 할 수 없었다는 점이었다. 예정된 입단 시험과 공연에도 참여할 수 없었다. 그저 미미한 타박상에 불과할 줄로만 알았던 그 부상이 무용 활동마저도 중단케 한 것이었다. 하지만 그사이 그녀의 관심은 조금 더 자유롭고 즉흥적인 몸짓으로 표현할 수 있는 스트리트 댄스 장르로 옮겨가고 있었다. 부상이 얼추 나으면서 그녀가 향한 곳은 무용 연습실이 아니라 길거리 무대였다. 아경과 그녀의 버스킹 무대에서 조우했던 두 명의 댄서와 함께였다. 거리에서 아경의 연주에 맞춰 몸을 움직일 때마다 느껴지는 놀라운 자극에 해주는 숨이 가빠 올랐다. 사람들이 그녀의 동작 하나하나에 눈길을 맞추고 즉각적으로 반응하는 모습을 보며 해주는 비로소 살아 있다는 감정을 느꼈다. 자기 안의 틀을 벗어던지고 자유롭게 춤을 추면서 해주는 스며들듯 스트리트 댄스의 세계로 서서히 들어가기 시작했다. 우연히 마주쳤던 그날 밤의 버스킹 무대가 아니었다면, 그날의 아경이 아니었다면, 해주로서는 생각조차 하지 않았을 그런 세계였다.

공연 시작 시간보다 다소 늦게 도착한 해주는 조심스레 문을 열고 안으로 들어갔다. 안에는 이미 스무 명 남짓한 사람들이 스툴 의자나 긴 벤치 의자에 앉은 채로 빽빽이 들어차 있었다. 해주는 사람들이 조금씩 몸을 움직여 마련해준 구석자리 빈 공간에 겨우 몸을 끼워 앉았다. 자리에 앉고 나니 물결처럼 맑고 섬세한 아경의 목소리와 숨소리가 바로 앞에서 들려왔다. 해주가 오래 아끼듯 좋아해온 그녀의 목소리였다. 언제나 그녀 자신의 내밀한 고백처럼 들리는 아경의 노랫말들은 때로 해주의 마음을 어루만져주곤 했다. 그런 아경의 노래와 연주를 따라 해주는 가만가만 몸을 흔들었다.

갑작스러운 진동에 해주는 가방 안으로 손을 넣어 휴대전화 액정을 세워 들었다. 부재중 전화와 함께 집주인의 메시지가 도착해 있었다.

'월세가 입금되지 않아 어찌 된 일인지 궁금해 연락드렸어

요. 전화 좀 주세요.'

월세는 자동이체로 매월 빠져나가게 두었다. 그러나 통장에 잔액이라고는 없다는 사실을 해주는 퍼뜩 떠올렸다. 휴대전화를 그대로 밀쳐두고 가방 입구를 닫은 채 바닥에 내려놓았지만 계속 신경이 쓰여 아경의 공연에 제대로 집중할 수 없었다. 어디로든 돈을 구하러 가거나 당장 일자리를 찾아나서는 게 시급한 상황이었다. 그런데도 이곳에서 한가롭게 공연을 즐기고 있는 자신이 왠지 한심하게 느껴졌고, 그 갑작스러운 감정의 기복은 아경이 공연을 마칠 때까지 내내 해주를 괴롭혔다.

그래서 공연이 끝난 후, 따로 둘만이 남은 순간 축하 인사와 고맙다는 말을 주고받고서, 해주가 그 말을 꺼낼 수밖에 없던 이유가 있었다. 절박함, 돈에 대한 그 빌어먹을 절박함 때문이었다.

"혹시 돈 좀 빌려줄 수 있어?"

엷게 미소 띤 아경의 얼굴이 삽시간에 황망한 표정으로 바뀌는 걸 해주는 가슴 아프게 지켜보았다.

"그거 부탁하려고 여기 찾아온 거야?"

바로 느껴지는 냉기가 아경의 진심이 아니란 걸 해주는 알지만, 마음이 상했다.

"아니, 미안해. 갈게."

얼굴이 달아오른 해주가 뒤돌아서려고 할 때였다.

"계좌번호 알려줘."

어쩔까 하고 순간 망설인 해주였지만, 지금 자존심을 챙길 여유는 없었다. 해주는 계좌번호를 적어 톡으로 보냈다.

"보냈어."

그 말을 듣자마자 아경은 그 자리에서 해주의 계좌로 돈을 송금했다.

"50만 원. 지금은 이거밖에 없어."

"갚을게."

미안한 마음을 표현할 수 있는 단어가 없어 담담히 해주는 그렇게 말했다.

"보이스피싱 당했다고 생각하지 뭐."

아경이 툭 던진 말이 해주에게 날카롭게 꽂혔다.

"뭐라고?"

"말 그대로야. 그게 왜."

해주의 시선을 피하며 아경이 중얼거렸다.

"어떻게 그렇게 말할 수 있어?"

따지듯 다가선 해주를 향해 고개를 쳐든 아경의 눈언저리가 불그스름해져 있었다.

"나도 기분 상해. 왜 하필 오늘 돈 빌려달라고 하는데. 나 오늘 공연하는 날인 거 몰라?"

"당연히 알지."

금세라도 울음을 터뜨릴 것 같은 얼굴을 보고 아연해진 해주가 감정을 누그러뜨리며 말하자 아경이 고개를 숙였다.

"천천히 갚아. 못된 말 해서 나도 미안해."

나도, 나도. 차마 내뱉지 못하고 해주는 입속말로 되뇌었다.

"우리 정말 가난하다."

팔등으로 눈가를 훔치며 아경이 코맹맹이 소리로 말했다. 속에서 쓴 물이 올라오는 걸 느끼며 해주는 아경에게 "계좌번호, 네 것도 알려줘"라고 말했다. 아경이 메시지로 계좌번호를 보내오자마자 기다리고 있던 해주가 돈을 돌려보냈다.

"갚았다."

"왜?"

아경이 놀란 눈으로 물었다.

"내 생각만 하다 경우 없이 행동했어……. 미안해."

그 말을 끝으로 양팔을 늘어뜨린 해주는 힘없이 돌아서고, 그런 해주를 아경은 어쩌지 못하고 바라보기만 했다.

해주는 하우스 콘서트장을 나와 무작정 길을 걸었다. 부암동이라는 동네가 있다는 걸 처음 알려준 것도 사실 아경이었다. "가끔 왈칵왈칵 숨이 막힐 때가 있거든. 그럴 때 여기 오면 숨도 쉬어지고 괜찮아져. 도시가 한눈에 내려다보이는 느낌도 좋고. 저 복작복작한 곳에서 어느 정도 떨어져 있는 것만 같잖아." 하던 아경의 말을 상기하며 해주는 창의문 쪽을 향해 걸었다. 아경은 현판에 적힌 창의문이라는 이름보다는 자하문이라고 부르는 걸 좋아했다. 아경의 노래 중에는 자하문이라는 이름 뜻이 담긴 〈보랏빛 안개〉라는 곡도 있었다.

"보라색은 경계의 색 같아. 찰나의 색 같기도 하고. 꼭 나처럼. 활짝 피어나지 못하고, 또 완전히 지지도 않고 경계에 머문 사람들의 빛깔 같아."

"그럼 나도 그렇겠네?"

"아니, 넌, 투명하고 반짝여. 너의 몸짓은 모든 걸 투명하게 여과하는 것 같아. 내 노래까지도."

그렇게 얘기해주었던 아경이었다. 그런 생각을 하자 해주는 몹시도 쓸쓸해졌다. 오늘 일로, 어쩌면 앞으로 아경과는 친구로 지낼 수 없겠다는 생각도 들었다. 한숨을 내쉬며 주위를 둘러보는데 초라한 자신의 모습이 얼른 어둠에 가려지면 좋겠다는 생각이 들 정도로, 내리쬐는 빛살은 환하고 눈부셨다.

랑데부 미술관이었던가.

한없이 느려지는 걸음으로 걷고 있던 해주는 얼마 전 아경과 우연히 들렀던 부암동 작은 미술관을 떠올렸다. 누군가의 이야기로 그려낸 작품을 전시하던 미술관. 정처 없이 걷던 해주는 그곳으로 가는 길을 헤아려보며 발길의 방향을 바꿨다. 그 적요한 공간에 가서 잠시라도 머물다 보면 조금 기분이 나아질까 싶었다.

더듬더듬 찾아간 미술관에서 해주는 한 할아버지의 얼굴 모습이 세대별로 연대기처럼 그려진 그림들을 천천히 들여다보았다. 뭔가 특별한 대상이 아니라 일상 속 누군가의 이야기가 그림으로 그려진다는 게 해주는 신기했다. 그럼 자신의 이야기도 정말 작품이 될 수 있는 걸까 의문이 든 해주는 어느새 사연의 방 앞에 섰다.

한번 들어가보기라도 하지 뭐.

그런 생각으로 해주는 사연의 방 안으로 들어섰다. 탁자 앞에 앉아 낯선 방 안을 둘러보자 문득 떠올려지는 한 사람이 있었다. 아빠였다. 한번 떠오른 아빠에 대한 상념이 사라지지 않고 머릿속을 파고들다 아련하게 사라지곤 하는 바람에, 해주는 몇 번이나 펜을 들었다 놓았다 했다.

아빠의 얼굴을 보지 않고 지낸 지 벌써 꽤 오랜 시간이 흘렀다. 당장 시급한 월세를 생각하면 아빠에게 연락해 도움을 청해보는 것도 나쁘지 않겠다 싶었지만 그도 잠시뿐, 해주는 고개를 절레절레 저었다. 몇 년 만에 아빠에게 연락해서 돈 얘기부터 꺼내는 것만은 하지 않고 싶었다. 아빠를 떠나 살기로 한 결정은 해주 자신이 내린 것이었기에 손을 벌리고 싶지 않았다. 어쩌면 아빠에게 손을 뻗어 도움을 요청한다는 건, 자신의 선택이 무모하고 잘못되었다는 걸 인정하는 것과 다름없을 테니까. 절대로 그러고 싶지 않다고 입을 악다물었는데, 동시에 가슴이 뭉클해지면서 눈가에 눈물이 아른거렸다. 두 손으로 막으려 해도 손가락 틈 사이로 새어 나오는 눈물처럼 속수무책으로 떠오르는 아빠.

어렸을 적 춤을 처음 가르쳐준 건 아빠였다. 팔다리가 길고 몸이 유연했던 해주는 곧잘 아빠의 춤을 따라 하곤 했다. 그러나 해주가 유난히 음악을 좋아하고 춤에 재능을 보이기 시작한 이후부터 오히려 아빠는 예전처럼 해주 앞에서 몸을 움직이는 법이 없었다. 해주가 친척들이나 다른 사람들 앞에서 춤을 추기라도 하면, 아빠는 슬그머니 어딘가로 사라지곤 했다.

아빠는 비보이 1세대 축에 속하는 사람이었다. 오래전 아빠의 젊은 시절 얘기를 꺼내며 정말 대단했지, 하는 아빠의 옛 동료들을 해주는 어려서부터 많이 봐왔다. 하지만 그때마다 아빠를 돌아보면 무표정하다 못해 굳어진 얼굴이었다. 원래 거의 표정이 없다시피 한 아빠였지만, 해주는 느낌으로 분명히 아빠의 기분을 알 수 있었다. 아빠가 예전의 얘기들을 별로 좋아하지 않는다는 걸. 아빠와 다르게 재능을 키워

쳐야겠다고 여긴 엄마 손에 이끌려 무용을 시작했지만, 아빠는 여전히 그런 모습을 썩 좋아하지 않았던 걸로 해주는 기억한다. 엄마는 그런 아빠에 대해 해주가 자기처럼 춤을 좋아하게 될까, 염려되어 그러는 거라고 했다. 아빠가 비보이 배틀 경기에서 위험한 동작을 취하다 심한 목 부상을 당해 안면 마비가 된 이후, 완전히 춤을 그만두게 되었다는 사실은 사춘기에 들어서야 엄마에게 들었다. 아빠는 안면 마비의 영향으로 지금도 웃는 표정을 짓는 걸 어려워한다.

해주가 고등학교에 입학하고 얼마 지나지 않아 투병 중이던 엄마는 세상을 떠났다. 엄마와 사별하고 나서 아빠는 해주를 더 엄격하게 대했다. 더 이상 무용을 하지 않았으면 좋겠다는 바람을 부지불식간에 내비치는 때가 많았다. '그냥 무난하게 공부를 더 잘해보지 그러니.' 아빠에게서 무용을 잘해 칭찬받기보다 그런 얘기를 더 많이 듣던 시기를, 해주는 어렵사리 지나갔다.

아빠가 전에 없이 크게 화를 낸 건 그렇게 어렵게 해온 무용을 포기하겠다고 했을 때였다. 대학에서 현대 무용을 전공한 해주가 그 길을 포기하고 스트리트 댄서로 춤을 추며 살고 싶다고 했던 바로 그때.

"무용까지 하는 건 아빠가 반대하지 않았잖니. 하지만 춤은 안 돼."

처음 아빠의 반대에 부딪혔을 때 해주는 왜 안 되냐며 반발하지 않았다. 아빠의 염려를 모르는 것은 아니었기에 충분히 설득해나가면 될 거라고 생각했기 때문이었다. 하지만 시간이 지날수록 더 완강해지는 아빠의 반대에 해주는 질식할 정도가 되었다.

"해주야. 아빠가 그 세계를 모르면 모를까, 아니까 반대하는 거야. 내가 이미 그 길을 거쳐 간 사람이니까. 스트리트 댄서로 살아간다는 게 얼마나 힘든지 알기나 하는 거야?"

"나는 아빠가 나를 더 잘 이해해줄 거라 생각했어."

해주의 대꾸에 아빠는 꾸짖듯 말했다.

"그놈의 춤이 아빠를 망치게 한 거란다. 아빠, 웃는 표정 짓지도 못하는 거 알지? 너도 아빠처럼 크게 한번 다쳐봐야 정신을 차리겠니? 춤으로 돈을 벌기는커녕 생계유지는 할 거 같아? 몇 번 말을 해야 알아듣겠어. 네가 춤 때문에 망가지는 모습을 내가 두고 볼 거 같냐고!"

아빠가 퍼붓는 말을 해주는 담담하게 견디어냈다.

"아빠, 괜찮아. 나는 가난한 게 부끄럽지 않아. 그냥 춤을 추면 좋아. 그것 외에 바라는 건 없어."

그러자 아빠가 부릅뜬 눈으로 해주를 노려봤다.

"그러니까 안 된다고! 너, 그 정도밖에 안 되는 아이였니?"

"이 모습이 어때서, 아빠. 아빠 딸은 있잖아, 이 이상도, 이

이하도 아니야. 그저 하고 싶은 일을 하며 살아가고 싶은 거뿐이야. 아빠가 좀 응원해주면 안 돼?"

아빠는 기가 막힌다는 듯 얼얼한 표정을 지었다.

"어리석은 생각으로 인생의 시궁창으로 빠져들고 말겠다는 애한테 무슨 응원을 해달라는 건데?"

"아빠, 나한테 이러는 건 좀 심한 거, 아니야?"

해주가 차오르는 울음을 억누르지 못하고 울먹이며 말했다.

"뭐가 심하다는 건데. 지금껏 해주 네가 하는 일에 대해 아빠가 반대하는 것 봤어? 아빠도 너의 생각 존중해. 하지만, 자식이 올바르지 못한 길을 간다는데 반대하지 않을 부모가 어디 있겠니. 게다가 네 아빠는 그 춤 때문에 인생이 망가진 사람인데, 어떻게 자식이 그 길을 가게 그냥 놓아둘 수 있겠어, 해주야."

"아빠가 나 얼마나 걱정하는지는 알아. 하지만 아빠, 이건 내 인생이야. 나는 그저 이 일을 계속하고 싶은 것뿐이야……. 유명해지고 싶지도, 돈 많이 벌고 싶지도 않아. 그러니까 아빠, 나, 허락해주세요. 춤을 추는 일이 나를 가난하게 만든다고 해도 괜찮아. 제가 하고 싶은 일 하면서 살 권리를 허락해주세요, 네? 아빠."

아빠가 냉소하듯 입술을 삐죽였다.

"그게 권리라도 된다니? 가난하게 사는 게?"

"난 아빠······."

"그럼 되는 거냐? 네가 하고 싶다는 대로 놔두면?"

해주의 말을 자르며 아빠가 물었다.

"응. 춤 아니면 못 살 거 같아."

"아빠가 끝내 반대한다고 해도?"

"······응."

아빠가 실망 어린 눈초리로 해주를 바라보며 크게 한숨을 내쉬었다.

"네 생각이 정 그렇다면······ 너 하고 싶은 대로 해, 대신."

"대신?"

"아빠는 너 못 본다."

어쩌면 잔인하게까지 느껴지는 그때의 기억을 떠올리다 해주는 펜을 내려놓았다. 해주는 다른 가족들처럼 함께 기념사진을 촬영해본 적도, 아빠와 단둘이 셀카를 찍어본 적도 없었다. 그래서 아빠의 모습을 반추할 수 있는 뭔가를 본다는 게 자신 없기도 했고 쑥스럽게 느껴졌다. 그렇게 떠나와놓고 아빠를 그리워한다는 게 어쩐지 모순 같았다. 하지만 그것과 별개로 가끔 아빠가 보고 싶은 건 사실이었다. 자신의 인생 너머에 두고 이젠 시간이라는 벽 때문에 완전히 보이지 않게 된 아빠의 얼굴을.

해주는 다시 펜을 들어 천천히 종이 위에 적어가기 시작했다.

〈아빠의 웃는 얼굴을 그려주세요〉

갖고 있는 아빠의 사진이 없어요. 아빠는 안면 마비 때문에 웃는 표정을 지을 수 없는 사람이거든요. 그런데 당신의 뜻과 반대로 걸어가는 딸 때문에 아빠는 속으로도 웃을 일이 없는 사람이 되었을 거예요. 몇 년 동안 보지 못했지만, 앞으로도 보기 힘들겠지만, 언제나 늘 거울처럼 떠오르는 아빠를, 오래 기억하며 바라볼 수 있도록 그려주셨으면 하는 마음으로 신청합니다.

사연 신청자, 선해주

미술관을 나오자 해주는 한결 홀가분한 기분이 되었다. 다시 잔인한 현실의 늪으로 들어갈 생각에 마음이 졸아들지만 언제고 위기가 없었냐는 마음이었고, 어떻게든 헤쳐나가야겠다는 생각이 들었다. 당장 행사나 백댄서 일자리가 있는지 사람들에게 연락을 돌려보고 안 되면 알바 자리라도 급히 알아봐야겠다고 생각하며 걸어 나가려는데 휴대전화 액정에 뜬 은행 입금 메시지가 해주의 걸음을 멈춰 세웠다.

'입금액 : 1,000,000원

입금자 : 권아경'

단 하루의 전시

초록색 나뭇잎들 사이로 간간이 붉은색 단풍이 엿보이기 시작한 가을이었다. 언제든 그만둘 마음으로 출근하는 거야 그대로였지만, 호수는 어느덧 다른 곳과는 사뭇 다른 부암동의 정취와 숲에서 불어오는 서늘한 공기만은 좋다고 생각했다. 어느 정도 출근하는 게 적응되면서 조금만 더 다녀보자 마음을 다잡아보았지만, 아직 미술관에 자리 잡지 못하고 있다는 불안이 아나운서직에 대한 호수의 미련을 부추기는 듯했다. 재단과 관련된 일과 더불어 미술관의 제반 업무들이 힘들거나 어려운 것은 아니었지만, 자신이 주도적으로 할 수 있는 일은 아니라는 생각에 자주 힘이 빠지곤 했다.

그런 그를 토닥여주는 건 가끔 마주치는 청소부 할머니였다. 건물 내외부를 청소하는 일이 만만치 않아 다른 데 신경쓸 여유가 없을 텐데도 항상 호수를 만나면 "호수 청년, 호수청년" 하며 나긋한 미소를 지어주고는 했다. 오 실장은 호수에게 종종 핀잔 비슷한 말투로 왜 그렇게 피곤해 보이냐고 하거나 안색이 좋지 않은 것 같다고 했지만, 할머니는 달랐다.

"전보다 표정이 밝아졌네."

대개 첫마디부터 늘 기분이 좋아지는 말을 건네는 사람이었다.

"그래요, 할머니?"

호수가 반색하며 되묻자 할머니가 입을 손으로 가리고 소리 죽여 말했다.

"나 같은 노인도 여기 취직하자마자 진작 그만두고 싶었는데 그게 벌써 이 년이 넘었어. 잘 버텨봐, 호수 청년."

방황하던 호수의 마음을 짐작하기라도 했는지 할머니가 눈을 찡긋했다.

"……고맙습니다."

호수가 쑥스러워하자 할머니가 손을 내저으며 말했다.

"아냐, 아냐. 나도 항상 밝은 호수 청년 덕에 기분이 좋아. 아 이렇게 산밖에 없는 동네에 호수가 생겼잖아."

할머니의 농담은 호수를 퍽이나 유쾌하게 만들었다. 그런 낯선 친절에 호수는 고마움을 느꼈다. 그러고 보면 호수가 아직 이곳에 남아 있는 건, 일을 계속해나가야 할지 고민할 때마다 그 마음을 돌아서게 하는 자잘한 일들이 계속 이어졌기 때문이었다. 무엇보다 누군가의 사연과 이야기로 만들어진 작품과 사람들이 남긴 말들이 호수의 마음을 뭉클하게 만든 게 제일 큰 이유였다.

"호수 씨, 그분 아직 안 오셨나?"

멀리서 호수를 발견한 오 실장이 성큼성큼 걸어 다가왔다.

"네, 실장님. 도착하면 연락 주시기로 했는데 아직입니다."

"오기로 한 시간보다 벌써 두 시간이나 지났는데 설마 아예 오지 않는 건 아니겠지?"

"언제쯤 도착하실지 연락을 한번 드려볼까요?"

오 실장이 고개를 절레절레 저었다.

"아니야, 아니야. 뭐 굳이……. 그분께 오늘 딱 하루만 전시하고 작품 내려간다는 거 충분히 전달했지?"

"네, 했습니다."

호수의 대답에 오 실장이 고개를 끄덕였다.

"그럼 기다려보자고."

"그런데요, 실장님. 저, 궁금한 게 있는데요."

돌아서려다 만 오 실장이 호수에게 고개를 죽 내밀었다.

"응, 얘기해봐."

"혹시 작가님은 어떤 분이세요?"

무슨 질문이든 하지 못할 대답이란 없다는 듯 여유로운 표정을 짓고 있던 오 실장이 금세 얼굴을 붉히며 허공으로 눈길을 돌렸다.

"아, 그야…… 회사 차원에서 관련 있다는 것만 알고 나도 뭐 그렇게 잘 알지는 못해. 아니, 그게 궁금해?"

"네. 원래 제가 미술이나 예술 쪽에는 문외한인데, 요즘 작가님 작품 보면서 부쩍 관심이 많이 가서요. 어떤 분인지 궁금하기도 하고요."

그러자 오 실장이 겸연쩍은 표정을 지으며 "그래, 그럴 수 있지"라고 대꾸했지만, 그 뒤로 별다른 말은 없었다. 오히려 작가에 대해 물었던 호수만 무안해졌다. 다미에 이어 오 실장까지 작가에 대해서 분명하게 얘기해주지 않는 탓에 호수는 괜히 서운해졌다. 미술 분야를 전공하지 않은 자신을 은근히 무시하는 것 같아 마음 한편이 상하기도 했고, 뭔가 감춰야 할 것이 있어 그러나 하는 의심마저 들었다.

"저기 손 연구원 나오네."

마침 전시관에서 나오는 다미를 향해 오 실장이 손짓했다.

"아니, 지금 전시 관람객들 반응은 어때?"

"꽤 재미있어들 하세요. 어떤 분은 방명록에 실험작품 아니냐고 적어놓으신 분도 있고요."

이쪽으로 걸어오며 답하는 다미의 표정이 밝았다.

"아, 그래? 다행이네. 이상하다 하는 사람은 없고?"

"네, 아직까진 특별히 없어요."

오 실장이 안심한 표정을 짓는 사이 미술관 출입구로 한 여자가 걸어 들어왔다. 관람객이려니 했는데 일행이 모여 있는 쪽으로 총총걸음으로 다가왔다. 검은 볼캡을 깊이 눌러쓰고 오버사이즈 후드 집업과 오버사이즈 팬츠를 매치해 입은 차림이었다.

"혹시, 윤호수 매니저님……?"

호수가 "전데요" 하며 나섰다가 "아, 오셨군요" 하고 여자를 알아봤다. 한참을 기다리고 있던 차에 도착했다는 연락 없이 직접 찾아온 것이었다.

"누구……?"

"선해주 님이요."

"아이고!"

안경을 들썩이며 궁금한 눈빛으로 여자를 바라보던 오 실장이 호수의 말에 허리를 펴며 과장된 탄성을 내질렀다.

"안녕하세요, 신청 사연 남겨놓고 오늘 작품 관람하러 온 선해주입니다. 늦어서 죄송합니다."

해주가 꾸벅 고개를 숙였다.

"행사가 늦게 끝나는 바람에 옷도 갈아입지 못한 채 달려왔어요. 일이 이렇게 항상 갑작스럽게 잡히는 편이거든요. 기다리게 해서 죄송합니다."

"아니에요, 아니에요. 그럴 수도 있죠. 어서 우리 손 연구원이 전시실로 안내를 좀 해드리라고."

손사래를 치던 손으로 전시관 쪽을 가리키며 오 실장이 말했다.

"이쪽으로 가시죠."

오 실장의 말을 뒤로하고 호수가 먼저 앞장서자 그 뒤를 다미와 해주가 뒤따랐다.

"원래 미술관에서 관람객을 이렇게까지 챙겨주세요?"

함께 걷던 해주가 다미에게 물었다.

"아, 원래는 안 그래요. 오늘은 해주 님 사연으로 완성된 작품이 조금 특별하게 하루만 전시되는 거라서요."

"맞아요. 그래서 오늘 꼭 작품을 보셔야 합니다."

앞서 걷던 호수가 뒤돌아보며 다미의 말에 맞장구를 치고는 전시관 문을 활짝 열어놓았다.

"그럼, 들어가실까요?"

다미가 전시실 안쪽을 향해 손을 뻗었다. 그런데 해주가 선뜻 들어가지 못하고 서슴거리더니 물었다.

"바로 들어가면 될까요? 왠지 떨리네요."

"그럼요. 긴장하실 필요 없어요. 편히 관람하세요."

다미의 미소 섞인 말에, 한참을 뻘쭘한 듯 서성이던 해주가 이윽고 몸을 돌려 안쪽으로 걸어 들어갔다.

"잘됐으면 좋겠어요, 그죠?"

해주의 뒷모습을 지켜보던 다미가 중얼거리듯 말했다.

"네, 꼭 잘될 것 같아요."

"가족이란 뭘까요?"

다미의 물음에 뭔가를 말해보려던 호수는 입속에서 말이 헛도는 걸 느꼈다.

"어쩌면 영원히 알 수 없는 관계 같아요. 다 안다고 생각하지만, 어쩌면 하나도 알지 못하는 관계."

"듣고 보니 그렇네요." 호수가 고개를 끄덕였다. "전 여기 오기 전에 6년간이나 아나운서 시험에 응시했거든요. 문턱을 넘지 못하면서도 계속 거기에 매달리는 저를 가족들은 도통 이해할 수 없었을 거예요."

"꼭 이해받아야 하는 건가요?"

다미의 얼굴에 한껏 드리운 그늘을 호수는 힐긋 엿보았다.

"누구에게 이해받는 것만이 인생의 목적은 아니잖아요."

"그건 그렇죠."

다미는 자기 생각을 드러내는 데 주저함이 없는 사람이었다. 당연하게 생각했던 것도 다시 생각해보게 하는 구석이 있었고, 호수라면 오래 앓을 고민 같은 것도 담아두기보다 그때그때 흘려보내는 성격 같았다.

"죄송해요, 주제넘게 이런 소리를."

"맞는 얘긴데요, 뭘."

웃음 결이 담긴 목소리로 호수가 답했다. 호수는 그 웃음으로 다미가 신경 쓰지 말고 얘기를 계속하길 바랐다.

"전 오래 가족과 떨어져 지냈어요. 가족들은 제가 미술 하는 걸 별로 좋아하지 않아서요. 부모님은 인생을 잘 살아가는 방법은 따로 있다고 생각하는 분들이세요. 저도 그렇게 살아가길 바라시고요. 하지만 그런 부모님의 기대로부터 저를 얼마나 잘라냈는지 모르겠어요. 아무 도움이나 지원 없이 스스로 고립되었다고 느낄 만큼요. 그것 때문에 부모님과 사이가 벌어진 건 속상한 일이긴 하죠……." 말끝을 흐리며 뭔가를 생각하는 듯하던 다미가 의식적으로 미소를 지었다. "하지만 그런 일만 있는 건 또 아니니까요. 나름 좋은 점도 있고."

"그런 건 뭔데요?"

"제 뜻대로 저를 사용할 수 있다고 할까요. 부모님이 가리키는 길을 갔다면 저는 아마도 지금껏 타인의 기대에 맞춰 저를 사용했을 거예요."

건조한 투였지만, 강단이 느껴지는 목소리였다. 다미의 말에 호수는 뭔가 죽비 같은 것으로 한 대 맞은 기분이 되었다.

그런 다미가 자신을 상대적으로 유약하게 여길까, 현재 자신이 부모님과 함께 살고 있다는 얘기는 하지 않았다. 자신에게도 힘든 구석이 있다는 점을 헤아리거나 지지해주지 않는다며 자주 부모님을 원망한다는 얘기도.

"그럼 다미 씨는 부모님이 그토록 반대하는 미술을 어떻게 시작한 거예요?"

"고등학교 때 좋아하던 사람이 그림을 그리는 걸 보고요."

"그래요?"

"그런데 그 사람은 절 별로 좋아하지 않았어요. 한 사람을 좋아하는 마음이야 내 것이지만, 그 사람의 마음을 소유할 수 없다는 걸 깨달았을 즈음이었어요."

이젠 생각만으로도 간지러워진다는 듯한 표정으로 다미가 피식 웃었다.

"그 사람이 사랑하는 걸 해보고 싶었어요. 그토록 헤어나오지 못하는 그 세계에 대한 질투로 시작했나 봐요."

"결과적으로는 잘된 일이네요."

"그러게요. 어떤 인연은 이정표가 되기도 하나 봐요. 인연은 이어질 수 없어도요. 비가 올 건가 봐요."

하늘이 조금씩 거무스름해진다 싶었는데 잔 방울이 두둑 떨어졌다. 바람이 한차례 세차게 일렁이더니 수목의 나뭇잎들이 일제히 몸을 떠는 소리가 들려왔다.

"비 냄새."

다미가 중얼거리면서 걷어붙인 양손으로 두 팔을 쓰다듬었다.

"춥죠?"

그 모습을 보고 호수가 물었다.

"조금요."

다미가 고개를 끄덕이자마자 세찬 줄비가 쏟아져 내리기 시작했다.

"복숭아 못 먹죠?"

뜬금없는 다미의 질문에 말문이 막힌 건 호수였다.

"다음에 주문할 때 미리 빼달라고 하면 그렇게 해줄 거예요."

점심때 샐러드를 배달시켜 먹은 것을 다미가 우연찮게 본 모양이었다. 복숭아 알레르기가 있는 호수가 그것들만 골라 한쪽으로 밀어놓고는 샐러드를 먹었던 걸 다미는 기억하고 있었다. 고맙다고 해야 할지 아니면 다음에 샐러드 같은 것 말고 손맛 좋은 그 식당에 다시 한번 가보자고 할지 고민하던 차에 "어서 가요" 하고 다미가 빗속으로 뛰어들었다. 망설이다 말을 건넬 타이밍을 놓친 게 못내 아쉽기도 하고 방금 느낀 감정의 여운을 조금 더 오래 지속시키고 싶은 마음 때문에 호수는 한동안 그 자리에 서 있었다. 누군가 자신에게 신경을 써준다는 감정을 느끼는 건 오랜만이었다. 남모르게 자신을 별 볼 일 없는 존재로 생각하곤 했던 호수였다.

발밑에 빗물이 차고 빗줄기가 얼굴을 때리는 와중에도 움직임 없이 서 있던 호수가 빗속으로 발걸음을 떼자 어깨 위로 빗물이 후드득 쏟아졌다. 내내 비를 맞고 있어도 아무렇지도 않을 날 같았고 마음이 들뜬 탓에 약간 붕 떠서 걷는 느낌이었다. 전시관 안쪽에서 뭔가 구르는 소리에 호수가 뒤를 돌아본 건 그때였다.

보이는 게 다는 아니니까요

전시실에 들어간 해주는 당황한 낯빛으로 주위를 두리번 거렸다. 작품이라고 보일 만한 건 없었고 빈 액자만이 벽면에 걸려 있었다. 다른 전시실이 따로 있는 것도 아니어서, 해주는 뭐지 싶은 마음으로 빈 액자가 걸려 있는 곳으로 다가섰다. 액자 옆에 자신이 적어 보낸 사연을 훑다 그 아래 보이는 글에 시선을 옮겼다.

작가의 말

선해주 님의 사연에서 문득 아버지에 대한 그리움이 깊이 느껴졌어요. 그립고 보고 싶은 대상이 이 세상에 존재한다는 게 전 몹시 부러웠답니다. 개인적인 이야기이지만 저의 부모님은 이 세상에 존재하지 않으시거든요. 지금 만나지 못한다고 해도 언제든 만날 수 있다 생각하면 기분이 좀 나아지지 않던가요. 돌아가신 부모님을 어떻게 해서도 만날 수 없다는 생각에 저는 종종 허무해지거든요. 갖고 있는 사진 하나 없다는 해주 님의 아버지를 어떻게 그려야 할지 꽤 오래 고민하고 망설였습니다. 그것을 해결할 수 있는 길은 단 하나이더군요. 해주 님의 사연에 제가 최선을 다해 만들어낼 수 있는 작품은 오로지 한 가지 형식밖에는 없었습니다.

만남, 그 자체 말입니다.

Title: 웃는 아빠

글 바로 밑에 제목으로 보이는 문구를 보고 해주의 눈이 동그래졌다. 그 낯선 어감을 입속으로 되뇌는데 어디선가 저벅저벅 발자국 소리가 점점 가까이 들려왔다. 그 소리의 진원은 바로 앞 액자 너머 어둡고 빈 공간이었다. 생각지도 않던 곳에서 들려오는 소리에 당혹감을 느끼며 해주는 비스듬히 몸을 기울여 액자 안을 들여다보았다.

갑작스레 해주는 질겁을 하며 뒤로 물러섰다. 희미한 빛 그림자가 액자 안에서 언뜻 비치나 싶더니 누군가 모습을 드러냈기 때문이었다. 진회색으로 센 짧은 머리에 남청색과 흰 체크무늬 셔츠와 베이지색 면바지를 입은 익숙한 모습. 거기 아빠가 믿기지 않는 모습으로 서 있었다. 사각의 액자 안으로 정확히 들어와 선 모습이었다.

"뭐야 아빠."

그게 아빠를 향한 해주의 첫마디였다.

"뭐긴, 보면 몰라. 작품으로 여기 나와 있는 거지."

성미가 강퍅하기만 했던 아빠가 몇 년 새 헐렁해진 바지만큼이나 힘 빠진 목소리로 대꾸했다. 꿈속에서만 가끔 어른거렸던 아빠였다. 가끔 떠올리고도 바로 솟구치는 원망으로 북북 지워버리곤 하던 아빠가 정작 앞에 나타나자 해주는 복잡한 심경으로 인해 일말의 반가움조차 표현하기가 어색해졌다.

"아빠는 웃는 표정 짓기 힘들어하잖아."

아빠와 작품 제목을 번갈아 바라보며 해주가 말했다. 괜한 말을 했다 싶어 바로 후회했지만, 항상 아빠와는 이렇게 의도치 않게 어긋나곤 하는 것이었다.

"아빠 안 보고 싶었니?"

아빠가 말문을 열었다.

"아빠는?"

대답 대신 해주가 되물었다.

"보고 싶었지."

나지막한 음성이었다.

"나 이해하지 못하잖아."

"보고 싶은 거하고 이해하는 게 어떻게 같니."

이번에는 해주가 말이 없다.

"너는 늘 아빠한테 막연해."

"무슨 소리야?"

"안 보여. 수평선 너머처럼. 막 찾아보려고 해도 바다 저 끝처럼 멀고 막막해."

"그런 얘기 하려고 여기 와 있는 거야?"

해주의 말에 아빠가 고개를 숙이며 주춤거렸다.

"네가 나처럼 될까 봐 무서웠다."

감정 표현을 좀처럼 하지 않던 아빠였다. 해주는 그런 아빠가 서먹서먹하게 느껴졌다.

"네가 추는 춤을 봤어."

아빠가 헛기침을 하고는 해주를 지긋이 바라봤다.

"……언제?"

해주가 물었다. 그따위 춤이라고. 천박하게 몸을 놀리며 춤을 출 거냐고 했던 아빠였다. 거리에서, 조악한 무대 위에서, 인파가 드문 구석진 곳에서 춤을 추던 사람이 다름 아닌 아빠였으면서.

"유튜브 영상으로도 보고, 페스티벌 가서 직접 보기도 하고. 그 배틀 경연하는 것도 보고."

"관심도 없으면서 왜 그랬어?"

해주는 갑작스럽게 관심을 보이는 아빠가 의아하고 부담
스러워지기까지 했다.

"처음에는 어떤 춤을 추는지 보고나 싶었어. 너무 과격한
동작 때문에 다치기라도 하는 건 아닌지 아빠도 내심 걱정되
었으니까. 네가 엄지발가락 골절된 게 무용 때문이 아니었다
는 걸 아빠가 모르는 줄 알았니?"

해주는 대꾸하지 못하고 고개를 갸울였다. 아빠가 제일 걱
정하는 게 춤을 추다 다치는 일이라는 걸 해주도 모르는 게
아니었으니까.

"그런데, 꽤 잘하더라."

"……뭐?"

해주가 수그렸던 고개를 들었다.

"나를 보는 것 같지 뭐냐. 내가 웃진 못하지만 속으로 아주
헛웃음이 지어질 정도로."

얼굴은 무표정했지만 말투에서 아빠가 머쓱해한다는 걸
해주는 알 수 있었다.

"박자를 쪼개서 몸으로 표현하는 거나 반 박자 빠르게 동
작을 취하면서 능란하게 그루브를 타는 게 타고났던데……
사실 사고 이후 예전 춤추는 모습은 별로 생각하고 싶지 않

왔었어. 과거의 영상이나 사진도 내게 다 무슨 소용이었겠니. 그게 내 인생의 전부였는데도 말이지. 그런데 막상 네가 춤을 추는 모습을 보니 나의 과거를 다시 들여다보게 됐다고 할까."

"내가 춤추는 모습이…… 아빠를 닮았어?"

"응, 너만 할 때의 나 같았어. 아니, 나보다 더 낫던데. 어쩌면 그렇게 자유롭게 춤을 출 수 있는지 조금 놀랐어."

"아무도 내게 어떤 방식으로 춤추라고 강요하지 않으니까. 내 방식대로 할 수 있어서, 난 그게 좋아."

해주는 아빠와 대화하며 둘 사이에 존재하던 해묵은 감정이 조금이나마 가시는 느낌을 받았다. 춤에 대해 이렇게 대화를 나눠본 적은 처음이었다.

"그래…… 할 수 있는 한 계속해봐……. 그 말을 해주려고 이렇게 네 앞에 섰다."

아빠에게 춤을 계속해보라는 얘기를 들을 줄도, 들을 마음도 없었던 해주는 감정이 북받쳐 올랐지만 꾹 참았다. 단지 그 말만으로 아빠와 과거에 겪었던 상처와 불화가 말끔히 해소될 거라고 생각하지 않았다. 심지어 아빠가 단절됐던 과거를 너무 쉽게 원상 복귀하려는 것에 반발심마저 일었다. 하지만 아빠 역시도 자신으로 인해 상처 입었을 거라는 생각이 들었다. 춤을 추는 걸 반대하는 아빠에게 "이렇게 하다 죽을 거야!" 악다구니를 쓰며 소리치던 한때의 모습을 떠올렸다.

"너를 이해해주기보다 항상 아빠를 이해해달라고 강요했던 것 같다."

아빠의 그 말이 한층 힘없이 들려 해주는 가슴이 아팠다.

"아빠 알아?"

"뭘 말이니."

"어릴 때 아빠와 춤을 추고 배울 때가 나는 살면서 가장 좋았어."

"그 이후는 아니었어?"

"무서웠어."

"뭐가 그렇게."

"언젠가부터 아빠는 내가 노래하고 춤을 출 때면 한편에서 매섭게 쏘아보곤 했었으니까. 아빠만 보이면 내가 춤 동작을 멈췄던 거 몰라? 그래서 그런지 나는 지금 춤을 출 때마다 아빠의 그런 눈빛에서 벗어나는 기분이야. 자유로워."

담담한 시선으로 해주를 바라보던 아빠가 말했다.

"미안하다, 내가."

그리고 둘은 한참 말이 없었다. 먼저 입을 뗀 건 아빠였다.

"나는 네가 페스티벌에서 춤을 추던 게 멋지더라. 내가 좋아하는 스타일의 음악이더라고. 음악과 너의 춤이 절묘하게 맞아떨어지더라."

"그런 음악 좋아해?"

해주가 주머니에서 휴대폰을 꺼내 들었다.

"그런가. 사고 이후로는 아예 음악을 듣지 않아서 잘 몰라. 그냥 좋았어."

휴대폰 속 플레이리스트를 손으로 넘겨보던 해주가 그중 한 곡을 골라 플레이 버튼을 눌렀다.

"이거야."

베이스와 스네어 드럼 반주로 시작해 다른 악기들과 차례로 어울리며 조금씩 템포가 빨라지는 곡이었다. 해주는 가볍게 목과 어깨를 움직이며 리듬을 탔다.

"어, 거기, 바로 그 부분이다. 몸을 틀어서 굽힐 때 덜 꺾여서 시원스러운 동작이 안 나오는 것 같았어. 다른 부분은 정말 좋았는데 말이지. 크게 움직이면서 무브를 좀 넓게 타보면 좋았을 텐데."

그러곤 아빠가 직접 몸을 움직였다. 해주가 아홉 살 때 이후로 처음.

"이렇게?"

해주가 아빠의 동작을 따라 했다.

"그렇지, 하지만 이렇게 더······."

아빠의 배가 출렁이며 어깨가 양쪽으로 움직이는 모습을 해주는 가만히 지켜보는 중이었다.

"……저런 모습으로도 춤이 되네."

해주는 눈을 가늘게 뜨고 중얼거렸다. 중년에게는 어울릴 법하지 않은 어딘가 어색한 모습이었지만, 아빠의 동작은 간결하고 군더더기가 없었다. 팝핀을 했던 감각이 살아 있는지 목이 어깨 끝에 닿을 듯 양쪽으로 움직이고, 팔다리가 자연스러우면서 절도 있게 움직였다. 그루브가 살아 있는 아빠의 모습을 보며 해주는 자신의 춤 디엔에이가 정확히 아빠의 것이라고 확신한다. 어쩔 수 없이 서로의 부분이라는 것도 그 순간 확인한다. 아빠가 추는 춤은 밋밋하고 뭉툭하게 느껴지긴 해도 동작 하나하나는 여전히 유연했다.

약간은 얼이 빠진 표정으로 아빠의 춤을 바라보던 해주가 두 팔을 허공에 띄웠다. 허리에 반동을 주고 몸을 틀며 몸을 움직이는 해주의 모습을 보면서 아빠는 한층 격렬히 몸을 움직이지만 어쩐지 더 우스꽝스러운 모습이 되어간다. 하지만 해주는 아빠와의 어색한 춤을 이어가본다. 다시 해보지 못할 마지막 기회일지 모른다는 생각을 하면서.

음악이 멈추자 아빠는 언제 그랬냐는 듯 액자의 사각 프레임 안에 반듯이 섰다. 해주는 액자 옆 작품 제목에 다시 눈길이 갔다.

"아빠 지금 웃고 있어?"

해주의 물음에 아빠는 여전히 무표정이었다.

"응. 아주 환히."

보이는 모습과 다르게 아빠가 다정한 목소리로 대답한다. 그런데 아빠가 서서히 웃음을 짓는 게 정말 해주의 눈에 보였다. 아빠의 웃음은 보이는 게 아니라 감춰진 것이었다.

"아빠. 진짜 웃는 아빠 같다."

"내가 웃는 모습이 보여?"

"응, 조금."

해주는 아빠의 환한 웃음을 선명하게 마주 보았다.

"나는 아빠가 늘 화난 표정을 짓고 있다고 생각했어."

"웃는 아빠입니다, 오늘은."

아빠 앞에서 웃어본 게 언제였는지 까마득한 해주의 입가에 미소가 감돌았다. 아빠가 웃는 모습을 떠올리게 된 것만으로 해주는 평생 잊을 수 없는 작품을 보고 있는 것만 같은 느낌이었다.

그때 아빠가 액자 아래쪽으로 몸을 굽히더니 뭔가를 들어 올렸다. 자세히 보니 해주가 춤을 추는 모습이 그려진 그림이었다. 한 손은 하늘을 향해 다른 한 손은 정면을 향해 당당하게 뻗어 있었고, 한쪽 무릎을 허리 위까지 들어 올린 채 뭔가를 잡아먹기라도 할 듯한 표정으로 정면을 바라보는 그림이었다. 스트리트 댄스를 시작한 지 얼마 되지 않아 참여한 공연에서 춤추던 순간을 그린 것이라는 걸 해주는 쉽사리 알아 챘다.

"그건 어디서 난 거야?" 하고 아빠에게 묻는 순간이었다.

"선해주."

별안간 들려온 낯익은 목소리였다. 잘못 들었나 싶었는데.

"해주야."

그제야 뒤를 돌아본 해주는 움찔하며 작은 탄성을 내질렀다.

"권아경, 너 어떻게……."

그곳에 정말 아경이 서 있었다.

"그 그림 내가 신청한 사연으로 그려진 거야. 해주 네가 춤추는 모습을 그려달라고 했었어."

"아경이 네가 사연을 신청했다고?"

"응. 저번에 미안해. 나도 모르게 그만."

다가와 앞에 선 아경을 해주는 가만히 안았다.

"아니야. 너의 첫 번째 콘서트에 아무 선물도 가져가지 못하고 내 생각만 해서 미안해. 그런데 정말 이게 어떻게 된 일이야."

해주가 아경의 어깨에 둘렀던 팔을 푼 다음 아빠와 아경을 번갈아 바라보며 말했다.

"미술관에서 두 차례 연락을 받았어. 처음에는 선해주, 너를 그려달라는 내 사연이 선정됐다는 소식이었고, 두 번째는 그 선해주라는 사람이 아버지를 그려달라는 사연이 선정되었다는 거였어. 공교롭게도 두 개의 사연에 네가 겹쳐 있던 거지."

"그럼, 아경이 네가 나보다 먼저……."

"맞아. 미술관에서 너의 사연을 어떻게 작품으로 표현할지 고민하다 내게 연락을 준 거래. 아버님과의 어떤 연결고리를 찾고 있더라고. 그래서 내가 아버님이 운영하시는 식당을 알려드렸어. 만나 뵈면 좋을 것 같다고 내가 제안하기도 했고. 허락도 없이 미안해."

아경이 해주의 팔 언저리를 쓰다듬으며 말했다.

"그런 거였어? 근데 거길 기억하고 있었네."

언젠가 해주는 아경과 함께 아빠가 운영하는 작고 허름한 식당을 지나친 적이 있었다. 그때 한 번뿐이었다. 아경에게 아빠에 대해 말한 것은.

"아경이가 미술관 직원분들과 식당에 찾아왔단다. 그때 내가 작품이 되겠다고 했다. 그게 너와 만날 수 있는 방법이라면 못 할 것도 없었으니까."

해주는 지금 벌어지는 일들이 얼핏 수긍이 가면서도 한편으로는 부담스러웠다. 아빠와의 관계 복원이 힘들었던 과거의 순간으로 다시 돌아가는 일이 될지도 모른다는 두려움 때문이었다.

"그동안 많이 서운했지?"

해주는 아빠의 물음에 대답하지 않았다. 오늘의 만남과는 별개로 그동안 아빠와의 사이에서 겪었던 서러운 감정들이 한꺼번에 몰려드는 것 같았다.

"그런데 난 이제 정말 가봐야겠구나, 해주야."

아빠가 들고 있던 그림을 바로 옆 탁자 위에 올려놓았다.

"매일 정해진 시간에 식사 오시는 단골이 한 분 계시거든. 그분 우리 식당 아니면 갈 데가 없는 거 같아. 지금 얼른 가봐야 해. 미안하다 해주야."

"알겠어, 가."

해주가 단조롭게 대답했다. 액자 속에서 빠져나온 아빠가 해주를 빤히 쳐다보고는 물었다.

"꼭 한번 식당에 찾아올 거지?"

해주는 여전히 아빠의 물음에는 대답하지 않았다. 아빠는 더는 묻지 않고 어깨를 수그린 채 전시실을 저벅저벅 걸어 나갔다. 해주는 아빠의 뒷모습을 보며 왠지 모르게 서글퍼졌다. 춤이라는 끈으로 연결된 운명을 서로 부정했던 지난 시간을 떠올렸다. 아빠와 다시 춤을 출 수 있는 순간은 다시 오지 않겠지만, 아빠 앞에서 자신의 모습에 더 솔직해질 수 있겠다는 생각을 해주는 처음 했다.

"아빠."

막 전시실을 빠져나가려던 아빠가 뒤를 돌아다봤다.

"나도 아빠가 무조건 나를 이해해줘야 한다고 생각했었어. 못되게 굴어 미안해."

아빠는 그저 해주를 물끄러미 바라보기만 했다. 해주는 아빠의 얼굴 구석구석을 찬찬히 들여다봤다. 그 얼굴 너머로 아빠가 웃는 모습이 보이는 것만 같았다. 한동안 그렇게 서 있던 아빠가 돌아서고 나서 해주는 아빠가 떠난 자리를 돌아보았다. 그곳에 아빠의 과거를 대신해 현재의 해주가 춤추는 모습이 그려진 그림이 오롯이 남아 있었다.

미술관을 나와 아경과 함께 걷는 내내 해주의 마음에 못내 걸리는 게 하나 있었다.

"돈 보내준 거 봤어. 바로 갚을게. 고마워."

돈 때문에 아경을 야속하게 만들었을 걸 생각하자 해주는 미안해졌다.

"아, 해주야. 그건 나한테 갚을 게 아니야."

"뭐, 왜?"

"해주 아버님이 주신 돈이니까."

"무슨 소리야."

"사실 지난번 내 콘서트 때, 해주 네가 가고 나서 느지막이 아버님이 찾아오셨었어. 내 유튜브 채널을 아시고는 그동안 너와 내가 함께 공연했던 영상을 모두 훑어보셨나 봐. 내가 부암동에서 콘서트를 연다는 사실도 그 덕에 알게 되신 거고. 콘서트장에 가면 해주 너를 만날 수도 있을 거란 생각에 찾아오신 거였대. 그런데 아버님이 도착했을 때는 간발의 차이로 네가 먼저 떠난 상태였거든. 못내 아쉬운 기색으로 아버님이 부탁을 하나 하시더라고. 너와 연락도 되지 않는 데다가 또 언제 어떻게 마주하게 될지 모르겠다시면서 내게 돈을 좀 대신 전해달라는 부탁이었어. 그렇게 아버님에게 받은 돈을 네게 보내게 된 거야. 그러니까 갚으려면 아버님께 드려야 해."

그게 아빠라는 사람이었다. 미움으로 지워버리고 싶어도 결국엔 곁에 머무르는 사람. 자신과 분명 다르면서도 어떤 식으로든 연결되어 있는 사람, 아빠.

"미안해. 중간에서 괜히 너만 번거롭게."

"아니야. 해주 아버님 정말 좋으시더라. 참, 이거."

아경이 허리 뒤춤에 감춰놓고 있던 몇 송이 꽃묶음 하나를 내밀었다. 달큼한 향기가 나는 연보랏빛 꽃들이었다.

"이게 다 무슨 꽃들이야. 너무 예쁘다."

해주가 얼굴을 붉히며 아경이 건넨 꽃묶음을 받아 들었다.

"부암동 길 걷다 주운 구절초들이야. 아홉 번 꺾이는 풀이라고 해서 구절초래. 해주 네가 앞으로도 꺾이지 않고 잘 살

왔으면 좋겠어."

순간 해주의 눈가에 눈물이 아롱거렸다.

"정말 나 울릴 거야, 권아경. 난 아무것도 해주지 못했는데⋯⋯."

"그런 소리 마, 해주야. 네가 있다는 것만으로 나는 숨 쉬는 것 같아."

해주는 아경이 버스킹하던 놀이터에서 처음 만난 때를 떠올렸다. 간밤의 들뜬 기운과 개운한 땀이 온통 해주를 뒤덮고 있던 그때. 아경은 해주에게 늘 그런 감정을 느끼게 해주는 사람이었다.

"아경이 넌 나에게 자유로움인걸."

산마루에 걸친 노르스름한 노을빛이 서로의 얼굴에 물드는 걸 보며 두 사람은 다시 걷기 시작했다. 울적한 기운이 어느새 걷히고 한결 개운해진 마음이었다.

"살랑살랑 바람 분다."

아경의 잔머리들이 바람결에 날리는 걸 보며 해주가 말했다.

"사랑이라는 말. 꼭 그 단어에서 온 것 같지 않아, 해주야? 살랑살랑에서 바람기를 걷어내면 그냥 사랑만 남게 되는 것 같잖아."

해주가 골똘히 생각하는 표정을 짓다 말을 이었다.

"그런가. 살랑살랑…… 살랑…… 사랑…… 사랑해."

어디선가 불어온 바람결이 두 사람을 꽃묶음처럼 부드럽게 엮는 듯한 기분이었다.

"사랑해."

아경이 나지막이 해주의 말을 따라 하며 쑥스럽다는 듯 웃었다. 그 웃음을 따라 번지듯 해주의 입가에 작은 미소가 떠올랐다.

긍정이 징크스

호수는 어제와 다르게 더 차게 느껴지는 아침 공기를 맡으며 부암동 길을 올랐다. 곳곳에 스며들어 있던 어둠이 호수가 근처를 지나갈 때마다 기척에 놀란 고양이처럼 어딘가로 사라지는 듯했고, 이른 아침부터 빵집에서 흘러나오는 빵 굽는 냄새가 전에 없던 허기를 자극했다. 어제 마신 술 때문인지 잠에서 깰 무렵부터 무거웠던 몸과 숙취가 아침 공기에 나아지는 게 다행이다 싶었지만, 그 밤의 일을 생각하면 호수는 암담하기까지 했다.

해주 씨와 아경 씨가 고맙다는 말을 남기고 미술관을 떠나갈 때까지만 해도 호수는 달뜬 기분에 빠져 있었다. 다미와 함께 해주 씨 아버지를 찾아가 작품이 되어달라는 설득을 할 때까지만 해도 그 일이 정말 성사되리라고는 예상하지 못했었다. 떨어져 지내던 부녀가 미술관 전시를 계기로 다시 마주하고, 아경 씨와 해주 씨가 우정을 돈독히 다질 수 있게 된 것에 호수는 작은 보람과 기쁨을 느끼고 있었다. 퇴근 무렵 내내 기분이 좋아 보이던 오 실장이 다미와 호수에게 저녁을 같이할 것을 제안했는데, 문제는 따라나선 그 저녁 자리에서 호수가 지나치게 술을 많이 마셔버렸다는 점이었다.

자기도 모르게 벌인 일들이 하나둘씩 떠올라 미술관 사무실 자리에 앉자마자 호수는 머리칼 사이로 양손을 집어넣고 머리채를 뒤흔들었다. 뭔가 힘든 일을 끝내놓고 난 후 긴장을 해소하고 싶은 마음도 있었겠고, 생각해보니 점심도 챙겨 먹지 못해 빈속이었고, 긴장한 마음으로 오 실장이 따라주는 술을 냉큼냉큼 마신 탓이기도 했고…… 이런저런 변명거리를 찾아보기도 했지만 결국 문제는 자기 절제를 하지 못한 자신에게 있었다. 하나하나 어제 일이 기억 속에서 선명해질 때마다 호수는 창밖에서 흩날리는 낙엽처럼 어디론가 사라져버렸으면 하는 마음이 되었다.

저녁을 먹으러 간 해물찜 식당에서 오 실장은 미술에 관심이 조금씩 생긴다면 입문서로 읽어봐도 좋다며 책 한 권을 추천했는데, 그때 이미 호수는 빈속에 소주를 여러 잔 마시고 조금은 취해 있던 데다가 주위가 시끄러워 그의 말을 잘 알아듣지 못했다.

"네? 뭐라고 하셨죠, 실장님?"

"곰브리치, 곰브리치."

오 실장이 연거푸 힘주어 말했다. 그 말을 듣고 골똘히 생각하는 표정을 짓던 호수가 웃으며 말했다.

"그거 가물치 같은 생선인가요? 전 괜찮습니다. 뭘 주문하셔도……."

그때 정색하던 오 실장의 표정을 잘 살폈어야 했다고 호수는 뒤늦게 후회했다. 말귀를 알아듣지 못한 채 그저 그 해물찜 식당에서 으레 주문하는 생선 음식일 거라 여긴 호수가 별생각 없이 말한 것이었다.

"아니, 아니. 그게 아니라, 호수 씨. 곰브리치의 『서양 미술사』."

아마 그다지 취하지만 않았더라면 주위 소음을 물리치기 위해 오 실장에게로 귀를 가까이 기울였을 테지만, 이미 호수는 공에 빗맞은 볼링 핀처럼 몸을 갸우뚱한 상태였다.

"아아, 미술관 공구리 친다고요?"

그렇게 넘겨짚은 게 문제였다. 그때 오 실장이 완전히 기분 상한 상태였음을 호수는 알았어야 했다.

"이 사람, 이제 보니 자칫하면 미술관에 시멘트 갖다 부을 사람이구먼."

그리고 오 실장은 시들한 표정이 되어 "이제 그만 정리하지"라며 자리에서 일어섰다. 아마 호수의 주사가 거기서 그쳤다고 해도 괜찮았을 것이었다. 문제는 자리에서 일어서 식당 현관 앞에서 신발을 챙겨 신은 직후였다.

현관문을 열자 오래 이어지는 가뭄에 예보도 없이 단비가 쏟아지고 있었다. 아무도 미처 우산을 가져온 이가 없었기에, 오 실장이 "갑자기 웬 비야. 이거 낭패네. 그냥 각자 알아서 가고 내일 봅시다" 하며 손짓한 후 서둘러 빗속으로 먼저 뛰쳐나갔다. 오 실장의 뒷모습을 가만 바라보다 뭔가 짠한 마음이 된 호수가 뒤이어 뛰쳐나간 게 잘못이었다.

"호수 씨!"

뒤에서 들리던 다미의 다급한 외침을 듣고 그때 돌아봤어야 했다. 최소한 자신이 무슨 짓을 하고 있는지 살펴봤어야 했다고 호수는 책상에 앉아 머리칼을 쥐어뜯었다.

"실장님, 오영균 실장님!"

호수는 맹렬하게 오 실장을 향해 달려 나갔다.

"우산 쓰고 가셔야죠!"

한참 앞에서 가방으로 머리를 가린 채 종종걸음으로 걷던 오 실장이 호수의 목소리에 뒤를 돌아보았다. 그때 자신을 갸륵하게 바라본다고 느꼈던 오 실장의 눈빛이 실은 경계와

의아함으로 가득 차 있었다는 것을 알았어야 했다. 하지만 호수는 오히려 기지를 발휘해 상사를 챙기는 자신이 순간 대견스럽기까지 했다. 그게 솔직한 호수의 그때 심경이었다. 빗물이 알알이 가득 들어차 보이지 않는 안경 너머 오 실장의 눈빛을 보았어도 상황이 이상하게 돌아가고 있다는 걸 어쩌면 호수도 더 빨리 눈치챘을 수도 있을 것이었다. 미동도 없는 오 실장의 손에 억지로 우산을 쥐여주고는 뿌듯해하며 돌아서는데, 뒤를 쫓아왔는지 다미가 그 앞에 숨을 헉헉거리며 서 있었다.

"그거 우산 아니에요, 호수 씨."

"아니 언제…… 따라오셨어요. 근데…… 그게 무슨 소리예요. 우산이 아니라뇨……."

다미의 시선을 따라 뒤를 돌아본 호수는 술이 확 깨는 기분이었다. 오 실장이 우산이 아니라 식당 신발을 정리할 때 쓰는 다용도 집게를 들고 우두커니 서서 비를 흠뻑 맞고 있었기 때문이었다. 급한 대로 우산 통에서 아무 우산이나 집어 들고 빨리 뛰어온다는 게 하필이면 다용도 집게였던 것이었다. 기운이 빠져 몸을 휘청대는 호수 발 앞에 집게를 던져놓은 후 오 실장이 못마땅한 표정으로 말을 이었다.

"손 연구원, 이분 아무래도 제정신이 아닌 거 같은데 잘 좀 택시 태워 보내요" 하고 혀를 차며 뒤돌아선 오 실장이 어차피 젖은 머리며 몸을 가방으로 더 가릴 태세도 없이 걸어 나갔다. 큰 충격을 받거나 진절머리가 날 정도로 놀라 경황 없는 사람처럼 천천히 걷던 오 실장의 뒷모습이 지금 호수의 눈앞에 생생히 어른거리는 중이었다.

"무슨 술을 그렇게 마셔요."

마침 사무실에 출근한 다미가 호수에게 웃으며 타박 조로 말했다.

"미쳤나 봐요." 낙담한 어조로 호수가 대답했다. "상사한테 우산 씌워준다면서 집게 줬다가 잘린 회사원은 없겠죠?"

다미는 순간 웃음을 참지 못한 걸 미안해했다.

"아이, 괜찮아요. 실장님 뒤끝 없어요. 신경 쓰지 마세요. 저도 웃고 말았는데 뭘요." 다미가 여전히 웃음을 막지 못한 채 괜찮다 했지만, 호수는 여전히 신경이 쓰였다. 가뜩이나 요즘 오 실장이 호수를 향해 대놓고 낙하산 아니냐고 농담 조로 말하는 것도 거슬리는 마당이었다. 자신의 자리를 믿을 만한 미술 전공자가 대체했으면 하고 바라는 눈치 같아 호수는 자존심이 상했고, 무슨 얘기든 아니야, 아니야 하며 자신의 행동이 마음에 들지 않는 듯 반응하는 것도 간혹 마음에 상처로 남았다.

"근데, 연구원님. 실장님이 항상 말끝마다 아니야, 아니야 하시는 이유에 대해 좀 아세요?”

호수는 생각난 김에 고개를 쭉 내밀고 다미를 향해 물었다.

“어이, 낙하산 씨.”

호수는 곧바로 망했다 싶은 심정에 사로잡혔다. 다미가 대답도 하기 전에 돌연 들려온 목소리 쪽을 돌아보자 사무실 문 앞에 오 실장이 떡하니 서 있었다.

“뭐가 그렇게 궁금해?”

다행히 호수가 한 말은 제대로 듣지 못한 모양이었다.

“나는 곰브리치를 생선이라고 아는 자네가 어째서 이 미술관에 와 있는지 도통 모르겠는데 말이야.”

오 실장이 뒤끝이 없다는 다미의 말이야말로 근거 없는 얘기였다고 생각하며 호수는 완전히 기운을 잃은 모습으로 책상 한편에 상체를 기댔다.

‘해장해야 하지 않아요?’

다미의 톡을 받은 건, 쓰린 속을 부여잡고 등을 구부린 채 모니터를 주시하고 있을 때였다. 그러고 보니 점심시간이 벌써 지나 있었다.

‘네, 그럭저럭 견딜 만합니다. 생각해주셔서 고맙습니다.’

‘괜찮으시면, 바람 좀 쐬러 가는 건 어떠세요?’

‘아! 좋습니다.’

점심 대신 산책을 택해, 미술관을 나와 걷는 길에 다미가 호수에게 감을 조각내 담은 일회용 용기를 내밀었다.

"뭐라도 먹어야 속이 풀리죠. 해장엔 감도 좋대요."

"아, 이런. 감사합니다. 근데, 그거 아세요? 감이 잠들면 감자 되는 거요."

"술 덜 깨셨구나. 가요."

표정 변화 없이 다미가 말하며 걸어 나갔고, 무색한 표정으로 호수가 그 뒤를 따랐다. 창의문 맞은편 쪽으로 건너 다미가 호수와 향한 곳은 '시인의 언덕'이라는 곳이었다. 탁 트인 시야 너머로 서울 주변의 풍경이 한눈에 내려다보였다.

"서촌에서 하숙하던 윤동주 시인이 자주 올랐던 언덕이어서 시인의 언덕이라고 한대요. 시인이 여길 왜 그렇게 좋아했는지 알 것 같아요. 오르고 나면 정말 마음이 시원해지거든요."

"정말이네요. 되게 좋다, 여기."

호수는 부암동이 양반들이 즐겨 찾는 별장터로 유명했다는 얘기를 오 실장으로부터 얼핏 들은 적이 있었는데 이곳에 와서야 그 이유를 알 수 있을 것만 같았다. 하늘을 올려다보고 언덕 아래를 내려다만 봐도 한결 가벼워지는 마음을 옛사람이라고 모를까 싶었다.

"실장님이 그러시는 거 신경 쓰지 마세요. 말투 같은 게 좀 차가워서 그렇지, 알고 보면 그래도 좋은 분이세요."

"아, 네…… 저 위로해주려고 걷자고 하셨구나. 고맙습니다."

"약간, 징크스 같은 게 있으시대요."

"징크스요?"

"뭔가를 먼저 긍정해버리면 꼭 잘 안 되는 징크스가 있으시대요. 긍정이 징크스라나. 아마 그것 때문에 아니지, 아니지, 그런 말투를 습관처럼 쓰고 있는 건 아닐까요?"

다미가 오 실장의 말투를 흉내 내며 말하는 바람에 저도 모르게 호수도 웃었다. 다미의 말이 꼭 틀린 것은 아니었다. 오 실장은 매사 신중하고 확실해질 때까지는 그 어떤 일에도 의심하고 회의하는 사람이었다.

"전 가끔요……."

다미가 외투 주머니 사이로 손을 집어넣은 다음 말을 이었다.

"마음에 있는 안 좋은 감정의 부스러기들을 다 모은 다음에요."

주머니에서 뭔가를 잡아 움켜쥔 손을 꺼낸 다미가 도약하듯 몇 걸음 앞으로 디딘 후 팔을 쭉 뻗으며 손을 폈다. 그 안에는 아무것도 없었다.

"이렇게 멀리 던져버리면 저기 도시 어딘가에 박혀 좀처럼 올라오지 못하거든요. 전 마음이 복잡할 땐 여기 와서 그 마음을 버리고 가요."

"힘이 좋아서 정말 멀리도 날아가네요. 아주 시원하게."

아무것도 본 게 없으면서 호수는 말했다.

"한번 해보세요. 좀 나아질 거예요."

장담한다는 듯 다미가 말했다.

"그럴까요."

활시위를 당기듯 느릿하게 몸을 신장시킨 호수는 주머니에 집어넣었던 손을 꺼내 들어 허공으로 쭉 뻗었다. 그러고는 공을 막 집어 던진 사람처럼 손날을 이마 위에 대고 남산타워 부근께를 바라보았다.

"멀리멀리 잘 간다."

호수가 그랬던 것처럼 뭔가 보인다는 듯 다미가 말했다.

"우리 둘 다 꽤 잘 던지네요."

다미가 능청맞게 말하자 둘은 웃고 말았다.

"근데 연구원님은 방금 어떤 마음의 부스러기를 버리셨어요?"

바로 답하지 않고 뜸을 들이던 다미가 입을 열었다.

"누군가를 생각하면 나오는 부산물들이요. 초라한 마음, 쪼그라든 마음 같은 부스러기들."

"무슨 일 때문에요?"

"좋아하는 사람이 저를 좋아하지 않아서 그런가 봐요. 누군가를 좋아하기만 하면 그 사람은 언제나 저에게서 멀어지더라고요."

"좋아하는 분…… 때문에 그렇군요."

간혹 엿보이곤 하던 어두운 표정이 다미의 얼굴에 짙게 드리워졌다.

"가끔 견딜 수 없는 마음이 치고 나올 때가 있어요. 그런데 이렇게 버리고 나면 괜찮아요."

"기운 내세요."

웃는 낯으로 건네는 말이었지만 호수의 가슴은 왠지 모를 공허함이 가득했다. 누군가를 좋아하고 있다는 다미의 말에 전염된 것처럼 곧바로 자기도 누군가를 좋아하게 돼버린 것 같았다. 누군가를 혼자서 좋아하기만 하는 건, 물이 말라버린 황폐한 모래사장에 있는 기분이라는 걸 호수는 모르지 않았다. 언제 들어올지 모를 밀물을 기다리며 모래사장에 있는 기분. 어쩌면 영원히 바다를 볼 수 없는 갇힌 장소에 있는 기분이라는 걸.

"고마워요. 이제 갈까요?"

다미가 뒤돌아서며 말했다.

"그러죠."

그때 갑자기 바람이 아래에서 위로 불었다. 낙엽들이 회오리바람에 날려 허공을 맴돌았다.

"저기 잎들과 함께 들어 올려진 다음 어딘가로 쓸려갔으면 좋겠어요."

다미의 그 말이 그 순간 왜 그렇게 쓸쓸하고 아리게 다가오는 것인지 호수는 잘 알지 못했다. 왜 그런지 그냥 호수 자신도 함께 붙들려 같이 쓸려가고 싶다는 생각이 들었다. 다미가 발을 내딛자 따라 걷기 시작했을 뿐이었다. 시인의 언덕을 내려와 길을 걷는 동안 호수는 어쩐지 홀가분하기보다는 도리어 싱숭생숭해진 기분이었다.

걸어 도착한 미술관 앞에는 제법 덩치가 큰 세 명의 남자들이 서성거리고 있었다. 그중 담배를 피우던 한 남자가 호수와 다미를 알아보고는 대뜸 외쳤다.

"저기, 이봐."

"저희요?"

금세 얼어버린 호수를 대신해 다미가 나서서 물었다. 담배꽁초를 그대로 길가에 던져버린 남자가 호수와 다미 근처로 다가섰다. 큰 덩치에 짧은 머리를 하고 수염이 턱 주변에서 귀밑까지 성글게 덮인 모습이었다.

"우리 형님께서 미술관에서 그림을 하나 샀으면 하시는데 시세가 얼마요?"

"아…… 죄송하지만, 저희 지금 전시되는 작품은 판매하는 작품이 아니라서요.”

대뜸 작품의 가격을 묻는 남자의 말에 다미가 차분히 대답했다.

“아니야?”

그러자 남자가 반말로 따져 물었다.

“네, 저희 미술관 작품은 현재 누구에게도 판매하지 않고 있습니다.”

“허, 씨. 얘들아, 그림 판매를 안, 하, 신, 단, 다.”

남자 뒤쪽에 있던 남자들이 헛웃음을 터뜨렸다.

“아니, 누구 마음대로 판매를 안 하는데?”

“누구 마음대로라뇨.”

눈을 부릅뜬 채 여전히 반말 조로 말하는 남자에게 다미가 지지 않고 대꾸했다. 그런 다미 앞으로 호수가 나서 조심스럽게 끼어들었다.

“선생님, 그게 아니라, 전시된 작품 작가님이 그림을 팔기를 원치 않아 하셔서요. 공익적 목적으로 누구에게도 소유되지 않고 자유롭게 많은 사람들이 볼 수 있게 하기를 바라시거든요.”

호수를 빤히 쳐다보던 남자가 이내 한마디를 던졌다.

“작가 불러.”

“네?”

잘 못 들었다는 듯 호수가 물었다.

"아, 작간지 뭔지 하는 작자 부르라고! 우리 여기서 기다릴 테니까. 야, 얘들아. 여기 그대로 앉아서 병풍 쳐. 작가인지 종로 삼가인지 간에 누가 이기는지 한번 해보자고."

남자가 막무가내로 성질을 내던 그때 미술관 출입문 안쪽에서 굵고 엄숙한 목소리가 튀어나왔다.

"야, 득열이. 너 지금 뭐 하냐."

남자만큼이나 덩치가 크고 험상궂었는데 입 안쪽으로 금색의 송곳니가 반짝였다.

"예, 형님. 이 미술관 사람들이 미쳤는지 그림을 안 판다고 해서 말입니다."

"그러든 말든 그게 너랑 뭔 상관인데? 야 쪽팔리게 하지 말고 어서 가, 가."

형님으로 불린 금니 남자가 인상을 구긴 채 남자들을 향해 손을 휘휘 내저었다.

"여기 미술관 직원분들이세요?"

금니 남자의 물음에 다미와 호수가 고개를 끄덕였다.

"실례가 많았습니다. 아, 근처 아는 분 집에 그림 좀 사다 드리려고 하는데 안 판다 그 말이죠?"

"네, 어쩔 수 없이……."

호수의 대답이 채 끝나기도 전에 금니 남자가 "알겠습니다. 뭐 보니까 미술 작품도 하나밖에 없어 애매하더라고요."
하고 돌아섰다.

"야, 니들은 뭘 알고 미술관에 데려와야 할 거 아냐. 여기
미술 작품 한 작품만 전시하는 거 알았어, 몰랐어?"

금니 남자가 종전의 남자 어깨를 밀쳐내며 돌아서게 했다.

"한 작품만요? 그건 몰랐는데요."

억지로 뒤돌려진 남자가 고개를 돌려 노려보자 호수가 슬
쩍 시선을 피했다.

"가, 가. 내가 괜한 데서 이러지 말랬지."

금니 남자가 남자들의 등을 한 차례씩 퍽퍽 때리며 모두
돌아서게 했다.

"야, 득열이. 넌 미술관을 골라도 이런 곳으로 고르냐."

"여기가 큰 형님 집에서 제일 좀 가깝고 괜찮아 보여서."

"그러니까 인마. 눈대중으로 하지 말고 검색을 좀 해서라
도 알아보라니깐."

티격태격하며 걸어 나가던 큰 덩치의 남자들이 웬만큼 멀
어지자 호수가 한숨을 몰아 내쉬며 말했다.

"휴, 깜짝 놀랐네요. 근데 좀 조폭들 같아 보이지 않아요?
여긴 어쩐 일일까요?"

"그러게요. 낯선 분들이네요."

호수와 다르게 다미는 별반 동요 없이 읊조리고는 미술관

안으로 들어섰다. 새삼 다미가 자신보다 당차고 겁도 없다는 사실을 되새김하며 그 자리에서 남자들의 뒷모습을 바라보던 호수는, 그중 한 명이 살짝 고개를 틀어 뒤를 돌아보자 출입구 너머로 얼른 몸을 감추고는 본관을 향해 내달렸다.

흔적을 지워주세요

　요즘 대오가 가장 많이 듣는 말은 건달도 이젠 주먹이 아니라 머리를 써야 한다는 말이었다. 주먹을 쓰면 언제든 수사 기관에 쫓길 위험을 감수해야 하지만, 머리를 잘 쓰면 주먹을 사용하지 않고도 용이하게 큰돈을 벌 수 있다고 했다. 이제 주먹은 말 그대로 가오를 잡을 때만 필요할 뿐, 그저 건달의 세계를 상징하는 것에 불과하게 되었다.

　근래 들어 아침잠이 사라져 어스름한 새벽에 일어나곤 하는 대오는 그 시간에 앞으로 어떻게 살아가야 할지 골몰하는 게 일이었다. 가장 큰 문제는 대오 자신뿐 아니라 조직 자체도 늙어가 활동할 범위나 벌이가 줄어들고 있다는 점이었다.

이전처럼 유흥업소를 보호해준다는 명목으로 보호비를 받거나 각종 재개발과 철거 혹은 이권 개입 같은 것으로 돈을 버는 것도 쉽지 않았다. 오히려 피해자 측의 증거수집이나 신고로 처벌받는 일이 더 많아진 탓이었다. 그렇다고 다른 조직들처럼 보이스피싱이나 온라인 도박 사이트 운영, 마약 유통 같은 것들을 통해 돈을 벌어야겠다는 생각은 없었다. 대오는 자기가 몸담았던 세계에 염증이 난 지 오래였다. 주먹이든 머리를 쓰든 더 이상 건달로서의 삶은 이어가고 싶지 않았다. 몸뚱이 하나를 자산으로 삼아 운명이라 생각하며 맨손으로 헤쳐나온 삶이었다. 무엇보다 그는 요즘 시간을 거스르지 못하고 나이 들어가고 있음을 인정해야 하는 게 버거웠고, 함께 나이 들어가는 조직원들이 각자의 삶을 이어갈 수단을 찾아갈 수 있게끔 해야 한다는 생각에 자주 압박감을 느꼈다.

처음 조직을 꾸렸던 큰형님이 부암동 주택으로 집을 옮겼다는 소식을 들은 대오는 마침 찾아뵙고 결심을 밝힐 생각이었다. 걸리는 게 있다면 오래 조직 생활을 함께해온 이들이었다. 대오가 몇 번 은퇴와 조직 해체 의중을 비출 때조차도 한사코 마다했던 그들이었기 때문이었다.

큰형님이 산수화를 그리는 데 취미를 붙인 데다가, 그림을 사고팔면서 돈을 꽤 모았다는 얘기를 들은 대오는 가는 길에

그림이라도 한 점 사갈 겸 근처 랑데부 미술관에 들른 것이
었다. 미술관 같은 곳에는 도통 취미가 없다는 득열과 영택
을 앞에 남겨두고 대오는 혼자 그곳에 들어갔다.

안내 표지판을 따라 전시관 쪽으로 향하던 대오는 갑자기
풀숲에서 희끄무레한 물체가 번득이며 떠오르는 바람에 흠
칫 놀라 뒤로 물러섰다.

"아이 씨 깜짝이야."

놀란 가슴을 쓸어안고 바라보니 고작 바람에 날린 반투명
비닐봉지였다.

"뭘 그거 갖고 놀라요?"

어디서 나타난 건지 모를 할머니가 봉지를 낚아채더니 쓰
레받기에 담았다.

"청소하시는 분이세요? 거, 쓰레기 좀 잘 치웁시다. 사람
놀라게."

무안해진 김에 한마디 툭 내뱉고 발길을 옮기려던 참이
었다.

"말하는 꼬락서니 하고는."

할머니의 뒷말이 고스란히 대오의 귀에 들어왔다.

"뭐요 할머니?"

"아, 왜 소리는 지르고 야단이실까? 뭐 눈에는 뭐만 보인
다고, 쓰레기 눈에는 쓰레기만 보이나 보지."

"아니 진짜 보자 보자 하니까."

대오가 인상을 쓰며 씨근댔다.

"나도 내 눈에는 쓰레기만 보여서 쓰레기 좀 치워야겠네."

난데없이 할머니가 빗자루를 들더니 대오를 향해 휘적휘적 휘둘렀다.

"이 할머니가 지금 뭐 하는 거야…… 미쳤어요?"

대오가 펄쩍 날뛰며 뒤로 물러서자 갑자기 할머니가 제자리에 멈춰 서더니 돌연 씩 웃었다.

"아이 장난 좀 친 거 갖고 왜 그래."

"예에?"

목청을 돋우며 대오가 되물었다.

"사람이 아무리 그래도 그렇지. 늙은이가 농담 좀 했다고 정색하고 그러는 거 아닐세."

이번에는 할머니가 대오를 노려보며 타박하듯 말했다. 어이없이 약 오르기까지 했지만 아무리 그래도 나이 지긋한 어르신이었다. 뻗치는 성질을 겨우 누그러뜨린 대오가 손짓을 하며 말했다.

"네, 할머니. 알겠으니까 그냥 가세요."

그런데 할머니가 피하지 않고 대오를 빤히 쳐다보며 응수했다.

"어서 전시관에 들어가봐요. 미술관에 왔으면 그림을 봐

야지 덩치에 맞지 않게 기껏 비닐봉지한테 놀란 걸로 화풀이
야."

"아니 근데, 이 할머니가······."

"아 장난이라니까. 농담도 못 해!"

카랑카랑한 목소리로 버럭 하는 할머니의 기백에 움찔한
건 대오였다. 요즘 따라 사람 환장하게 만드는 일이 늘어간
다고 생각하며 대오는 차오르는 분노를 가까스로 참았다.

"예, 할머니 얘기대로 저 들어가볼 테니까 이제 저 진짜 건
들지 마세요."

혹시 또 뒷말로 성질을 긁을까 싶어 걸어 나가다 말고 대
오는 할머니를 쳐다봤다. 할머니가 제자리에 서서 빤히 자기
를 쳐다보며 웃는 게 뭔지 모르게 소름이 끼친 대오는 도망
치듯 전시관으로 바삐 걸음을 옮겼다.

전시실 안으로 들어가고 나서야 대오는 이 미술관에 전시
되는 작품이 한 점뿐이라는 걸 알았다. 낭패도 이런 낭패가
없다며 중얼거리다가 또 어디선가 할머니가 듣고 나타날까
싶어 주위를 두리번거렸다. 어쩔 수 없이 전시된 작품을 그
저 한 번이나마 보고 지나치려다 그는 그대로 그 자리에 멈
춰 섰다. 정면을 바라보며 역동적인 동작을 취하고 있는 한
여자의 모습이 담긴 그림이 그의 눈에 스며들듯 들어왔다.
무엇 때문인지 대오는 약간 호흡이 곤란해져 어깨를 수그리

고 숨을 천천히 골랐다. 다시 고개를 들어 작품을 들여다봤을 때 그 그림은 방금 그가 무심히 외면하려 했던 그 그림이 아니었다.

평면의 캔버스 위에 그려진 여자의 눈동자가 별안간 좌우로 오갔다. 고정된 자세로 움직임이 없던 손과 발이 동시에 허공을 갈랐다. 백색의 핀 조명이 휘황하게 비추는 여자 뒤로 사람들이 손을 올리며 환호하고 경탄하는 모습이 흐릿하게 드러났다. 여자는 표정 없는 얼굴이었지만 입술은 앙다문 채 자기만의 춤을 추고 있었다. 마치 인생의 마지막 춤을 추기라도 하는 듯 온몸이 으스러질 듯 열정적이고 자유롭게 움직이는 모습을 대오는 정적 속에서 바라봤다. 그림 속의 여자가 살아 움직이는 모습으로 자기를 향해 말을 거는 듯한 느낌 때문에 대오는 한동안 옴짝달싹할 수 없었다. 알지 못하는 한 여자의 인생의 한때를 목격하는 그 강렬한 실감이 대오 안의 무엇인가를 강렬하게 뒤흔들고 있었다. 그러다 문득 자신의 인생 한때를 떠올려보자 대오는 왠지 처참한 기분이 드는 것이었다. 생각에 잠겨 눈길을 떨구었다 다시 바라본 눈앞의 그림 속 여자는 더 이상 아무 움직임도 없었다.

뭔가에 멱살을 잡혀 끌려가듯 대오가 사연의 방으로 들어간 건 그때였다. 뭐라도 고백하고 싶은 심정으로 자리에 우두커니 앉아 있던 대오는 이내 결심한 듯 펜을 들어 뭔가를 써가기 시작했다.

<흔적을 지워주십시오>

인정받지 못한 삶을 살았습니다. 가난에 찌들어 희망 없이 살다 뭐라도 움켜쥐고 싶어 시작한 건달 생활이었습니다. 하지만 건달이 되었어도 뭔가 나아지는 게 없었죠. 사람들이 경멸의 눈초리로 바라보는 것도, 배운 거 없이 깡패짓이나 한다며 무시하는 것도 여전했죠. 그때마다 이를 악물고 다짐했죠. 아무도 나를 무시할 수 없게 만들겠다고요. 나라는 존재가 얼마나 무섭고 강한 인간인지를 반드시 알려주겠다고요. 문신을 하나씩 그려가기 시작한 게 그 무렵이었던 것 같군요. 온몸 문신이 가득한 저를 보고는 황급히 눈길을 피하거나 두려움에 떠는 사람들의 모습을 보며 이상한 쾌감이 일기도 하더군요. 내가 강하고 무서운 인간이라는 걸 드디어 인정하는구나 싶었죠. 그런데 그게 아니었다는 생각이 요즘 듭니다. 저를 인정한 게 아니라 그저 피했던 거죠. 보기만 해도 돌로 변해버렸던 그, 메두사였던가요. 그런 괴물을 사람들이 피해 다녔던 것처럼요.

요즘은 가끔 몸을 가득 에워싼 문신이 저의 목을 조르고 있는 것 같은 느낌이 들 때도 있습니다. 지금까지와는 다르게 세상에 도움이 될 수 있는 일을 하며 나머지 인생을 살아가고 싶은데, 몸에 새겨진 문신이 제가 얼마나 나쁜 짓을 했는지 증거하는 흔적같이 느껴져 괴롭게 느껴질 때가 있고요. 아무리 선한 일을 한들 사람들이 이런 저를 좋게 봐줄지도 잘 모르겠네요.

그래서 말인데 아무 문신도 그려지지 않은 저를 한번 그려 줄 수 있을까요? 지금 이 상태의 문신을 모두 지우는 건 도무지 불가능하거든요. 하지만 어떻게 해서든 상징적으로나마 내게 남은 흔적을 지우고 싶습니다. 그 모습을 거울삼아 다시 시작하고 싶은 마음입니다. 어쩌면 제 문신을 보고 작가 양반도 기겁할 수도 있겠네요. 이런 건달의 사연도 들어줄지는 모르겠지만 부탁해봅니다.

사연 신청자, 구대오

미술관에서 작품을 구매할 수 없다는 말에 대오와 일행은 하는 수 없이 큰형님 집으로 발길을 돌렸다. 부암동 산기슭 마을 언덕에 자리한 큰형님 집은 오래된 구옥에 작은 안뜰이 딸린, 제법 고풍스러우면서도 적적한 느낌을 자아내는 집이었다. 편안한 옷차림으로 일행을 맞은 큰형님이 잠시 문이 열린 사이 밖으로 빠져나가려는 고양이를 얼른 품으로 안았다. 고양이는 큰형님의 유일한 식솔이었다. 이렇게 조용히 사는 것도 나쁘지 않겠다 생각하며 대오는 큰형님을 따라 집

안으로 들어갔다.

거실에 둘러앉자마자 큰형님은 대오를 향해 대뜸 "이제 그만 은퇴하고 싶다지?" 하고 운을 뗐다. 대오는 득열과 영택의 눈치를 보다 고개를 끄덕이며 대답했다.

"예, 형님. 저뿐만 아니라 이젠 저희가 다들 연식이 좀 오래되어서 아예 조직 자체를 해산할 때가 된 것 같습니다."

"그런 고민을 할 때가 됐나."

큰형님이 고개를 주억거리며 중얼거렸다.

"전, 반댑니다. 큰형님." 가만있던 득열이 몸을 앞으로 기울여 큰형님을 보며 말했다. "갑자기 이렇게 조직을 해산하게 되면 생계도 생계지만, 조직 생활을 계속 원하는 애들까지 내팽개치라는 얘기지 않습니까?"

"득열아, 그 얘기는……."

"말이 나와서 얘긴데, 형님한테도 많이 서운합니다. 이런 식으로 조직을 내치려고 하시는 게요."

득열이 마다하는 대오의 말을 자르고 나섰다.

"야, 득열아. 조직 생활은 빈손으로 하냐? 그리고 우리도 다 늙어가지 않냐. 이젠 서로 각자 의미 있게 살아가면서……."

"무슨 의미, 의미 하시는 거예요, 형님. 저희는 아무런 의미도 아니란 말이에요?"

"아니, 그런 말이 아니라, 득열아."

시종 타이르듯 대하는 대오와 달리 득열은 잔뜩 열이 뻗친 사람처럼 굴었다.

"득열이 말도 일리가 있지. 나머지 애들도 생각해야지. 우리 애들이 지금 몇 명쯤이나 되나?"

그쯤 되자 큰형님이 나서 둘 사이를 중재하며 말을 돌렸다.

"많이 줄어서 열댓 명 정도 되죠. 새로 조직원을 뽑으려고 해도 들어오고 싶다는 사람이 있어야죠. 요즘 애들은 지역이나 조직 거점보다는 상하 관계없이 또래들끼리 뭉쳐서 활동하고 SNS 같은 것도 적극적으로 이용하고 그래요. 이래저래 시대도 좀 많이 변하는 추세고…… 야, 득열아 우리 막내가 몇 살이지?"

"여기 영택이가 우리 막내잖습니까?"

여전히 뾰로통한 얼굴을 감추지 못하고 득열이 영택을 가리켰다.

"영택이가 우리 막내냐? 조직 들어온 건 너보다 한참 뒤지만 그래도 나이는 영택이가 너보다 많은 거 아니냐?"

모두의 눈길이 영택에게 몰렸다. 아무리 봐도 득열보다는 인상이나 이미지로 영택이 훨씬 나이가 들어 보이긴 했다. 양볼이 움푹 파이고 얼굴빛이 전체적으로 어두운 인상에 탈모를 겪고 있는지 머리 안쪽이 듬성듬성 빈구석이 보이는 데

다가 조직원이라고 하기에는 왜소하고 마른 체형 때문에 더 그렇게 보이는지 몰랐다.

"왜 그러세요, 형님. 이래 봬도 영택이 우리 조직에서 유일하게 엠지 세대 아닙니까. 그래도 저희 중에는 젊은 축이에요."

"그래? 야, 영택아. 너 몇 년생이냐?"

멀뚱한 표정을 짓고 있던 영택이 난데없는 대오의 물음에 소심하게 입을 열었다.

"팔이 년생인데요."

그 말을 들은 대오가 착잡한 표정으로 한마디를 내뱉었다.

"좋겠다. 엠지 세대라서."

"아니, 왜 자꾸 나이를 들먹이시고 그럽니까, 형님."

옆에서 득열이 언짢은 표정을 드러내며 끼어들었다.

"야, 나이 마흔이 넘은 사람하고 이천 년생하고 같아? 같냐고! 갖다 붙일 걸 붙여야지. 영택이는 엠지 세대도 뭣도 아니고 그냥 미지, 미지의 세대야. 다시는 나한테 엠지니 뭐니 말도 꺼내지 마."

대오의 일갈에 득열도 더는 말을 덧붙이지 않았다.

그때 대오의 휴대폰 전화벨 소리가 들렸다. 모르는 전화번호였지만 큰형님에게 고갯짓으로 양해를 구한 후 대오는 전화를 받았다.

"여보세요?"

전화기 너머에서 들려오는 남자의 목소리가 작고 지나치게 웅웅대 대오는 제대로 알아듣기가 힘들었다.

"몇 호수요? 사는 집 말하는 거예요? 좀 크게 얘기해요, 크게."

남자의 목소리가 나아지지 않고 더 기어들어 가는 듯해 답답함을 참지 못한 대오는 전화를 단박에 끊어버렸다.

"무슨 전화인데 그래?"

큰형님이 물었다.

"보이스피싱인지 부동산 정보 소개하는 덴지 자꾸 몇 호수냐고 물으면서 성질 돋우길래 그냥 끊어버렸어요. 아, 이것들은 누군지도 모르고 막 전화해서 이런다니까. 걸리면 뒤질라고."

대오가 휴대폰을 노려보며 험상궂은 표정을 지었다.

"여전하네, 우리 대오. 근데 그 성질로 건달 안 하고 다른 일 할 수 있겠어?"

큰형님이 의미심장한 미소를 지으며 대오에게 물었다. 대오는 뭔가 한 방 먹은 기분이었다. 이 생활 말고는 달리 뭔가를 해본 적이 없는 대오였다. 강해 보이기 위해 일부러 어깨에 힘을 주고 되도록 말끝마다 욕설을 붙이고, 없는 성질을 긁어모아 표출하려고 노력했을 뿐이었는데, 어느새 그 모습이 자기 삶의 전부가 되어 있었다.

띠링. 문자 메시지가 도착한 소리를 듣고 대오는 휴대폰 액정을 들여다봤다.

안녕하세요, 구대오 선생님! 저는 방금 전화드렸던 랑데부 미술관 윤호수 매니저입니다. 저희 미술관 작품으로 전시될 사연으로 선정되셨다는 소식을 전해드리려 했는데, 목소리가 작았다면 정말 정말 죄송합니다! 기분 나쁘셨다면 사과드리겠습니다. 선정된 사연의 작품화를 위해 괜찮으시다면, 선생님 문신이 드러난 앞쪽과 뒤쪽 전신사진을 각각 보내주셨으면 합니다. 다른 문의 사항이 있으시면 언제든 연락 부탁드립니다. 랑데부 미술관

메시지를 읽고 나서야 대오는 방금 전화를 걸었던 남자가 몇 호수냐며 물은 게 아니라 이름이 윤호수라는 사실을 알았다. 그러고 보니 목소리도 그냥 작다기보다 뭔가 위축된 음성이었다. 급한 성미 때문에 잘 알아보지도 않고 상대방을 몰아세운 끝에 전화를 끊어버린 게 대오는 괜스레 미안해졌다. 사연이 선정됐다고 해서 기분이 썩 유쾌한 것만은 아니었다. 문신이 사라진 모습을 그려달라고 사연을 신청했더니, 문신 모습을 사진으로 찍어달라는 것부터가 그랬다. 뭔가를

준비하란 말은 대오가 딱 질색하는 말이었다. 갑작스레 짜증이 인 대오는 아예 모른 척하고 없었던 일로 할까 잠시 생각했지만, 바로 전에 큰형님이 했던 말이 눈앞에 떠올려졌다.

'그 성질로 건달 안 하고 다른 일 할 수 있겠어?'

시선이 멎은 듯 휴대폰만 쳐다보던 대오가 엄지손가락을 들어 문자 자판을 꾹꾹 누르기 시작했다.

'예. 오늘 밤에 보내드리지요.'

"뭘 그렇게 열심히 들여다봐?"

고개를 갸웃거리며 큰형님이 물었다.

"죄송합니다, 형님. 다름 아니라 아까 형님댁 오기 전에 그림 하나 사드리려고 미술관에 들렀었거든요. 요 앞에 랑데부 미술관인가 하는 데서요. 근데 작품도 한 점만 전시하고 따로 팔지도 않는다길래 사서 오지는 못하고 그냥 사연만 신청했는데 그걸로 그림을 그려준다네요."

"뭐야 그럼. 당첨이라도 됐다는 거야?"

"아니, 뭐. 복권 당첨은 아니구요. 그냥 제 사연으로 작품을 한번 만들어보겠다는 얘기죠."

"무슨 사연인데 그게?"

요즘 미술 작품에 관심이 많은 큰 형님이 대오에게 꼬치꼬치 물었다. 어떻게 답할까 망설이던 대오는 그냥 솔직하게 말해버렸다.

"건달 그만두고 좀 의미 있게 살고 싶다고요."

그러자 큰형님은 허탈하게 웃고 말았다. 이때 미동조차 없던 득열의 눈빛이 날카롭게 빛난 걸 대오는 보지 못했다.

눈에 띄는 일

오전 무렵부터 시작된 헬리콥터 소리가 여간해서 끊이지 않고 들려왔다.

"무슨 훈련이 있는 날인가. 어지간히 시끄럽네."

오 실장도 신경이 쓰이는지 자리에서 중얼거렸다. 다미는 병가에 이어 연차를 내고 이틀째 출근하지 않고 있었다. 그녀가 갑작스럽게 출근하지 않는 것이 지난번 어두웠던 표정과 연관이 있는 건 아닌지 염려하던 차에 헬리콥터 소리까지 정신을 산만하게 하자 호수는 답답한 마음에 사무실 밖으로 나가 서성였다. 하늘 위로 하부에 물통을 단 소방 헬기가 꽤 낮은 높이로 지나가는 게 보였다. 가까운 어디선가 화재

훈련을 하고 있거나 정말 화재가 일어난 것일 수도 있겠다고 생각할 때였다.

"호수 씨, 오늘 점심 챙겨오지 않았으면 밥이나 같이 먹으러 가지."

외투를 들고 선 오 실장이 고개를 들어 올린 채 하늘을 바라보며 말했다. 호수의 가방 안에는 샐러드 박스가 들어 있었다. 점심을 챙겨오지 않았을 거라 미리 단정하고 식사하러 가자는 오 실장은 다미의 말대로 은근 꼰대가 맞았다. 하지만 지금껏 오 실장이 같이 점심 식사를 하러 가자고 한 적은 또 없었기에 호수는 순순히 따라나섰다.

오 실장은 무슨 음식을 좋아하느냐 물었고 호수는 "아무거나 괜찮습니다" 했다가, "곰브리치국…… 아니지. 이거 원 나까지 말이 헛나오네. 곰칫국 어때?" 하고 장난스레 묻는 오 실장의 말에 잠시 눈을 흘겼다. '은근 아니고, 집요한 꼰대라고요.' 호수는 자리에 없는 다미에게 대꾸하듯 속으로 중얼거렸다.

결국 두 사람이 향한 곳은 정배식당이었다. 식당 밖으로 사람들이 줄 선 것도, 그릇 안 국물 안에 아슬아슬하게 손가락이 닿아 있는 아주머니의 모습도 여전했다.

"어쩐 일로 두 분이 이렇게 같이 오셨대." 테이블 위에 반찬을 깔며 아주머니가 말했다. "원래 따로 와서 혼자씩 드시는 양반들이."

머쓱한 표정으로 오 실장과 호수는 서로 곁눈질했다. 사실 호수는 다미 없이도 종종 식당에 찾아와 끼니를 해결하기는 했다. 항상 혼자 어디론가 사라졌던 오 실장이 나름 점심을 챙겨 먹고 있었다는 사실을 호수는 방금에야 알게 된 것이었다.

"자네도 혼자 먹는 게 편하지?"

그렇게 말하며 국물을 뜨다 입을 덴 오 실장이 호수는 조금 쓸쓸하게 느껴졌다. 그 순간 오 실장이 외로움을 견디는 사람처럼 보였기 때문이었다.

"그나저나 우리 미술관에 웬 조폭들이 찾아와서 좀 골치가 아팠지 뭐야. 그 사람들 또 오진 않겠지?"

물을 마시다 말고 오 실장이 넌지시 물었다. 며칠 전 열댓 명의 남자들이 무리 지어 미술관을 찾아온 걸 말하는 것이었다.

그중에는 전에 미술관 문 앞에서 작가를 불러내라는 남자들도 보였다. 하지만 금빛 송곳니가 반짝이던 그림 속의 남자, 구대오 씨는 보이지 않았다. 그때는 이렇게 사람들로 들썩인 적이 있었나 싶을 정도로 미술관 주변이 소란스러웠다. 곳곳에서 담배를 피우거나 사무실을 기웃거리는 이들도 있었다. 전시된 작품은 볼 생각도 없는 것처럼 보이던 그들을 끝내 전시실로 향하게 만든 건 다미였다.

"여기서 이러시면 어떡해요. 여기 담배 피우시는 데 아니에요."

처음에는 미동조차 하지 않던 남자들이 귀찮을 정도로 따라다니며 주의를 주는 다미의 등쌀에 못 이겨 서서히 움직이기 시작했다.

"쓰레기통 저기 있으니까, 꽁초 바닥에 그냥 버리지 마시고요."

버렸던 담배꽁초를 주워 드는 남자들이 보이기 시작했고, 전시관이 어디냐며 자기들끼리 두리번거리기도 했다. 다미는 소풍 온 유치원생들을 대하듯 남자들에게 톤을 높여 어르기도 했다. "사람이 많으니까 줄 서서 한 사람씩 관람 부탁드릴게요. 거기요, 아저씨. 욕하고 떠드시면 안 돼요. 장례식 가서 웃고 떠드세요? 똑같아요. 미술관은 정숙하라고 있는 거예요."

때로는 "이분, 오늘 관람한 분 중에서 제일 태도가 좋은 분이세요. 거기다 방명록에 자신의 느낌까지 적어놓고 오셨더라고요. 아주 잘하셨어요."라며 기분을 북돋아주기도 했다.

오 실장이 곁에서 "남자보단 낫구면" 하고 중얼거리는 말을 호수는 모른 척했다. 당찬 사람이라는 건 알고 있었지만, 어쩌면 저렇게 겁이 없을까 하고 호수는 다미가 남자들을 대하는 모습을 가만히 바라봤다. 남자들이 하나같이 선생님에

144

게서 과자를 받아 들려는 아이들처럼 한 줄로 줄을 서 전시 관에 입장하고 있었다.

한 사람도 빠짐없이 관람을 마친 후에도 그들은 바로 미술 관을 떠나지 않았다. 다미가 끝맺는 말을 한 이후에야 이제 끝났다는 듯 박수를 몰아쳤고 자기들끼리 기념사진을 찍는 등의 일을 마친 후에야 미술관을 나섰다.

전시실 안을 정리하기 위해 들어갔을 때 염려했던 것처럼 별다르게 어지럽혀지거나 기물이 상한 흔적은 없었지만, 방 명록이 아무렇게나 넘겨진 채 펼쳐져 있었다. 호수가 다가가 방명록을 살펴보았다.

🗋 우리 일은 은퇴가 없어 보였는데 형님 따라 저도 언젠가 는 은퇴하겠지요.

🗋 못 그만두십니다. 배반 아닙니까? 우리 조직의 의리라는 게 겨우 이겁니까?

🗋 이런 식으로 떠나고 싶다고 얘기하시는 건가요. 좀 서운 하네요.

🗋 형님 그려진 그림 정말 멋있습니다.

🗋 이게 형님이 그토록 원하던 거였습니까? 겨우 이런 그림 쪼가리로요? 정말 치졸합니다.

🗋 오래 형님과 함께해서 좋았습니다. 행복하십시오.

⬜ 그동안 고생하셨습니다. 이제 좀 편해지세요.

이해한다는 말과 서운하다는 말이 교차로 쓰인 방명록이었다. 호수는 방명록에서 눈을 떼어 액자 속 그림을 바라보았다. 몇 번을 다시 봐도 강렬한 여운이 남는 그림이었다.

구대오 씨는 그림 속에서 실오라기 걸친 것 하나 없이 서 있는 뒷모습이었다. 하지만 문신이 온통 전신을 뒤덮고 있어 옷을 걸치지 않았다는 생각이 들지 않을 정도였다. 장관은 빈틈 하나 없어 보이는 구대오 씨의 등 뒤로 크고 흰 날개가 활짝 펼쳐진 광경이었다. 마치 곧장 떠올라 어딘가로 날아갈 수 있을 것 같은 모습이었다. 살짝 뒤편으로 고개를 돌린 구대오 씨의 얼굴은 무표정하면서도 침울해 보였다. 날아오를 생각에 기쁜 것이 아니라 그림을 그린 작가의 말대로 날개의 무게가 얼마나 무거운지 느끼고 있는 사람 같았다.

작가의 말

저는 구대오 님의 문신을 지울 수가 없었습니다. 당신의 몸에 가득한 문신은 어떻게든 지울 수 있다고 해도, 그동안 사람들에게 못되게 굴었던 일들이 어디 그렇게 쉽게 지워질 수 있나요? 또 문신을 지운다고 당장 좋은 사람이 되는 건가요? 지금까지 단단한 문신처럼 새겨져 있을 폭력성이나

146

남을 겁박하는 기질이 바뀔 수 있을까요? 개 버릇 남 못 준다는 얘기도 있잖아요. 그러니 스스로 증명하셔야 하지 않을까요. 남한테 좋은 일 해서 인정받고 싶다는 건, 어떻게든 타인에게 겁을 주려는 것과 다르지 않은 것 같은데요.

그런 생각이 들었습니다. 구대오 님이 먼저 자기 자신을 인정하기 위해 노력해보면 어떨지 말이에요. 혹시, 이렇게 생각해보면 어떨까요. 구대오 씨의 문신이 앞으로 눈에 띄게 좋은 일을 하라는 표식이라고 생각하는 겁니다. 건달 같은 사람이 무슨 좋은 일이냐며 무시하는 이가 있어도, 묵묵히 타인을 돕고 선한 일을 해보는 거예요. 인정받고자 하는 게 아니라 자신이 좋은 사람이 되기 위해서요. 당신의 뜻대로 문신을 지우지 못한 걸 용서하세요. 대신 그 곁에 날개를 달아드리고 싶었습니다.

남의 시선에 구애받지 말고 스스로에게 먼저 좋은 사람이 되어보세요. 다른 사람에게 좋은 일은 그다음이고요. 하지만 그것조차도 아주 어려운 일이랍니다. 저 자신도 그러지 못하니까요.

오 실장과 점심 식사를 마치고 함께 미술관으로 돌아와 업무를 보는 사이 김춘호 씨가 사무실에 찾아왔다. 그는 요즘 들어 미술관을 가장 많이 찾는 사람 중 하나였다. 미술관 전시 작품이 바뀔 때마다 찾아와 관람한 후 항상 방명록에 글을 남기는 것을 잊지 않았고, 스스럼없이 직원들에게 말을 걸곤 했다. 누구보다 랑데부 미술관을 자주 찾는 그와 더러 안부를 묻고 하는 게, 이제는 어색하지 않은 일상이 되었다. 그런 그가 오늘은 어쩐 일로 숨을 헐떡이면서 사무실에 들어섰다.

"아이고 랑데부 선생님들 큰일 났어요, 큰일 났어."

"무슨 일이세요?"

호수가 자리에서 고개를 쭉 빼 들며 물었다.

"불이 났어요, 불이. 우리 집 근처 산등성이 부근에서 불이 붙어서 지금 난린데. 혹시 소화기 있어요? 소방서 신고는 했다는데 오기 전까지 같이 좀 거들었으면 해서. 평일이라 다 출근해서 주민들이 별로 없고, 이 마당에 마을까지 불이 번지면 큰일이라."

"아니, 불이 났어요?"

뒤늦게 알아들은 오 실장이 벌떡 일어나며 물었다.

"가뜩이나 건조해서 그런지 여기저기 화재가 일어나더니만 우리 집 바로 앞까지 불길이 붙을 줄이야 누가 알았겠소. 아무튼 좀 도와줄 수 있을까?"

"네, 가야죠. 어르신. 호수 씨, 우리 소화기 챙겨서 얼른 가자고."

서둘러 옷을 걸친 채 방재실로 향하는 오 실장의 뒤를 호수가 따랐다. 안 그래도 오전부터 소방 헬기가 땅에 닿을 듯 낮은 높이로 쉴 새 없이 오가던 게 어쩐지 불안하게 느껴지던 호수였다. 산기슭 이곳저곳에 연쇄적으로 화재가 일어나고 있는 모양이었다. 불안한 마음을 다잡고 호수는 다부지게 소화기를 집어 들었다.

각자 소화기를 들고 사무실을 함께 나서던 참에 김춘호 씨가 뭔가를 보고 놀라는 표정을 지었다.

"저기 저 사람, 전시된 그림 속에 나오는 그분 아니오?"

김춘호 씨의 시선이 멎은 곳에 한 사람이 있었다. 구대오 씨였다. 이제야 전시된 작품을 보고 나온 길인 것 같았다. 그는 선글라스를 낀 채 축 늘어진 어깨로 터벅터벅 걸어 나오는 중이었다. 그 역시 일행을 알아보고는 손짓을 하며 큰 목소리로 소리쳤다.

"저기, 미술관 선생님들. 여기 전시된 그림 정말 구매할 방법이 없을까요?"

지난번과 같은 물음이었지만 묻는 목소리는 훨씬 유순했다. 그때와 다르게 얼굴은 약간 거뭇하고 착잡해 보였다. 덩치와 어울리지 않게 쓸쓸한 기운마저 묻어나는 모습이었다.

"아, 지금 그런 말 할 시간이 없어요. 빨리 불을 꺼야 해요, 불을."

김춘호 씨가 구대오 씨의 말을 잘라내며 오 실장과 호수를 돌아보고 말했다. "빨리 갑시다, 빨리."

"어디에 불이 났는데요?" 하며 구대오 씨가 쓰고 있던 선글라스를 벗었다. 뜻밖에도 촉촉하게 젖은 양쪽 눈언저리가 빛을 받아 투명한 구슬처럼 빛났다.

"아, 요 윗마을 근처 산등성이에 불이 붙었어요. 빨리 가야 해요."

김춘호 씨가 그 말을 남기고 미술관 밖으로 달려 나갔다. 그의 뒷모습을 바라보며 멍한 표정을 짓던 구대오 씨가 작은 목소리로 읊조렸다. "거긴 우리 큰형님 댁과 가까운 곳인데……."

"진짜 이게 무슨 일이람."

오 실장이 탄식하듯 말하며 김춘호 씨를 뒤따라 나섰다. 엉거주춤 서 있던 호수도 구대오 씨를 향해 고개를 까닥이고는 부리나케 뛰쳐나갔다.

먼저 앞서가는 김춘호 씨의 뒤를 이어 오 실장과 호수가 한참 따라가고 있을 무렵이었다.

"같이 가요, 같이 가!"

뒤를 돌아보니 구대오 씨가 뒤에서 큰 몸을 움직여 성큼성큼 뛰어오고 있었다. 숨이 차는지 밭은 숨을 턱턱 내뱉으면서 오르막길을 올라오는 중이었다.

"이쪽이에요!"

오 실장이 갈림길 앞에서 구대오 씨를 향해 손짓했다. 김춘호 씨가 맨 앞에, 그리고 구대오 씨가 마지막으로 뒤따르면서 네 사람은 산등성이 부근까지 올랐다. 그렇게 해서 화재가 일어난 곳에 이른 네 사람은 다소 생소한 풍경을 맞닥뜨렸다.

"이게 무슨 광경인가요……."

보고도 못 믿겠다는 듯 김춘호 씨가 중얼거렸다.

주민들 사이로 열댓 명의 남자들이 웃통을 벗은 채 줄지어 양동이 물을 옮기거나 집 수도와 연결한 호스로 불을 끄고 있는 모습이었다. 자세히 보니 상의를 탈의한 남자들이 얼마 전에 미술관에 대거 무리 지어 방문한 이들이라는 것을 호수는 알아볼 수 있었다. 그들 대다수가 몸에 문신을 두르고 있었는데 공통적으로 특이한 부분이 하나 있었다. 하나같이 등 부위에 하얀 날개가 그려져 있었다. 랑데부 미술관에 전시된 구대오 씨의 등에 달린 날개와 꼭 닮은 것이었다.

"저 자식들이 정말……."

구대오 씨가 나지막하게 중얼거리며 남자 무리들이 있는 곳으로 향했다. 사람들은 능선 주위에 붙은 불이 주택으로 옮겨가지 않도록 사력을 다해 물을 쏟아붓고 있었다.

거칠게 부는 바람 속에 갈퀴가 숨은 듯 얼굴을 할퀴고 재

가 얼굴에 눌어붙었다. 어수선한 상황 속에서도 사람들은 불
길을 통제하려 애썼다. 마치 예전부터 이런 일이 생길 것을
예측하고 매뉴얼을 만들어놓은 사람들처럼 주민들과 남자들
모두 한결같이 일사불란하게 움직였다. 그 덕에, 능선을 메웠
던 불길이 치솟고 지기를 반복했으나 다행히 더 크게 마을로
번지지는 않는 모양새였다. 마침 소방차가 좁은 길 틈으로
들어서기 시작하자 사람들이 안도하는 탄성이 들려왔다.

"어어, 어어."

그때 능선 한편에서 누군가의 외침이 들려왔다. 불길에 밑
동이 삭다시피 한 소나무 하나가 기울어지는 게 보였다. 그
바로 밑에 지난번 미술관 앞에서 작가를 불러내라고 했던,
구대오 씨로부터 득열이라고 불리던 남자가 서 있었다.

"피하세요, 피하세요!"

호수가 손을 저으며 득열에게 목청껏 외쳤다. 어쩌면 피할
수 없을지도 모르겠다는 생각에 등줄기가 오싹해진 순간이
었다. 뭔가가 빠르게 눈앞을 스쳐 지나갔다. 고속열차라도 지
나간 듯 센 바람이 훅하고 덮쳐오는 바람에 호수는 한 차례
휘청였다.

구대오 씨가 득열을 향해 달려가는 모습이 호수의 눈에 슬
로모션처럼 천천히 박혔다. 아무도 나서지 않고, 이미 늦었다
생각한 그 순간 몸을 던져 나무 기둥을 어깨로 받아내던 구

대오 씨의 모습을, 호수는 그때 이후로도 기적처럼 기억해내
곤 했다. 큰 몸집에 양팔을 기우뚱거리며 느릿느릿 걷고, 오
르막을 오를 땐 덩치에 맞지 않게 숨을 헐떡이던 그가 어떻
게 그렇게 삽시간에 몸을 움직일 수 있었는지 호수에게는 여
전히 미스터리로 남은 일이었다.

구대오 씨가 어깨로 소나무를 받치며 견뎌내는 동안 그 아
래에서 몸을 웅크리고 있던 득열이 겨우 흙바닥을 짚으며 옆
으로 빠져나갔다. 그사이 대여섯 명의 남자들이 구대오 씨
어깨 위에 얹힌 소나무를 함께 들어서 바닥에 내려놓았다.
힘이 풀린 구대오 씨가 자리에 풀썩 주저앉았다.

"득열아, 괜찮냐? 여긴 대체 웬일이야. 네가 왜 여기 있
어?"

숨을 고르며 벌겋게 충혈된 눈으로 구대오 씨가 물었다.

"애들하고 오늘 큰형님 뵈러 왔었죠. 저희 조직 해체하고
각자 잘 살아보겠다는 결심 말씀드리려고요."

"갑자기 그게 무슨 소리야?"

"랑데부 미술관에서 형님 그려진 그림과 사연, 저희도 다
봤습니다. 형님이 어떤 생각으로 조직을 해체하자고 했는지
이제 알겠더라고요. 그래요, 형님 말이 맞습니다. 이제 우리
다 나이 들며 늙어가고 있잖아요. 저희끼리 더 늦기 전에 다
른 길 찾아보자고 다짐하고 큰형님 찾아뵈러 왔다가 동네에

불길이 치솟는 걸 보게 되었지 뭐예요."

"저건 뭔데? 애들 등에 그려진 거."

구대오 씨가 남자들의 등에 그려진 흰 날개를 가리켰다.

"전시된 작품 속 형님 등에 그려진 그 하얀 날개요……."

"야, 너희 진짜."

"저희도요 형님! 죽기 전에 눈에 띄게 좋은 사람 한번 돼보자고 결심했습니다. 그림 속 형님처럼 다들 각자 등에 날개를 페인팅한 거예요. 그림은 영택이가 그렸고요. 우리 엠지세대 영택이가 미대 출신인 건 모르셨죠, 형님?"

그 말을 들은 구대오 씨가 남자들을 쏘아보는가 싶더니 그 중 누군가에게 손짓을 했다.

"야, 영택아!"

"예, 형님."

영택이라고 불린 사내가 대답과 함께 뛰쳐나왔다.

"영택아, 나 한 번만 더 엠지 세대라는 얘기 들으면 있잖아. 아주 미쳐버릴 것 같거든? 그러니까 이제 엠지니 뭐니 이런 말 하지 말자, 알았지?"

영택이 고개를 끄덕이며 "네, 형님" 하고 대답했다.

"다친 데 없지?"

구대오 씨가 살진 팔뚝으로 영택의 어깨를 감싸는 동안 득열과 남자들이 다가가 구대오 씨를 에워쌌다.

"저렇게 많은 천사 무리는 처음 보네."

"그러게요."

옆에서 김춘호 씨가 중얼거린 말에 호수가 사뭇 동조하듯 말했다. 구대오 씨와 남자들의 모습을 호수는 물끄러미 바라다보았다. 한동안 자신이 누군가와 끈끈하게 엮여 지내본 적이 없었다는 것을 호수는 떠올렸다. 아나운서가 되기 위해 혼자 분투하느라 다른 타인들과 마음을 나눌 새도 그럴 대상도 없었다. 만약 아나운서가 되어 방송국이나 일반 기업에 입사하게 되었더라면 그런 습성이 조금 달라졌을까 호수는 상상해봤지만 확신할 수 없었다. 아마 또 다른 경쟁에 치여 마음을 애달아하지 않았을까 하는 의문이 머릿속에 맴을 그릴 뿐이었다.

원하던 직장에 들어온 것도 아니었고 그렇다고 미술이나 예술을 잘 아는 것도 아니었지만, 호수는 문득 다행이라는 생각이 들었다. 이곳에서 일하는 동안 사람들 사이에서 느낀 여러 감정 물결이 그에게로 흘러와 온기로 채워지는 것 같아서였다. 혼자 취업에 매달리며 지내는 동안 누구와도 만나는 법이 없던 호수는 언제나 냉기 가득한 창고에 숨어 사는 기분이었으니까.

다만 오늘 이곳에 다미가 없다는 사실을 떠올리고 나서야 내내 가슴 한편이 허전했던 이유를 호수는 깨달았다. 다미가 출근하면 오늘 일어난 일들을 낱낱이 알려줘야겠다고 다짐하며, 호수는 노을에 노르스름하게 물든 길을 터벅터벅 내려가기 시작했다.

소중한 걸 잃고서

　요즘 들어 소진은 부암동을 찾는 일이 잦아졌다. 성대결절 수술 후 발성에 집착하는 자신에게 되도록 산책을 하며 마음을 덜어놓는 편이 좋겠다는 의사의 조언 이후였다. 인왕산 자락길을 따라 걸으면 좋다는 누군가의 추천으로 시작한 산책이 부암동까지 이어진 것이었다.

　수성동 계곡에서 초소책방과 진경산수화길을 지나 청운문학도서관으로 이어지는 구불구불한 길을 소진은 특히 좋아했다. 그러다 부암동까지 내쳐 걷곤 하다 발견한 곳이 랑데부 미술관이었다. 우연히 발견하고 들어가 그곳에서 소진은 뜻밖의 편안함을 느꼈다. 그날 이후 산책을 나설 때면 소진은 꼭 미술관을 빼놓지 않고 들렀다. 전시 작품이 하나밖에 없는 미술관이었지만, 오히려 한 공간에서 단둘이 대화하는 듯한 느낌을 주는 그 공간이 소진은 마음에 들었다.

미술관에 들러 작품을 보고 난 후 방명록에 몇 번 글을 남기기도 했지만, 정작 자신의 사연은 남기지 못한 소진이었다. 속 이야기를 꺼내는 일이 어쩌면 스스로에게 상처가 될지도 모른다는 걱정 때문이었다.

"오늘도 그냥 갈 건가요?"

그런 생각을 하며 사연의 방 앞에서 서성이는데 누군가 옆에서 말을 걸어왔다. 소진도 미술관을 오가며 몇 번 본 적이 있던 청소부 할머니였다.

"저…… 말인가요?"

할머니가 분명한 눈길로 바라보며 고개를 끄덕였다.

"여기서 들어가지 못하고 망설이는 걸 몇 번 봤어요."

"그러셨구나……."

우물쭈물하는 자신의 모습을 누군가 지켜보고 있었다고 생각하니 소진은 갑자기 창피해졌다.

"좋아 보여요."

"네?"

"이 나이쯤 되면 망설이는 법이 없게 되거든요. 앞으로 살아갈 날이 훨씬 더 적을 텐데, 아 망설여서 뭐 하게. 시간만

아깝지."

말을 마치자마자 할머니가 기침을 심하게 해댔다. 그러고 보니 할머니의 얼굴빛이 파리하고 거뭇해 보였다. 언뜻 몸이 편찮으신 것처럼 느껴지기도 했다.

"괜찮으세요, 할머니?"

손끝을 할머니의 등에 갖다 대며 소진이 물었다.

"아유, 괜찮다마다. 걱정 말아요."

걱정스러운 어조로 소진이 묻는 말에 할머니가 아무렇지도 않다는 듯 배시시 웃었다.

"그나저나 망설임이 있다는 건 젊다는 얘기예요."

할머니가 손을 뻗어 소진의 손목을 가벼이 잡았다.

"시간이 아직 많다는 얘기도 되고요. 꼭 목적지를 정해놓고 향하지 않아도 둘러 둘러 갈 수 있잖아요."

자신을 바라보는 할머니의 눈 속에는 소진이 딱히 집어내기 힘든 뭔가가 있어 보였다.

"그러니 뭐든 해봐요. 이런 때야말로. 알겠죠?"

할머니가 칼칼한 목소리를 가다듬으며 다짐을 구하듯 물었다. 어쩌면 다른 사람에게는 오지랖으로 느껴질 수도 있을 할머니의 관심과 조언이 소진은 싫지 않았다. 어느새 세상의 이방인이 되어버린 것 같은 자신에게 애써 다가와 말을 걸고, 정을 나눠주는 할머니가 고마울 뿐이었다.

"네, 할머니. 고맙습니다."

소진이 할머니의 손 위에 다른 손을 덮었다. 창백한 얼굴과 다르게 할머니의 손은 따뜻했다.

"그래요, 그래."

그러고 소진의 손목에서 할머니가 손을 뗐다. 소진은 무슨 생각인지 팔을 뻗어 다시 할머니의 손을 두 손으로 감싸 쥐었다. 왠지 할머니에게도 누군가의 손길이 필요할 거라는 생각이 문득 스쳐서였다. 할머니가 의외라는 듯 멍한 얼굴로 소진을 바라보다 유순하게 웃었다. 이윽고 할머니가 손을 떼고 돌아섰을 때 소진에게 전해지던 온기도 같이 사라졌다. 밭은기침을 몰아 내뱉으며 걸어 나가는 할머니의 뒷모습을 바라보면서 소진은 조금 쓸쓸해졌다.

어떻게 할까 잠시 고민하던 소진은 조심스럽게 사연의 방으로 들어섰다. 할머니 말대로 어떤 목적 없이 둘러 가도 상관없겠다는 마음이었다. 요즘의 자신에겐 드물었던 작은 기대와 함께였다.

사연의 방은 꽤 아늑했다. 어떤 마음의 이야기라도 꺼내도 된다는 듯 비밀스럽고 사적인 공간이었다. 하지만 얼마의 시간이 지나도 소진은 쉽사리 사연을 써 내려가지 못했다. 처음에는 그동안 자신이 뮤지컬 무대에 서는 걸 얼마나 갈망하고 노력해왔는지를 사연 속에 담고 싶었다. 무대 위에서 열정적으로 노래하거나 관객과 호응하는 자신의 모습이 작품 속에 담긴 것을 상상하기도 했다. 하지만 부정적이고 절망적인 기분에서 벗어나지 못하고 있어서일까. 이런 게 다 무슨 소용이냐는 생각이 불쑥 치밀어 올랐다. 무대에 오르기는커녕 제대로 소리를 낼 수조차 없는 비참한 자신의 몰골을 똑바로 바라보기나 하라는 마음의 꾸짖음 같았다. 소진은 닦이다 만 먼지 가득한 창문이 된 기분이었다.

하지만 이대로 돌아가기는 싫었다.

그렇다면 그저 솔직하게 자신의 현재에 대해서 써보자고 담담히 생각했다. 허무와 공허함밖에 남지 않은 마음과 그토록 좋아하던 음악과 노래, 남다른 가창력과 감성을 자극하는 음색으로 평가받던 자신의 목소리까지. 그리고 그 모든 것에 싫증이 난 바로 지금의 모습을.

소진은 구부정하게 굽힌 몸을 곧추세우고는 펜을 잡았다. 그녀는 지금부터 솔직한 자신의 마음의 상태에 대해 얘기해 보려는 중이었다.

소진은 미술관을 나오는 길에 전화를 한 통 받았다. 성대 결절만 아니었더라면 소진이 생애 첫 주연을 맡아 열정을 불사르고도 남았을 그 뮤지컬의 연출을 맡은 감독의 전화였다.

"야, 소진아 너 어디야. 연락도 안 되고. 걱정했잖아."

"바쁘신데 뭘 저까지 챙기고 그러세요."

마음과 다르게 소진은 괜히 뾰로통한 투로 대꾸한다.

"어디야. 뭐 하니 너 지금?"

"그건 알아서 뭐 하시게요."

"뭐 하냐니깐 그래."

감독이 자꾸 묻는다.

"왜 자꾸 그러세요. 미술관이에요, 미술관. 부암동에 있는
미술관이요. 됐어요?"

"그, 그러니?"

소진이 목청을 돋우자 감독이 머쓱해했다.

"그렇다면 다행이네. 문병도 오지 말라, 연락도 자주 하지
말라 하니 원. 난 또 네가 방구석에만 틀어 앉아 나쁜 생각이
라도 하는 건 아닌지⋯⋯."

"별소리를 다 하고 그러세요."

소진이 퉁명스럽게 받아쳤다.

"아, 걱정돼서 그러지. 수술한 지도 얼마 되지 않았고."

"걱정하지 마세요. 의사 말대로 산책도 하고 잘 지내고 있
으니까요."

"그래?"

감독이 너털웃음을 터뜨렸다.

"그래. 우리 소진이가 보기보단 멘탈이 강하긴 하지."

"됐거든요, 쳇."

별소리를 다 한다는 듯 넘기긴 했어도 같이 공연을 준비했던 단원들 중에서 수술했다고 챙겨주는 사람은 감독 한 명뿐이었다. 수술 전에야 기운을 북돋아주는 이들의 연락이 꽤 있긴 했지만 수술 이후에는 드물었다. 코앞으로 다가온 공연 준비하느라 바쁜 탓이었을 테지만, 소진은 어느새 사람들에게서 잊힌 존재가 되어버린 것 같아 서글펐다.

성대결절 수술을 받은 후에도 소리는 생각처럼 잘 나지 않았다. 목이 뭔가에 걸린 듯 답답한 느낌은 여전했다. 의사는 수술 후 얼마간은 발성에 집착하지 말고 마음을 편안하게 해야 한다고 했다. 이전 같은 목소리를 되찾을 수 있냐고 묻자, 의사는 불가능한 것은 아니지만…… 하고 말끝을 흐렸다. 목을 지나치게 혹사하고 상처가 많이 난 상태라 수술 이후에도 안정적으로 치료를 하면서 관리해야만 극복할 수 있을 거라고 했다.

—몸도 일종의 악기와 같아요. 이제부터라도 잘 관리하고 아껴주어야 해요.

바로 목소리를 되찾을 수 있는지가 가장 궁금했지만, 언제나 의사는 잘 관리하는 수밖에 없다는 대답뿐이었다.

—공연을 해야 하는데 연습에 참여해도 될까요?

—지금으로서는 무리죠. 고음역대의 소리를 낼 때마다 자

극과 상처가 나는 걸 반복하다 성대 한편이 완전히 굳어졌기 때문이에요. 만약 계속해나가고 싶다면 다른 방식을 찾아봐야죠. 목에 상처가 되지 않는 방향으로 발성하는 방법을요.

소진은 가슴이 내려앉는 기분이었다.

—그런 발성을 하면 공연을 계속할 수 있을까요?

—일단 지금은 조급히 생각 안 하는 편이 좋을 거 같아요. 목에 더 좋지 않은 영향을 줄 테니까요. 마음을 좀 덜어놓는 게 필요해요. 제가 드릴 수 있는 최선의 충고예요. 말씀드렸듯이 몸을 건강히 먼저 챙겨야 해요. 그래야 소리를 내기 좋은 상태로 회복할 수 있어요.

의사의 그 말 앞에서 소진은 더 이상 뭔가를 캐물을 수 없었다. 그리고 소진은 한동안 소리를 내지 않았다. 머릿속으로는 어떤 음을 내야 할지 알고 있었지만 막상 소리를 내면 터무니없이 쉰 소리가 뱉어졌다. 소리를 낼 때마다 목에 상처를 입히는 것 같았다. 무엇보다 소리를 내는 게 점점 더 무서워졌다. 가장 절망적이었던 것은 예정된 뮤지컬 공연에 나설 수 없게 되었다는 사실이었다. 그 사실을 받아들여야 한다는 게 소진에게는 가장 힘든 일이었다. 수술 후 얼마 지나지 않아 연락해 온 감독으로부터 그 얘기를 들었을 때의 충격은 아직 채 가시지 않았다.

—소진아. 수술 잘됐다고 하니? 목은 괜찮아?

—네, 앞으로 관리를 좀 잘하면 될 것 같다고 하네요, 의사가.

그때 소진은 자세한 얘기를 꺼내지는 않았다. 뮤지컬 공연과 자신이 맡은 주연 역할에 지장을 줄까 봐서였다.

—그래, 수술이 잘됐다니 다행이야. 우리 예정대로 공연은 진행될 거야.

그 말에 소진은 잔뜩 긴장했던 마음을 내려놓았다. 공연이 예정대로 진행된다니 다행이었다. 어쨌든 공연에 지장을 주지 않는 범위에서 빨리 회복하는 데 애를 써야겠다고 생각했다. 어떻게든 소리를 내봐야겠다고 다짐했다.

—정말 다행이에요. 공연 전까지는 제가 어떻게든…….

—공연은 걱정 말고, 목 회복하는 데 신경을 잘 기울여야 한다. 알겠지, 소진아?

—네……? 무슨 말씀이신지…….

—원정이가 너 대신 주연 역할을 해주기로 했어. 공연까지 시간도 얼마 남지 않고, 주연 역할을 소화해낼 수 있는 사람이 네 파트너였던 원정이밖에 없지 않니. 그래도 얼마나 원정이가 대견해. 갑자기 역할이 바뀌어야 하는데 마다하지 않고 해준다니 말이야.

원정은 뮤지컬에서 주연인 소진의 역할을 받쳐주는 조연역을 맡은 사람이었다.

—원정이한테 연락받았지? 네 걱정을 엄청 해.

아무런 연락도 받지 못한 소진이었다. 불쑥 원정을 향한 밑도 끝도 없는 화가 솟구쳐 올랐다. 자신의 수술을 틈타 원정이 역할을 가로챈 것만 같은 기분이 들었다.

감독과 통화를 하는 동안 그 일이 내내 머릿속을 맴돌았다.

"근데 야, 부암동에도 미술관이 있었니? 그 산동네에?"

"많거든요, 미술관? 꼭 이런 데 안 다닌 티를 내셔야겠어요?"

소진에게 질책 아닌 질책을 받은 감독이 호방하게 웃었다.

"그래, 그래 네 말이 맞다. 근데 미술관 이름이 뭐니? 나도 부암동 갈 때 한번 찾아가보게."

"랑데부 미술관이요."

"멋진 이름이구나. 소진이도 다시 우리와 함께 무대에서 랑데부하는 날이 찾아왔으면 좋겠다."

아득한 말이었다. 언제 무대에 설 수 있을지 소진은 확신할 수 없었다. 어쩐지 다시 우울해지는 기분이었고.

"저기…… 감독님."

소진은 전화를 받은 김에 묻고 싶은 말이 있었다.

"어, 그래. 소진아. 말해."

"원정 씨는 잘하고 있어요?"

"어……? 아, 원정이……."

대답을 얼버무리며 머뭇거리던 감독이 할 수 없다는 듯 입을 뗐다.

"잘해."

그 간단한 대답 안에 모든 게 담겨 있었다. 나 없이도 공연 준비가 잘되고 있는 것이었다. 오히려 내가 방해가 되는 존재였다. 미운 마음이 가시를 돋워낸다.

"네…… 그럼 됐어요."

말은 그렇게 했지만, 꼭 지구 밖 어딘가로 혼자 내던져진 기분이었다.

"미안하다 소진아. 어떻게든 공연은 살려야 했으니까. 너 서운해할 거 알면서……."

"그게 왜 감독님 책임이에요, 다 제 책……."

모든 게 다 자기 책임이라고 무심코 말하려던 소진은 입을 다물고 말았다. 다 자신의 책임이라고 말하기엔 어쩐지 억울했다. 무명의 앙상블에서 시작한 지 9년 만에 마침내 맡게 된 주연이었다. 언제나 무대 위에서는 모든 에너지를 쏟아부었다. 연습 때 한 음절이라도 대충 노래를 불러본 적이 없었다. 그만큼 간절한 무대였다. 첫 주연으로 무대에 서는 날을 앞두고 이렇게 목소리가 망가져버릴 줄 소진은 상상도 하지 못했다. 가장 꿈꾸던 무대를 바로 앞에 두고, 가장 소중한 존재를 잃은 것이었다. 휴대폰을 들고 있는 어깨가 가냘프게 떨

렸다. 곧 울음마저 나버릴 것 같아 소진은 그만 전화를 끊어
버렸다.

잃어버린 소리의 느낌

원정은 오랜 친구를 만나러 가는 길이었다. 다미는 그녀가 뮤지컬 배우의 길을 걸어오고 있는 것을 응원해주는 몇 안 되는 친구 중 하나였다. 조연으로 출연하기로 했던 뮤지컬 공연에서 주연으로 교체되었다는 소식을 전했을 때도, 다미는 마냥 자기 일인 것처럼 기뻐해주었다. 그게 자신의 일이 었어도 그랬을까 싶을 정도로 벅찬 감정을 숨기지 않던 다미 였다. 연기를 전공한 것도 아닌 데다 남들보다 늦게 뮤지컬에 뛰어든 원정이었다. 그런 자신의 숱한 설움과 마음고생을 지금껏 지켜봐준 사람이 곁에 있다는 것만으로도 원정에게 는 힘이 되었다.

하지만 지금 원정은 복잡한 마음을 품고 다미가 근무하는 미술관으로 향하고 있었다. 다미로부터 소진에 대한 이야기를 들었기 때문이었다. 원정으로 교체되기 전 그 뮤지컬에서 원래 주연을 맡았던 사람이 바로 소진이었다. 소진이 성대결절 수술로 뮤지컬에서 하차하게 되자 원정이 대신 주연을 맡게 된 것이었다.

다미는 소진이 미술관에 사연을 남겼다는 사실을 원정에게 전해왔다. 그녀가 많이 괴로워하고 있다는 것 같다는 말과 함께였다. 다미는 이미 소진을 알고 있었다고 했다. 원정이 조연 역할로 확정됐을 무렵 자신이 출연할 뮤지컬이라며 메신저로 보내준 공연 정보 링크 때문이었다. 다미는 그 공연의 포스터와 배우들까지 소개된 상세 페이지를 기억하고 있었다. 페이지의 가장 처음에 비중 있게 소개된 사람이 주연 배우 소진이었다. 미술관에 남긴 사연 신청자의 이름과 내용을 보고 다미는 그 사람이 바로 소진이라는 것을 직감했다고 했다.

미술관 앞에 도착해 문을 열고 들어서자 다미가 미술관 정원 한가운데서 빛을 쐬며 서 있었다. 거의 다 왔다는 연락을 받자마자 바로 나와 기다리고 있던 모양이었다.

"다미야."

원정이 다미를 향해 손을 들어 외쳤다.

"왔니, 원정아?"

"여기 되게 이쁘다. 좋은 데서 일하는구나 너."

평상시처럼 너스레를 떨며 원정이 말했다.

"바쁜 대배우님이 찾아주셔서 영광입니다."

다미가 원정을 향해 꾸벅 고개를 숙였다.

"대배우는 무슨." 민망해하면서도 원정은 까르르 웃었다. "보기 좋다. 너 여기서 일하는 거 보니까."

다미 역시 지금껏 한 길만을 걸어온 것은 아니었다. 미술을 계속하고 싶었지만 뜻대로 되지 않아 힘든 시기를 보낸 그녀였다. 그런 그녀의 모습을 원정도 오래 지켜봐왔다.

"나도 너 보니까 좋아. 안심이 돼."

다미가 원정을 마주 보며 웃었다. 그러고 나서 둘은 전시관을 향해 함께 걷기 시작했다. 제법 쌀쌀했지만 청랭한 공기가 얼굴을 기분 좋게 감싸 안았다. 언젠가 함께 걷던 대학교 교정을 떠올리게 하는 날씨였다.

"내가 괜히 소진 씨 얘기를 전한 게 아닐까 고민이 됐어."

전시관 앞에 얼추 다다르자 다미가 그늘진 얼굴이 되어 말했다.

"아니야, 내겐 도움이 됐어. 사실은 나도 걱정했었거든. 소진 씨 수술한다는 거 알면서도 연락 한번 하지 못해서."

원정은 자기 안의 감정을 다미에게 솔직하게 내비쳤다.

"아무래도 공연 준비에 정신이 없었을 테니까."

"그런 건 아니었어."

다미의 말에 원정이 시무룩이 고개를 내저었다.

"뮤지컬 주연이 소진 씨에게서 나로 바뀌고 나서 예매 취소 사태가 일었어. 예매율이 급감하기 시작하더니, 그 와중에 단원들끼리도 불화하는 일이 잦아졌거든."

갑작스럽게 주어진 그렇게도 원하던 주연 역할이었다. 하지만 주연으로 교체된 이후 원정은 한시도 편한 마음을 가질 수 없었다.

"그래서 더 소진 씨한테 연락을 할 수가 없었어. 내가 공연을 망치고 있는 것만 같아서. 또…… 나도 언제든 다른 사람으로 교체될 수 있을 것 같아서 불안하기만 했어."

원정은 불안정하기만 했던 자신의 상태에 대해 다미에게 고백해버렸다. 함께 만나 바라보고 있으면 꾹꾹 감춰놓고 있던 속마음이 쉬이 드러나곤 했다. 다미의 눈빛이 자신의 속을 다 읽어내는 것처럼 느껴졌다.

"소진 씨가 생각보다 빨리 좋아져서…… 다시 돌아오면 어떡하지. 그런 생각도 했어. 이런 나, 나쁘지?"

원정은 자기 몸속에 있던 악취 가득한 씨앗을 툭 뱉어낸 느낌이었다. 다미에게서 소진에 대한 이야기를 들은 후 원정은 자책에 시달렸다. 자신의 생각이 소진을 불행으로 몰고

가는 것 같은 죄책감 때문이었다. 맡은 역할을 포기할 결심까지 한 원정이었다. 하지만 그런 원정에게 다미는 미술관으로 와서 소진의 사연이 담긴 작품을 한번 보는 게 좋을 것 같다고 권유했다. 그게 어쩌면 공연을 하는 데 도움이 될 거라는 말과 함께.

"나라도 그런 생각을 했을 거야."

다미가 원정의 어깨 위에 손을 얹으며 말했다.

"한번 들어가봐. 여기까지 왔으니."

다미가 덧붙인 말에 원정은 고개를 끄덕였다.

"고마워. 신경 써주어서."

"그래, 괜찮을 거야."

다미의 다독임에 원정은 용기를 내보기로 했다. 자신의 소망이 누군가에게 상처가 될 거라고 생각해본 적은 없었다. 내내 그런 생각이 들어 실은 미술관에 오는 것조차 저어되던 원정이었다. 하지만 다미를 보고 나서는 마음이 헤실헤실 풀어졌다. 이 순간을 넘어서지 못한다면 앞으로 그 어떤 것도 해낼 수 없으리라는 마음을 안고 원정은 전시관 안으로 들어섰다.

소리가 싫어졌어요

눈길을 먼저 끈 그 문구 앞에서 원정은 걸음을 멈췄다. 가슴께가 뻐근해지는 게 느껴졌다. 제목만 보고도 원정은 소진의 절망이 얼마나 큰지 가늠할 수 있었다. 그저 막연한 두려움 때문에 연락조차 하지 못한 스스로가 순간 원망스러웠다. 자신의 고통과 부담이 크다고만 여겼지, 목소리를 잃고 주연을 내려놓은 소진이 얼마나 절망의 늪에 빠져 있을지는 생각해보지 못했었다. 원정은 긴장된 마음을 가다듬고 이어지는 글을 천천히 읽기 시작했다.

저는 어렸을 때부터 제 목소리에서 나는 소리를 제일 좋아했어요. 무슨 음이든 다 따라 내는 걸 좋아했죠. 새소리, 수업 시간이 끝났다는 종소리, 알람음, 그리고 제가 제일 좋아하는 악보 속의 멜로디. 그것들을 모두 제 목소리로 표현한다는 게 어린 나이에도 너무 신나고 좋았어요. 언제나 노래 실력을 뽐내는 아이였어요. 그때부터 꿈을 키워 뮤지컬 배우가 되었고 수년 만에 마침내 주연 역할을 맡았죠. 하지만 거기까지였어요. 성대결절이 저를 꿈의 바로 문턱에서 좌절시켰거든요. 인생에서 가장 소중한 것을 잃었을 때의 느낌을 아세요? 궤도를 잃고 우주를 떠도는 사람이 된 기분이에요. 지금은 제 안에서 나오는 소리가 너무 무서워요. 한 번도 들어보지 못한 거친 소리를 낼까 두렵고요. 분명히 머리는 어떤 음을 노래해야 할지 알고 있는데, 정작 소리를 낼 수 없는 답답함을 누가 이해할 수 있을까요. 그 일 때문에, 그것 때문에 저는 그토록 사랑하는 무대에서 내려와야만 했습니다. 제가 꿈꿨던 주연 역할이 다른 사람에게로 가는 걸 바라보며 제 마음은 무너졌고요.

그 이후로 전 어떤 소리도 싫어졌어요. 어떤 음도 입으로 흥얼거리지 않게 되었답니다. 그런데 시간이 흐르며 알게 된 게 있었어요. 제가 미워하고 싫어한 건 소리 자체가 아니었다는 사실을요. 전 저 자신을 증오하고 있었던 거예요. 제가 여기 사연을 남기게 된 건, 그러지 않고 싶어서입니다. 저 자신과 화해하고 싶은데 방법을 모르겠어요. 아직도 이런 제가 너무 싫고 밉거든요. 그러지 않았으면 좋겠어요.

이 미술관에 오면 참 좋아요. 작품과 대화라는 걸 하는 것 같거든요 꼭. 저도 그러고 싶어 사연을 신청합니다. 작품을 통해 멀어진 저 자신과 가까이 대화할 기회를 가질 수 있을까요.

사연 신청자, 조소진

사연 신청 문구 옆에는 푯말이 하나 세워져 있었다.

Title: 소리를 상상해보아요

원정은 그 옆으로 이어진 공간을 천천히 걸었다. 복도처럼 길게 이어진 공간이었다. 바로 앞에는 작은 브라운관 모니터가 하나 놓여 있는 게 보였다. 빛바랜 화면 속에서 한 아이가 노래를 부르고 있는 모습이 보일 뿐 아무 소리도 들리지 않았다. 원정은 화면을 응시하다 그 아이가 어쩐지 소진을 닮았다는 생각을 했다. 동글동글한 눈과 아담한 콧날, 귀염성 있어 보이는 얼굴이 지금 소진의 모습과 크게 다르지 않아 보였다. 브라운관 모니터를 지나치자 오르골이 보였다. 태엽이 돌아가는 소리는 미미하게 들렸지만, 정작 오르골에서는 아무 소리도 나지 않았다. 반대편 선반 위에는 물이 든 비커와 막대 채가 올려져 있었다. 원정은 채를 들어 비커의 물이 든 부분과 안 든 부분을 교대로 두드려보았다. 두드리는 위치에 따라 서로 다른 소리가 나긴 했지만, 채 끝이 고무 재질이라 소리가 선명하지 않고 먹먹하게 들렸다.

원정은 조금 갑갑함을 느끼며 주위를 둘러보았다. 그러고 보니 이 공간 안에서 어느 하나 제대로 소리가 나는 건 없어 보였다. 빔 프로젝터로 벽면 스크린에 새의 모습이 영사되고 있었지만 지저귀는 소리는 들리지 않았다. 그 공간을 지나치자 벽면에 한 앳된 소녀의 모습이 담긴 영상이 비쳤다. 중학생쯤 되어 보이는 소녀의 모습 속에는 성인이 된 소진의 얼굴 윤곽이 언뜻 담겨 있었다. 어떤 행사장 같은 곳에서 노래를 부르는 소녀의 얼굴은 희고 해맑았다. 하지만 소녀의 목소리 역시 소거되어 있었다.

공간의 거의 막다른 곳에 다다르자, 소진의 모습이 스크린에 나타났다. 가장 최근인 듯 뮤지컬 무대 위에서 노래하는 그녀의 모습이었다. 노랫소리를 듣지 않고 표정만으로도 소진이 얼마나 열정을 가득 담아 노래를 부르는지 알 수 있었다. 그런 소진을 원정도 잘 알고 있었다. 그녀가 평소에는 얼마나 과묵하고 표정이 없는 사람인지를. 무대 위에 있을 때만이 가장 그녀답고 살아 숨 쉬는 듯하다는 것을.

영상 속 그녀의 모습을 보며 원정은 통증이 느껴졌다. 노래하는 사람에게 원하는 소리를 내지 못한다는 게 얼마나 참담한 고통인지를 알아서였다. 원정은 지금 소진의 마음을 비로소 대면하고 있는 것이었다. 공연이야 어떻게 되든, 할 수만 있다면 원정은 소진의 곁으로 달려가 그녀의 등을 어루만져주고 싶었다.

작가의 말

고마워요, 소진 님. 덕분에 저도 저 자신과 대화를 해봐야겠다고 생각했거든요. 저 자신과 소원하게 지낸 지 꽤 된 것 같아요. 항상 타인의 시선을 신경 쓰고 사느라 저 자신에게 얼마나 엄격하게 굴었는지 이제 와 후회가 되네요. 자기 자신과 대화하고 싶다는 소진 님이 저는 부러웠어요. 그래서 소진 님의 내면과 대화하는 마음으로 작품을 꾸렸어요. 소진 님의 인터뷰를 찾아 읽고, 주변 분들에게서 어떻게 지금까지 살아왔는지 듣기도 했습니다. 주위의 모든 소리를 자신의 목소리로 표현하는 걸 좋아하던 사람이라는 걸 알게 됐죠. 그러면서 소진 님의 사연을 이해하게 되었어요. 소진 님이 표현하려고 했던 소리나 노래하는 목소리를 직접 듣는 대신, 그 소리들을 상상해보았습니다. 상상의 소리는 더 풍부하고 다양하더라고요. 소진 님이 얼마나 진심으로 주변의 소리를 느끼고 노래하는지 더 알 것 같았고요.

이제 문을 열고 밖으로 한번 나가보시겠어요? 여기 있는 그대로의 소리들을 당신께 선물처럼 드리고 싶었습니다. 당신으로 인해 저 역시 저 자신과 처음 대화하기 시작했으니까요.

막다른 공간에는 문이 하나 있었다. 원정은 손잡이에 손을 갖다 댄 다음 힘을 주었다. 문을 열자 눈을 뜰 수 없을 만큼 눈부신 빛이 머리에서 발끝까지 훑었다. 희디흰 빛을 손으로 가로막았다가 정면으로 바라보자 원정은 숨이 멎을 듯했다. 작은 안뜰을 사이에 두고 정면에 푸릇푸릇한 나무들이 한 덩이로 일렁이고 있었다. 바람을 타고 솨솨 소리를 내며 흔들리는 나무들이 복잡한 자신의 마음을 쓸어내는 것만 같다고 원정은 느꼈다. 어디선가 서로 대화하듯 음조가 각기 다른 새들의 지저귐이 이어졌다. 빛의 조명 아래 바람과 나무와 살아 숨 쉬는 것들이 모두 어울려 내는 듯한 고요하고 평화로운 소리였다. 문을 열고 나와 이런 광경이 펼쳐질 줄 예상하지 못한 원정은 넋을 잃은 채 앞을 바라보고만 있었다.

"잘 보고 나왔니?"

어느새 곁으로 다가온 다미가 물었다.

"덕분에." 원정은 고개를 끄덕였다. "네 얘기 듣고 오길 잘한 거 같아."

"이곳은 미술관에서는 지금 사용하지 않는 공간인데, 이번 전시를 위해 개방된 거야."

"그렇구나."

원정은 주위를 둘러보았다. 정원으로만 가꾸어진 듯 작고 아담한 공간이었다. 얼굴을 매만지듯 바람이 원정의 얼굴을 한차례 감싸고는 사라졌다. 그때 떠오른 생각이었다.

"혹시 소진 씨는 작품 보고 갔어?"

원정이 물었다.

"소진 씨는 아직. 병원에서 치료받으면서 안정에 더 신경 써야 하나 봐. 아무래도 며칠 정도 지나야 미술관에 방문할 수 있을 것 같은데. 그건 왜?"

"그럼, 다미야."

"응, 얘기해."

다미가 원정에게로 몸을 돌렸다.

가능한 일일까 하고 잠시 의문이 스쳐 지나가긴 했지만, 원정은 방금 떠오른 생각을 거리낌 없이 다미에게 얘기하기 시작했다.

인생의 폼

전 프로야구 선수였어요. 왼손잡이 투수였죠. 입단 전까지만
해도 나름 기대주였고요. 슬라이더와 매끄러운 제구가 제
투구의 강점이었습니다. 그런데 구단에서 보기에는 제 투구
폼이 문제가 있었나 봐요. 그래요, 저의 투구 폼은 남들과 좀
다르긴 했습니다. 상대 선수에게 등을 보일 정도로 허리를
비튼 다음 공을 든 쪽 팔을 수직으로 들어 올려 던지는 동작
이었죠. 가장 최적의 에너지를 모아 공을 던지려다 보니 자
연스레 만들어진 폼이었어요. 하지만 입단하자마자 투구 폼
을 바꿔야 한다는 요구를 받았죠. 다른 투수들과 비슷하게
안정적인 투구 폼으로 바꿔야 구속이나 제구가 더 나아질

수 있다면서요. 그런데 투구 폼을 바꾸고 나서 성적은 더 안 좋아졌어요. 그때뿐 아니라 구단에 감독님이 바뀌거나 새 투수 코치가 오면 항상 저의 폼을 바꿔야 한다고 했어요. 남들과 던지는 모습이 다르다는 이유로 끊임없이 폼을 교정해야 한다는 지적을 받았던 거죠. 그렇게 끊임없이 폼을 바꿔 던져야 했던 저는 오래가지 않아 야구를 그만뒀습니다. 결국 부상을 당해 팔이 고장 나버리고 말았거든요. 이제는 제가 어떤 투구 폼으로 공을 던졌는지조차 잘 기억이 나지 않아요.

조소진 님의 사연으로 만들어진 작품을 보면서 저도 잃어버린 제 투구 폼과 야구 인생을 생각했습니다. 저도 그 심정 알죠. 인생의 소중한 걸 잃어버린 그 느낌을요. 작품을 보고 저도 사연을 쓸 용기를 갖게 되었습니다.

지금 전 야구가 아닌 어머니의 식당에서 열심히 국밥 만드는 일을 배워나가고 있습니다. 하지만 저희 어머니는 제가 이 일을 하는 걸 반대하시네요! 어머니는 투구 폼이 아니라 제 인생의 폼을 교정하고 싶은 분이시거든요. 하지만 전 지금 국밥 만드는 폼이 저한테 정말 딱 들어맞다고 생각합니다. 이제는 누군가에게서 저에게 그 폼이 맞지 않다는 말을 듣는 게 정말 곤혹스럽습니다. 이런 마음을 다스리고 용기를 얻을 수 있는 작품을 보게 된다면 앞으로 잘 살아나갈 수 있을 것 같아 사연을 신청합니다.

사연 신청자, 박정배

정배는 다 써 내려간 사연을 함에 넣어놓고 사연의 방을 빠져나왔다. 들어왔던 입구 쪽으로 향하던 정배는 정반대를 가리키는 화살표 표지를 보고 멈칫했다.

'출구 방향은 이쪽입니다.'

정배는 작품을 둘러보다 막다른 공간에서 보았던 닫힌 문을 떠올렸다. 그 문이 설마 출구라고는 생각지 못한 정배였다. 정배는 표지가 가리키는 방향으로 몸을 돌렸다. 잰걸음으로 닫혀 있는 문 앞에 거의 다다랐을 무렵이었다. 굳게 닫힌 문 앞에 한 여자가 서 있는 게 보였다. 움직임 없이 오도카니 서 있는 여자를 보고 정배는 발걸음을 멈췄다.

기다렸다가 여자가 문을 열고 나간 다음 나설 작정이었다. 여자는 정배의 인기척을 느끼지 못했는지 문손잡이를 잡은 채 머뭇거리고 있었다. 여자는 사뭇 미련이 담긴 표정으로 주위의 작품들을 끈적한 시선으로 바라보았다. 이윽고 달각거리는 소리가 들렸다. 여자가 문을 연 모양이었다. 문틈 사이로 하얀빛이 새어 들어와 바닥에 점점이 넓게 퍼지다가 멈췄다. 여자가 문밖으로 완전히 빠져나간 후 문이 닫히면서 들이친 바람이 훅 정배에게 끼얹어졌다. 문 쪽에 다가간 정

인생의 폼   183

배는 아까 보았던 작가의 말을 다시 훑었다. "아, 이 문을 열라는 얘기였구나." 중얼거린 정배는 문손잡이에 손을 뻗은 다음 힘을 주었다.

무심코 발을 내디딘 정배는 순간 무엇인가를 보고 몸을 움츠렸다. 열린 문손잡이를 되잡고 안으로 잡아당겼다. 출구는 분명 이곳이었다. 여기 말고는 나갈 길이 없었다. 에라 모르겠다는 심정으로 정배는 문을 활짝 열고 성큼 걸어 나갔다.

정배는 눈앞에 펼쳐진 정경이 대체 무엇인지 선뜻 이해하지 못했다.

바깥으로 나오자마자 방금 전 문을 열고 나서기를 망설이던 여자의 뒷모습이 보였다. 정배의 등줄기에 소름이 일게 한 것은 여자가 아니었다. 여자의 뒷모습 너머로 자신을 바라보고 있는 것 같은 수십 쌍의 눈길이었다. 정배는 앞을 향해 우두망찰 서 있었다. 정면에 보이는 십수 명의 젊은 남녀들이 자신을 바라보는 듯한 느낌에 사로잡혀 움직일 수조차 없었다.

호흡을 가다듬으며 마음을 진정시킨 정배는 그들의 눈길이 정확히는 자신에게 닿아 있는 게 아니라는 것을 깨달았다. 이편을 바라보는 사람들의 시선은 바로 앞에 있는 여자를 향해 있는 것이었다. 긴장을 덜어내자 이제야 주위의 풍경이 정배의 눈에 들어왔다. 사람들이 선 뒤편으로 짙푸른 나뭇잎과

가지들이 우수수 흔들리는 모습이 장관이었다. 바람이 나부
끼고, 나무들이 서로 가지를 겯지른 채 문대는 소리가 섞여
들리는 가운데 누군가의 청아한 목소리가 들려왔다. 마주 선
사람들 중 한 여자가 입을 떼고 노래하는 소리였다.

바람 불어와 내 마음에 꽃필 때
너는 무슨 생각 하고 있는지
어제의 나는 널 그리워하다 오늘의 나는 영원히 돌아서자
다짐하는

여자가 거기까지 노래를 부르고 나자, 곁에 서 있던 사람
들이 함께 입을 벌려 목소리를 내기 시작했다.

그 마음 떨치고 싶어 어디든 헤매고 나면
다시 떠오르는 네 생각에 잠겨
너를 지울 수 없는 내 마음 바람에 흐트러뜨리고만 싶어
한낱 바람결에 묻히는 것으로 나는 너에게로 향하려 하네
네 곁에 머무르는 것만으로 서로를 지워낼 수 있기를 바라며

노래하던 이들이 다 같이 손을 앞으로 뻗은 다음 이제는
허밍으로 멜로디를 불렀다. 사람들의 손끝이 향한 곳은 바로

앞에 있는 여자였다. 정배가 보기에 사람들의 손짓은 여자에게 뭔가를 청하는 듯이 보였다. 여자는 두 손으로 얼굴을 가리기를 반복하면서 못내 쑥스러운 듯 사람들의 노래를 경청하고 있을 뿐이었다. 그들의 손끝이 여자에게로 향한 지 얼마 지나지 않아서였다. 여자에게서 소리가 흘러나오는 것 같았다. 낮고 가느다란 목소리였다.

나 이제 홀가분하게 떠날 수 있네
그림자처럼 머물러 있던 네 곁을 떠나
나의 진짜 모습 바라보게 되는 지금
가눌 수 없었던 서로의 존재가 가벼이 사라져가길
꿈처럼 가뭇한 흔적으로 우리의 모습 언젠가 되묻어지길

사람들의 허밍과 여자의 노래가 약속한 것처럼 한순간에 끝났다. 정적이 잠시 흐르더니 누군가 짝짝 박수를 보냈다. 이어 심지에 불이 붙은 것처럼 연달아 사람들의 박수 소리와 환호가 이어졌다.

"소진아!"

사람들 사이에서 가장자리에 서 있던 모자 쓴 남자가 여자를 향해 외쳤다. 소진…… 어딘가 익숙하다 했더니 전시 작품 사연 신청자의 이름이라는 걸 정배는 퍼뜩 깨닫는다.

"우리 뮤지컬 피날레 곡이잖아. 어때, 이 정도면 우리 괜찮니?"

소진이 팔을 번쩍 들어 엄지를 위로 치켜든다. 사람들의 입가에 웃음이 돌았다. 그때 무리 중에서 한 여자가 빠져나와 소진에게로 다가오는 듯했다. 가장 먼저 첫 소절을 노래했던 여자였다.

"소진 씨."

가까이 다가선 여자가 소진의 이름을 나긋이 불렀다.

"원정 씨."

"그동안 찾아오지도 못하고 미안해요."

원정이라 불린 여자가 소진의 눈을 지그시 바라보며 말했다.

"괜찮아요. 저도 처음에는 원정 씨가 괜히 밉기도 했어요. 누굴 미워해야만 마음이 풀어질 것 같았나 봐요. 저까지 미워했으니까요. 주연 맡은 것 축하한다는 말도 못 해주고, 미안해요."

"아니에요, 아니에요."

원정이 손사래를 치며 말했다.

"노래, 정말 잘하시던데요? 저보다 훨씬."

"네? 아니에요, 아니에요."

연신 아니라고 하던 원정이 눈가에 맺힌 방울을 조용히 손

으로 훔쳤다. 그사이 다른 사람들도 두 사람이 있는 쪽으로
다가왔다.

"보고 싶었어요, 선배님."

"저 잊은 거 아니시죠?"

"걱정 많이 했어요."

사람들이 한마디씩 소진에게 말을 건네는 것을 보고 그들
이 어떤 사람인지 짐작하게 되었다. 소진이 눈앞에서 주연의
기회를 놓친 그 뮤지컬에 출연하는 배우들이었다.

"원정이가 우리 진심을 함께 전달했으면 해서 이렇게나마
다들 함께 왔다 소진아. 원정이도 부담 때문인지 요즘 마음
고생이 이만저만 아니야."

감독의 말에 원정이 쑥스럽게 웃고는 중얼거렸다.

"죽겠어요, 소진 씨."

"괜찮아요. 다 잘될 거예요."

"목소리 잘 회복하셔서 꼭 돌아와주세요. 그때까지는 제가
어떻게든 버텨볼게요. 하지만 솔직히 말해 소진 씨보다는 더
잘할 수 없을 거 같아요."

"원정 씨."

"네, 소진 씨."

"전, 원정 씨의 목소리가 좋아요. 저는 관람석에 있을게요."

소진이 두 팔로 원정을 가볍게 감싸 안았다.

"그래, 소진아. 여하튼 얼른 나아. 몸이 악기라고 하잖니. 잘 관리하고 나아지면 더 좋은 소리를 낼 수 있을 거야. 그 방법을 모르고 있었다고 생각해. 목이 다치치 않게 발성하는 법 같이 찾아보자."

"네, 감독님."

소진이 나지막이 웃었다.

"그런데…… 누구시죠?"

감독의 눈길이 자신에게로 향하고 있는 걸 눈치챈 정배가 몸을 움츠렸다.

"아까부터 여기 서 계시길래. 소진이 아는 분이셔?"

뒤를 돌아본 소진이 언제부터 여기 있었냐는 듯 놀란 눈으로 정배를 쳐다보았다.

"아, 저는 그냥 여기 관람하러 왔다……."

"앗, 박정배 선수다!"

누군가 자신을 알아보자 정배는 속으로 질겁했다.

"어…… 어, 정말이네. 폼이 진짜 멋지시잖아요."

정배는 얼굴이 달아오르는 게 느껴졌다.

"팬입니다."

정배를 알아본 남자가 다가와 손을 덥석 잡았다.

"아, 예……." 하면서도 움찔움찔하던 정배는 남자의 손을 억지로 떼어놓고 얼른 옆으로 비켜섰다.

"요즘은 야구 안 하세요?"

들으면 안 될 얘기를 들은 사람처럼 정배는 슬금슬금 뒤로 몸을 내뺐다.

"저 정말 팬이에요."

또 다른 누군가의 말이 뒤에서 들렸을 때 이미 정배는 한달음에 안뜰을 가로질러 내달리는 중이었다. 가끔 팬이라며 자신을 알아보는 사람이 있을 때마다 정배는 가슴이 두근거렸다. 언젠가부터 사람들이 자기를 알아볼 때마다 현재의 자신을 조소하는 듯 느껴져서였다. 또 그들과 마주칠까 정배는 서둘러 미술관 아랫길을 따라 식당 쪽으로 뛰듯이 내려갔다.

계절의 변화

날씨가 제법 쌀쌀해지면서 랑데부 미술관에도 몇 가지 변화가 함께 찾아왔다. 그중 하나는 청소부 할머니가 더는 미술관에서 일하지 않게 되었다는 사실이었다. 그 자리를 대신한 건 용역업체의 시설 관리인과 청소 용역이었다. 뜻하지 않게 마음을 나누었던 사람 하나를 잃은 것 같아 호수는 허전하고 서운한 심정을 감출 수 없었다. 무엇보다 할머니가 인사를 나눌 새도 없이 쫓기듯 떠나간 듯해 서글펐다.

"할머니 못 뵈니까 되게 아쉽네요."

따뜻한 물을 받아 그 위에 티백을 얹으며 은연중에 서운한 빛을 내비치자 옆에서 믹스커피를 타던 오 실장이 대수롭게 생각할 필요 없다는 듯 답했다.

"아이 뭐, 그렇게 생각할 필요까지야. 우리도 전문 관리인이 관리해주고 청소도 깔끔하게 해주면 더 좋지 뭘 그래."

"실장님은 제가 미술관을 그만둬도 다른 사람한테 그렇게 얘기하실 거 같아요."

게슴츠레한 눈길로 오 실장을 흘겨보며 호수가 말했다.

"앗, 뜨거워."

입천장을 데었는지 오 실장이 제자리에서 몇 번 껑충거렸다.

"괜찮으세요, 실장님?"

"흐억흐억."

오 실장이 엉거주춤한 자세로 서서 웃는 건지 아파서 그런 건지 모를 신음 소리를 뱉어냈다. 들고 있던 종이컵에서 흘러내린 진갈색 믹스커피가 손가락 사이사이를 타고 줄줄이 흘러내렸다. 호수가 벌벌 떠는 그의 손에서 조심스레 종이컵을 떼어 받아 들자, 오만상을 찌푸린 오 실장이 혀를 말아 호호거리며 화장실 쪽으로 달려 나갔다.

"조심 좀 하시지."

안쓰러운 표정으로 오 실장의 뒷모습을 쫓으면서도 내심 고소한 기분이 드는 건 사실이었다.

다미는 요즘 좀처럼 기운이 없어 보였다. 눈두덩이는 아픈 사람처럼 그늘지고, 얼굴은 핏기 없이 창백했다. 이전보다 웃음이 조금 줄었고, 무슨 일이든 감정의 고조 없이 담담한 쪽에 가까운 사람이 되었다. 호수는 무슨 일이 있는 건지 묻고 싶었지만 그러지 않기로 했다. 대신 종종 다미를 시야에 담으며 '알아서 잘하는 사람이니까, 괜찮겠지' 하고 속으로 혼자서, 잘 극복해내기를 바랄 뿐이었다.

김춘호 씨는 여전히 미술관을 자주 찾아왔으며, 말동무가 되어주던 청소부 할머니가 이제는 없다는 게 못내 허전한 듯 쓸쓸해했다. 택배 배송 일을 시작하며 부암동 일대를 담당하게 된 구대오 씨는 택배 회사 모자와 점퍼를 차려입은 채 주기적으로 미술관에 들러 배송 물품을 놓고 갔다. 가끔 부암동 주민들이 생수 박스를 몇 통씩 어깨에 이고 계단을 뛰어오르는 그를 신기해한다는 사실을 김춘호 씨에게서 듣곤 했다. 부암동을 처음 오를 때만 해도 낯선 곳에 홀로 놓인 느낌을 떨치기 힘들었던 호수는, 주변 사람들이 피고 지는 모습을 계절의 변화처럼 느끼며 하루하루를 받아들이고 있었다.

이른 오전부터 급히 상의할 일이 있다며 오 실장이 다미와 호수를 한데 불러 모았다. 어쩐지 초조해 보이는 안색으로 오 실장은 "우리 이거 시급히 해결해야 할 일이 있어요" 하고 서두를 꺼내 들었다.

"무슨 급한 일이 생겼나 봐요?"

오 실장의 눈치를 살피며 다미가 물었다.

"아니, 다름이 아니라 작가님이 지금 좀 급박한 사정이 생겨서 이번 전시는 이어가지 못하겠다고 하시네."

"그럼, 이번 전시는 건너뛰어야겠네요."

"그건 아니라고 하시네."

"아니라고요?"

"전시는 빠뜨리지 않고 어떻게든 이어가고 싶으시다는구면. 사연까지 선정해놓은 상태에서 작품을 진행하지 못하게 되었다고 말이야."

반쯤 고개를 숙인 오 실장이 착잡한 표정을 지으며 말했다.

"그럼, 다른 작가분에게 부탁해서라도."

호수가 옆에서 거들었다.

"아니, 아니. 그것도 안 된다고 하시네. 이번 전시는 말이야. 작가님 말로는 우리 랑데부 미술관 직원들끼리 준비해보라는 거야."

오 실장이 단번에 호수의 말을 자르며 말했다.

"저희끼리요? 어떻게…… 저희가 작가도 아닌데요."

"그러게 말이야. 그런데 이미 그렇게 진행하신다고 재단에 얘기까지 다 해놓으셨더라고. 재단에서 우리 전시 목록 다 기록하고 있는 거 알고 있지? 재단하고 일정 얘기까지 다 해놓으셨더라고. 우리야 재단 직속이니까 하라는 대로 할 수밖에."

곰곰이 생각에 잠겨 있던 다미가 입을 뗐다.

"실장님은 무슨 아이디어 있으세요?"

"나야 뭐. 우리가 해야 하는 거라면 각자 나눠서 하면 좀 수월하지 않을까 싶은데. 작가님이 그동안 만들어온 작품도 참조하면서. 그래도 작품 관련해서는 현업 작가 생활을 했던 손 연구원이 진행해보면 어떨까 하는데."

"……어쩔 수 없는 상황이라면 한번 해봐야죠."

다미가 선선히 고개를 끄덕이며 말했다.

"그렇담 작품은 됐고, 작가의 말을 누군가 써야 하는데…… 나도 그렇고 손 연구원도 그렇고 우리가 그렇게 글을 썩 잘 쓰지는 못해서……."

호수는 반사적으로 고개를 크게 좌우로 흔들었다. 오 실장과 다미의 시선이 동시에 자신에게로 향했기 때문이었다.

"아니, 아나운서 지원할 정도였으면 책도 많이 읽고 글도 어느 수준 이상으로 쓸 수 있는 거 아니야?"

오 실장이 호수에게 캐묻듯 물었다.

"잘하실 거 같아요."

속도 모르고 오 실장 말을 거드는 다미를 호수는 뱁새처럼 가늘게 뜬 눈으로 노려봤다.

"그럼, 오케이."

"실장님, 제가 글을 막 잘 쓰는 건……."

"호수 씨가 바로 이럴 때 도움이 되네. 고마워 호수 씨."

뭐라 항변하기도 전에 오 실장이 고맙다 선수를 치는 통에 호수는 더 말을 잇기가 어려웠다.

"잘하실 거예요."

쐐기를 박는 다미의 말이었다.

"……네."

어쩔 수 없이 호수도 항복하듯 대답했다. 가뜩이나 이공대 출신인 호수는 유난히 글쓰기에 취약하다는 사실을 말할 겨를조차 없었고, 아나운서직을 지원했었다는 이력이 이렇게 화살로 돌아올 줄 미처 예감하지 못했다.

"작가님이 사연 선정하신 건 어떤 거예요?"

"아, 그렇지. 여기."

오 실장이 건넨 종이를 다미는 천천히 훑어 내려갔다.

"이 사연, 정배식당 사장님 아들분 사연 같아요. 사장님이 우리 미술관 전시에 관심이 많긴 하셨거든요. 그런데 아들분이 미술관을 찾아왔나 봐요. 호수 씨도 한번 읽어보세요."

다미가 내민 종이를 받아 든 호수는 내용을 들여다봤다.

"정배식당 맞는 거 같지?"

오 실장이 사연을 다 읽어낸 호수에게도 확인하듯 물었다.

"네, 그런 거 같아요."

"그러니까. 우리와 또 가깝게 지내는 분이신데. 이럴 때 작가님이 부재중이시네 하필. 어때, 손 연구원. 한번 잘해볼 수 있겠어?"

"작가님처럼 생각해보도록 노력해봐야죠. 한번 만들어볼게요."

"손 연구원이야 워낙 뭐든 잘해내니까, 그럼 부탁해보자고."

말을 마친 오 실장의 시선이 벌써 호수에게 닿아 있었다.

"내가 호수 씨를 믿어도 되겠나?"

불편한 표정으로 눈치를 보고 있던 호수에게 다미의 눈길이 얹어졌다. '알겠다고 하세요'라는 눈빛으로 읽은 호수는 이내 마음을 다잡았다.

"예, 실장님. 저도 열심히 한번 해보겠습니다."

"좋아. 그럼 우리 정리된 거야. 나도 재단에 우리가 맡아서 일정대로 진행하겠다고 할 테니, 잘 좀 부탁한다고."

오 실장이 만족한 표정으로 자리에서 일어나는 걸 본 후 호수는 다미 곁으로 다가가 속삭였다.

"연구원님만 믿을게요."

"갑자기 왜요?"

다미가 의아한 표정으로 되물었다.

"아까 저한테 알겠다고 하라고 고개 끄덕이셨잖아요. 무슨 생각이 있으셨던 거 아니세요?"

"그런 게 아니라, 하지 않아도 괜찮다는 뜻이었는데 잘못 받아들이셨나 봐요. 너무 어렵게 느껴지면 억지로 하지 마시라고요."

"……그런 뜻이었던…… 거예요?"

곤혹스러운 표정을 지으며 호수가 한숨을 길게 내뱉었다.

"정말이지 오늘은 맥주 한잔 해야겠네요."

다미도 자리를 떠나 휑뎅그렁한 테이블을 보며 호수는 의자에 널브러지듯 기대 힘없이 중얼거렸다. 그런데 갑자기 사무실 문이 열리면서 다미가 빼꼼히 고개를 내밀며 말했다.

"맥주 한잔 하실래요?"

미술관을 나와 걷는데 해가 뉘엿뉘엿 저무는 게 보였다. 부암동에서 해가 지는 모습을 맞닥뜨릴 때면 호수는 어쩐지 마음이 편안해졌다. 해묵은 감정들도 지는 해와 같이 산등성이 너머로 사라지는 기분이었다.

"여기 노을은 정말 한 편의 그림 같죠?"

다미가 멀리 석파정 근처 주택들을 건너다보며 말했다.

"정말 그래요."

호수도 다미의 시선을 쫓았다.

"그러고 보면 예전 인상파 화가들은 순간이 되어 사라지는 모습을 잡아두고 싶었는지 모르겠어요."

"그러네요. 모든 게 다 지나쳐만 가니까요."

"문정희 시인의 「통행세」라는 시 혹시 아세요?"

호수는 고개를 저었다. 처음 들어보는 제목이었다.

"시에 이런 내용이 있어요. 가족들과 나눠 먹은 음식 속에도 하루하루가 조용히 사라지는 두려운 사약이 섞여 있었다.* 요즘 그 구절이 자주 떠오르더라고요. 시간이 간다는 게 참 무섭게 느껴지기도 하고요."

어쩐지 그 말을 하는 다미의 모습이 쓸쓸해 보였다.

"그런데 시 제목이 왜 통행세인가요?"

"가시에 찔리며 낚싯바늘 입에 물고 파득거리며 내가 가는 길. 그래도 나는 시 몇 편을 통행세로 바치고 싶다."

다미가 대답 대신 시 구절을 읊조리고는 호수를 돌아봤다.

"호수 씨는 어떤 걸 통행세로 내고 싶으세요?"

갑작스러운 다미의 질문에 호수는 말문이 막혀 대답을 제대로 할 수 없었다. 하지만 걷는 내내 그것에 대해 곰곰이 생각했다.

치킨집에 도착한 후 다미는 생맥주와 치킨을 주문했다. 치

---

* 문정희, 「통행세」, 『오라, 거짓 사랑아』(민음사, 2001), 13쪽

킨이 나오자마자 배가 고팠던 호수는 얼른 닭 날개 한 조각을 들어 입으로 가져갔다.

"맛 괜찮죠? 오늘 치맥 하자고 한 건 저니까, 제가 살게요."

"쏘신다면 감사히 먹겠습니다. 진짜 맛있네요."

호수는 허겁지겁 다른 닭 조각 하나를 집어 입에 넣었다. 까슬한 겉면이 바삭하게 씹히고 고소한 풍미가 입안에 감돌았다. 생맥주를 들이켜자 몹시 시원해 스트레스가 단번에 날아가는 기분이었다. 하지만 여전한 부담감이 호수를 에워싸고 있었다.

"그나저나 저 작가의 말, 잘 쓸 수 있을까요. 도통 자신이 없는데요."

"호수 씨가 어때서 그래요. 잘할 수 있을 거예요."

호수는 순간 뭉클해지는 기분이었다. 누군가의 지지나 응원을 받은 기억이 까마득했기 때문이었다.

"아까 저한테 물어보셨잖아요. 통행세로 내고 싶은 게 뭐냐고요."

"네, 그랬죠."

"저, 생각났어요."

"뭔가요?"

"사람들에게 좋은 말을 건네는 거요. 통행세라고 생각하고 열심히 해보려고요."

"좋은 생각이네요."

다미가 옅게 미소 지으며 맞장구를 쳤다. 호수는 덕분에 무거운 마음을 덜어낼 수 있었지만, 다미의 얼굴 한편에 드리운 어두운 기색까지 지나칠 수는 없었다.

"연구원님 혹시, 무슨 일 있으세요?"

"네? 아…… 그래 보여요?"

다미가 어색한 웃음을 지으며 되물었다.

"약간 근심이 있어 보여서요. 작품까지 준비해야 하니 아무래도 일이 좀 벅차신 건 아니고요?"

"그건 아니고…… 집에 신경 쓰이는 일이 하나 있어서 그런가 봐요."

바구니에 담긴 치킨을 뒤적거리던 다미가 포크를 테이블에 가만히 내려놓았다.

"가끔 복잡한 생각을 비워버리고 싶을 때가 있잖아요. 오늘이 그런 날인가 봐요. 전 괜찮으니까 걱정 마세요. 사장님, 여기 생맥주 한 잔 더 주세요!"

다미가 아무렇지도 않다는 듯 손을 번쩍 들고 씩씩한 음성으로 주문했다. 집안일이라는 말에 호수도 더는 묻지 않았다.

"무슨 일인지는 몰라도, 너무 힘들어하지 마세요." 호수가 다미에게 말을 건넸다. "너무 힘들면 자기 자신을 미워하게 되더라고요. 제가 그랬거든요."

테이블 아래에 시선을 고정하고 있던 다미가 고개를 들었다.

"호수 씨가 왜요?"

"아나운서 준비한다는 동안 꽤 오래 백수처럼 지냈었거든요. 그쯤 되니까 누구한테 힘들다는 말도 못 하게 되더라고요. 속은 문드러지는데 아무렇지 않은 척하려니까 스스로가 너무 밉고 위선적으로 보였어요. 거울을 보면 한심해 보이는 밉상이 한 사람 서 있었는데, 그게 바로 저더라고요. 그러니 무슨 일이 있든 연구원님은 자책하는 일은 없었으면 좋겠어요. 속에 있는 마음도 가끔 꺼내놓아야 씻겨 내려가요. 안 그럼 점점 자신이 못나 보여요, 저처럼요."

다미가 담담한 표정으로 고개를 끄덕였다.

"고마워요. 그런데 호수 씨, 그런 사람처럼 안 보여요."

"……네?"

"스스로 생각하는 것보다 더 호수 씨가 괜찮은 사람이라고요. 성실하고 진중하시잖아요."

그런 얘기를 들으려 꺼낸 말은 아니었다. 뜻밖의 말에 호수는 조금 얼굴을 붉혔다. 다미는 그사이 창밖으로 어둑해진 동네를 바라보고 있었다. 오가는 차들의 불빛이 반원을 그리며 등대처럼 주위를 밝혔다.

"가끔 바스락거리는 것 같아요."

"뭐가 말인가요?"

"그냥 모든 것들이요. 다, 사라져버릴 것처럼."

창밖을 바라보며 다미가 중얼거리듯 말했다. 그 모습이 노을을 보며 아련한 표정을 짓고 「통행세」라는 시를 읊던 것과 무관하지는 않아 보였다. 호수는 다미의 얼굴에 드리운 그늘을 걷어주고 싶다는 생각을 했지만, 마음대로 할 수 있는 건 아니었다. 그저 잠시 곁에 머물러 있는 것으로나마 다미에게 조금의 위안이 되어줄 수 있기를 바랄 뿐이었다.

오늘 하루 쉬는 날

아들 정배의 성화 끝에 하루 쉬기로 했지만, 정작 영은은 마땅히 갈 곳이 없었다. 영은에게 쉬는 날이라곤 없었다. 주중 무휴로 일해온 지 어언 이십 년이 넘은 세월이었다. 쉼 없이 일해오다 보니 영은은 쉬는 날 뭘 해야 할지 난감했다. 예전 같지 않게 몸은 찌뿌듯했고 점점 아프지 않은 데가 없었다. 정배는 그런 영은을 향해 이제 다 내려놓고 쉴 때가 됐다고 했지만, 일을 하지 않고 무엇을 할 수 있을지 영은은 영 자신이 없었다. 식당에 나가지 않고 쉬기 시작한 지 딱 반나절을 넘겼을 뿐이었는데도 영은은 식당 걱정에서 벗어나지 못하고 있었다. 내친김에 영은은 휴대전화를 들어 식당으로 전화를 걸었다.

"정배식당입니다."

"정배니?"

"예, 엄마."

"네가 이 시간에 왜 식당에 있어. 할 일 없어?"

정배가 식당에 있을 걸 알면서도 영은은 괜한 심통을 부렸다.

"엄마도 안 계신데, 당연히 제가 도와드리러 나와야죠."

"네가 왜. 순영이 아주머니 없어?"

"지금 음식 재료 준비하느라 바쁘신데. 무슨 일이세요?"

"아휴."

몇 배로 답답해진 마음에 영은은 들으라는 듯 깊은 한숨을 정배에게 뱉어냈다.

"하루 푹 쉬시라니까 그새를 못 참고 식당에 전화하시면 어떡해요."

"넌 들어가. 왜 자꾸 식당에 나와. 내가 나오지 말랬잖아."

영은이 정배의 염려에도 아랑곳하지 않고 쏘아붙였다. 전화기 너머로 잠시 침묵이 돌다 나긋한 정배의 목소리가 들려왔다.

"엄마, 전 식당이 좋아요."

"누가 네 아빠 안 닮았달까 봐 고집이 보통 아니다 너도."

"랑데부 미술관 가보셨어요? 거기 오늘 꼭 한번 들러보시라고 했잖아요."

"아유, 내 팔자에 무슨 미술관."

"왜요, 거기 직원분들도 우리 식당 자주 들르시는데. 이렇게 쉬는 날 가지 않으면 언제 가겠어요?"

그건 그렇지. 영은은 속으로 중얼거렸다. 정배 말이 틀린 건 아니었다. 항상 미술관 직원들이 식당에 찾아올 때마다 언제 한번 미술관에 가보겠다는 말을 인사치레처럼 하곤 했던 영은이었다. 정배 말처럼 쉬는 날이 아니면 영영 가보지 못할 게 뻔하긴 했다. 하지만 미술이라고는 조금도 알지 못하는 영은에게 미술관이라는 곳은 영 어색하고 낯선 공간이라 꺼려지는 것이었다.

전화를 끊고 나서 영은은 딱히 목적지를 정하지 못한 채 좁다란 부암동 골목을 그저 걷기만 했다. 처음 남편을 따라 부암동에 자리 잡을 때 그가 해주었던 말이 생각났다. 부암동이라는 동네 이름이 부침 바위가 있던 것에서 유래했다는 얘기였다. 산기슭에 터를 마련한 사람들이 부침 바위를 의지삼아 간절한 마음으로 살아가던 동네라고 했다. 다른 돌을 바위에 붙여 문지르며 소원을 빌던 부침 바위. 붙이다 부, 바위 암의 음을 따 그렇게 부암동이 된 거라고. 바위는 이제 없지만 기운이 좋은 동네에서 살며 있는 소원 없는 소원 다 이

룰 수 있게 해주겠다며 능청스럽게 큰소리치던 남편이었다. 그때까지만 해도 자신이 국밥집을 시작할 거라고는 영은은 꿈에도 생각지 못했다. 갑작스럽게 남편과 사별하고 나서 그녀가 택한 생계 수단이 바로 지금 터에 자리 잡은 작은 식당이었다.

아들 정배를 식당 안 작은 방에 뉘어두고 오가면서 국밥을 만들기 시작했던 때를 떠올리자 영은은 회한 아닌 회한이 들었다. 억척스럽게 살아온 삶이었다. 매일같이 국밥을 만들고 토렴을 하느라 어느새 그녀의 손은 뜨거운 것에 대한 감각이 없었다. 바쁠 때면 아무리 뜨거운 뚝배기라도 손으로 잡아 내놓기 일쑤였다. 그 뜨거움 때문에 영은은 가난도, 남편도, 삶의 척박함도 잊을 수 있었다. 속에서 차오르는 열을 손으로 치대면서 헤쳐온 시절이었다.

얼마 전엔 한 십 년만 더 식당을 운영한 뒤 정리하고 남들처럼 여행이나 다녔으면 좋겠다고 생각했다. 하지만 그 생각도 잠시였다. 정배가 식당 일을 이어받겠다고 하자 심란해졌다. 어렸을 때부터 운동 신경이 뛰어났던 정배에게 야구를 권유하고 적극 밀어주었던 것도 영은이었다. 정배가 프로야구 선수로 승승장구하지 못했을 때에도 지금처럼 심란하지는 않았다.

한참을 정처 없이 걷다 영은은 한 안내 표지판 앞에 멈춰 섰다. 랑데부 미술관 앞이었다.

"미술관 오셨어요?"

덩치가 크고 부리부리한 눈매에 수염이 턱 주위로 까슬까슬하게 뻗친 한 남자가 미술관 입구에서 물었다. 가만 보니 익숙한 브랜드 로고의 점퍼를 입은 택배 배송기사였다.

"그런데요?"

"왜 안 들어가고 서 계시나 해서요."

남이야 들어가든 말든 웬 참견이냐며 대꾸라도 할까 하다 영은은 꾹 참았다.

"저 같은 사람이 들어가도 괜찮은 곳인가 보고 있어요."

"들어가도 되죠. 안 될 이유가 뭐가 있어요. 미술관이 사람 가리는 것도 아닌데. 전, 여기 전시 작품 바뀔 때마다 다 보고 다니는걸요."

영은은 남자를 핼끔 쳐다봤다. 미술 쪽에는 전혀 취향이 없어 보이는 남자의 말에 영은은 괜스레 용기가 솟아올랐다.

"걱정 말고 어서 들어가보세요."

선뜻 들어가지 못하고 서슴대는 영은에게 남자가 말했다. 남자의 말에 마지못해 그러는 듯 영은은 조심스럽게 미술관 안쪽으로 발을 들여놓았다.

"안녕하세요!"

미술관에 들어가기 무섭게 살갑게 다가온 한 여자를 보고 영은은 멈칫거렸다.

"누…… 누구세요?"

"네, 저희는 YBS 문화가 오늘 취재팀이고요, 저는 구가영 아나운서라고 합니다."

"취재팀이요?"

그러고 보니 자신을 아나운서라고 소개한 여자의 손에는 방송사 로고가 박힌 마이크가 들려 있었고 바로 뒤편에 카메라를 든 카메라 기자가 보였다.

"혹시, 이곳 미술관을 방문해본 적 있으신가요?"

구가영 아나운서가 호기심 어린 눈빛으로 영은에게 물었다.

"처음이라 아무것도 몰라요. 그냥 지나가다 들른 거예요. 그럼 이만."

혹여나 미술관이나 작품에 대해 물을까 싶어 비켜서려던 영은의 소맷부리를 구가영 아나운서가 낚아챘다.

"너무 좋으세요, 어머님."

"네?"

"저희가 찾던 분이세요."

"아니요, 전 괜찮습니다."

당황한 낯빛을 내보이며 영은이 구가영 아나운서의 손을 뿌리쳤다.

"그게 아니라요, 어머님. 저희가 뭘 하겠다는 게 아니라 관람객의 눈으로 미술 작품을 감상하는 모습을 촬영했으면 하거든요. 어머님은 그저 편하게 미술관을 관람만 하시면 되세요. 저희 카메라가 어머님 가시는 대로 쫓아가기만 할 거고요. 그건 어렵지 않으시잖아요. 그렇죠, 어머님?"

"아까 말했듯이 저는 그냥 들렀을 뿐이고 아무것도 모른다니까 그러시네."

난처한 표정으로 영은이 대꾸했다.

"부탁드려요. 어머님. 가급적 관람에 방해가 되지 않도록 하겠습니다. 게다가 저희는 미술을 잘 아는 사람보다 보통 사람의 눈으로 관람하실 분을 찾고 있었거든요."

애원조로 부탁하는 구가영 아나운서 앞에서 영은은 괜스레 마음이 약해진다.

"나한테 뭐 시키고 그런 건 아니죠?"

행여나 하는 마음에 영은이 물었다.

"그럼요, 어머님. 간단히 소개 인터뷰 정도만 하면 되고요, 그 외에는 별거 없어요, 어머님."

"그래요……? 그런데, 이거 티브이에 나가는 거예요?"

"당연하죠, 어머님. 다음 주 저희 프로그램 방송 시간에 나와요."

얼마 만의 쉬는 날인지 몰라 평소와 다르게 제법 꾸미고 나온 영은이었다. 굳이 방송에 나가지 못할 이유가 없다는 생각이 들었다. 한편으로는 방송 출연으로 동네 사람들 사이에 화젯거리가 되는 것도 나쁘지 않을 것 같았다.

"에이, 그럼 같이 들어가죠, 뭐. 근데 저 오래는 못 있어요."

경계하듯 영은이 말했다.

"그럼요, 어머님. 저희가 어머님 귀한 시간 빼앗으면 안 되죠."

구가영 아나운서와 카메라 기자의 얼굴에 화색이 도는 모습을 뒤로하며 영은은 전시관 쪽으로 향했다. 이왕 이렇게 된 거 카메라에 비칠 때 식당 홍보나 한번 해봐도 괜찮겠지 하는 생각도 들었다.

뜨거운 게 좋아요

 부슬비가 흩뿌리듯 내리는 아침이었다. 색색의 우산을 쓰고 아장아장 걸어가는 아이들과 덜 말린 축축한 머리칼을 넘기며 바삐 버스에 오르는 직장인, 한걸음에 뜀박질하는 학생들 사이를 걸어 호수는 랑데부 미술관으로 출근하는 길이었다. 부암동에서 다른 지역으로 향하는 사람들 틈새를 거슬러 출근하는 게 호수는 이제 전혀 낯설지 않았다.

 출근하자마자 회의를 하자며 다미와 호수를 불러 모은 오 실장은 여느 때보다도 몹시 피곤한 모습이었다. 성글게 엉켜 한쪽으로 쏠린 탓인지 머리숱은 오늘따라 듬성듬성해 보였고, 눈꺼풀이 주기적으로 경련하는 탓에 오 실장은 자주 눈

가를 비볐다. 그러다 한데 시선을 고정한 채 눈 뜨고 자는 듯
한 때가 여러 번 있어 그때마다 다미가 "실장님, 실장님." 하
고 깨워야 했다.

"많이 피곤하신가 봐요."

"어? 아…… 아니."

찌뿌둥한 듯 오 실장이 어깨를 들썩이며 흔들었다.

"체감상 나한테는 월요일이 꼭 금요일 같아. 오늘이 가장
피곤한 날이거든. 그냥 이대로 집에 들어가서 주말처럼 좀
쉬었으면 좋겠네."

"그럼 오늘은 좀 일찍 퇴근하세요."

호수가 오 실장에게 걱정스러운 듯 말을 건넸다.

"아니, 아니. 새 전시 시작됐잖아. 점검할 것도 많고. 얼른
얼른 해봐야지."

오 실장은 피곤함이 가시지 않는지 목을 돌려가며 손으로
어루만졌다.

"저, 실장님."

다미가 오 실장에게 조심스레 운을 뗐다.

"이번 전시 괜찮을까요?"

약간은 걱정스러운 어조의 물음이었다.

"손 연구원. 예술이라는 게 꼭 그렇다고 규정된 것만 예술
은 아니지 않아. 일상의 삶 속에 감춰진 듯 존재하다 경계 없

이 꺼내지는 것도 예술 아니겠어. 그런 측면으로 생각해보자고."

"재단에서 얘기가 나올까 봐 그게 좀 걱정이에요."

"자기들이 뭔데 뭐라고 해. 우리도 엄연히 창작 집단이자 예술가들이라고. 예술가들의 창작을 검열하면 쓰나. 재단이랑은 완전히 분리해서 봐야지 그럼."

행여나 다미가 위축이라도 될까, 오 실장이 부러 목소리를 높여 얘기했다.

"이불 작가의 경우도 있잖아. 뉴욕 현대미술관에 〈장엄한 광채〉라는 작품을 출품했던 거 말이야. 스팽글과 금속조각 같은 반짝이는 장신구로 장식했던 날생선들이 점점 부패하면서 악취가 나니까 전시 전날 철거하게 된 그 전시, 손 연구원도 알고 있을 거야. 그게 다 이를테면 아우라 아니겠어? 복제되지 않는 진정한 아우라."

"맞아요. 부패와 악취도 작품의 일부였죠."

"그래. 우리가 뭐 그만큼의 예술성을 가진 건 아니지만, 해볼 수 있는 건 다해보자고. 재단에서 뭐라 하면 뭐, 내가 싸우든가 해서라도 설득해야지."

재단의 요구라면 옴짝달싹하지 못하고 거의 수용하고 마는 게 오 실장이었다. 어쩌면 허언에 불과한 뻔한 말이었지만, 그래도 자기편이 있다는 게 안심이 되었는지 다미의 얼굴에 안도의 표정이 떠올랐다.

호수가 보기에도 오 실장과 다미는 여러모로 합이 잘 맞는 조합 같았다. 인간적으로 썩 친밀하다고는 할 수 없는 거리감을 유지하면서도 업무적으로는 서로 잘 들어맞는 관계였다. 오 실장은 다미의 의견을 수용하고 지지하는 편이었고, 다미 역시 생각이나 아이디어를 개진하는 데 있어 주저함이 없었다. 그래서 가끔 그 두 사람이 자신에게만 눈속임을 하는 게 아닌지 호수는 의구심이 들었다. 두 사람 중 누군가 혹은 두 사람이 함께 전시 작품을 만들어왔지만, 모종의 이유로 그 사실을 비밀에 부치고 있는 게 아닐까 하는 의심이었다.

"그건 그렇고, 얼마 전 YBS 방송국 문화가 탐방 프로그램에서 취재차 왔었잖아. 곧 방송 시작되니까 다들 앉아서 같이 한번 보자고."

오 실장이 한껏 기대에 찬 표정으로 말했다.

최근에 랑데부 미술관을 찾는 사람들이 훌쩍 늘어난 추세였다. 전시가 이곳저곳에서 소개된 이유도 있었지만, 무엇보다 전시를 관람한 관람객들이 SNS에 남긴 사진과 감상평 덕분에 조금씩 입소문을 타고 있기 때문인 것 같았다. 주말이나 사람이 많이 몰린 날은 전시관 주위에 대기 라인을 설치해야 하는 정도까지 이르렀다. 미술관이 설립된 이래 이런 일은 없었다며 좋아하던 오 실장은 급기야 YBS 방송국에서 전시를 다뤄보고 싶다며 취재 요청을 받았을 때는 환호성을 내지르기까지 했다. 촬영 당일 외부 일정에 참여하느라 미술관에 없었던 다미와 호수도 어떻게 방송에 나올지 몹시 궁금하긴 마찬가지였다.

오 실장이 회의실 티브이를 켜자 프로그램은 이미 시작된 상태였다. 스튜디오 진행자가 오직 하나의 사연으로 작품이 전시되는 미술관을 아십니까, 하고 운을 뗐을 때 오 실장은, 이제 방송에 우리 미술관이 나올 차례라며 흐뭇한 표정으로 말했다. '도심 속 한가운데 고즈넉하게 머물러 있는 랑데부 미술관이라는 곳인데요, 이곳에 어떤 사연과 작품이 숨겨 있는지 한번 같이 떠나보실까요.' 진행자의 말과 함께 화면은 곧 미술관 전경을 비추는 장면으로 전환되었다.

"안녕하세요, 문화계의 이슈와 현장 소식을 생생히 전해드리는 문화가 오늘, 구가영 아나운서입니다. 오늘은 저희가 부암동에 위치한 한 미술관을 찾아왔는데요. 랑데부 미술관이라는 독특한 이름의 장소입니다. 이곳은 다른 미술관과 다르게 관람자의 사연을 바탕으로 오직 하나의 작품만을 전시하는 곳이라고 하는데요, 그럼 오늘 저와 함께 이 특별한 미술관을 함께 살펴보시죠."

"젊은 아나운서가 아주 생기가 넘치고 사람이 참 밝더라고. 진행도 어쩌면 그렇게 잘하는지 토씨 하나 틀리지 않더라니까. 발음과 음색도 좋고 사람이 반듯해 보이는 게, 우리 딸도 아나운서 한번 시켜봤으면 좋겠다는 생각까지 들더라니까 말이야."

"아나운서들은 웬만큼 끼도 있고 목소리도 좋고 지적인 이미지가 있잖아요. 방송계 진출하는 사람들은 따로 있나 봐요. 제 주위에는 그런 사람이 없거든요."

"그렇지? 타고난 거야."

방송을 보며 얘기를 주고받던 오 실장과 다미가 뭔가를 잊고 있었다는 표정으로 동시에 호수에게 고개를 돌렸다. 아나운서의 꿈을 이루지 못한 호수 앞에서 괜한 얘기를 주고받고 있다는 걸 깨달은 것이었다.

"아니, 그게 아니라 호수 씨 서운하라고 한 이야기가 아니라 저 아나운서가 워낙……."

오 실장이 변명하듯 말하는데, 호수가 넋이 나간 표정으로 티브이 모니터만 바라보고 있었다.

"호수 씨?"

"……네?"

다미의 목소리에 정신이 든 호수가 뒤늦게 대답했다.

"어디 아프세요?"

호수가 눈을 비비며 "아, 아뇨." 대답하고는 잠시 멍한 표정을 지었다.

"예전에 사귀었던 여자친구가 티브이에 나와서요."

"뭐? 누가 사귀던 여자친구인데?"

"저기 화면 속에……."

오 실장이 깜짝 놀라 묻자 호수가 턱짓으로 티브이를 가리켰다.

"같이 공부하다 먼저 방송사 합격해 아나운서 됐다는 전 여친이 바로 구가영 아나운서야?"

"……네. 이렇게도 만날 수가 있는 건가 봐요."

허탈한 투로 호수가 말했다.

"그래서 속상한가?"

오 실장이 안경 너머로 바라보며 물었다.

"아, 아뇨. 그런 건 아닌데, 그냥 좀 묘해서요."

"자네가 끝까지 아나운서를 고집했다면 우리는 여기서 만나지 못했겠지. 안 그런가?"

"……예?"

"누구나 각자의 물줄기로 흘러가는 거라고. 너무 상심하지는 말아."

오 실장에게서 받는 위로가 너무 뜻밖이어서 호수는 다미를 힐긋 쳐다봤다. 다미도 영문을 모르겠다는 듯 어깨를 으

쓰였다.

"나도 그 마음 알아."

그러고 다시 앞으로 몸을 돌린 오 실장이 다미에게 속삭였다. "호수 씨는 혼자 좀 내버려두자고."

오 실장이 먼저 나서서 챙겨주는 게 처음이라 호수는 적응이 되지 않았다. 당황스러웠지만 왠지 얼어붙었던 마음이 조금은 풀어지는 듯했다.

"저희가 특별히 관람객 한 분과 함께 전시를 살펴보려고 하는데요, 마침 오늘 이 미술관을 처음 찾으셨다는 분이십니다. 저희가 같이 말씀을 나눠보도록 하겠습니다."

구가영 아나운서의 말이 끝나자 화면에 한 중년 여성의 얼굴이 잡혔다.

"본인 소개를 해주실 수 있을까요?"

"네, 안녕하세요. 저는 부암동에서 작은 식당을 운영하는 권영은이라고 합니다."

"네, 평소 미술관은 찾아 즐기시는 편이세요?"

"아니요. 그렇지는 않은 편이고요. 아, 아들이 동네 가까이 있으니까 한번 가보라고 하는 통에 들러봤어요."

"아드님이 미술관을 추천하신 거군요. 뭐라면서 추천을 하시던가요?"

"여기가 사람들 사연으로 만든 작품을 전시한다 하더라고요. 저처럼 미술관 경험은커녕 미술이 뭔지도 모르는 사람도 찾아가보면 재미있을 거라고 해서요, 호호호."

"네, 이곳을 방문하신 분과 이야기를 나눠보니 정말 누군가의 이야기를 미적으로 체험할 수 있는 친숙한 미술관이 아닌가 하는 생각이 드는 곳입니다. 자, 이제 그럼 처음 방문하신 관람객인 권영은 씨와 함께 전시 공간으로 들어가보겠습니다."

"그런데, 저기 저분…… 왜 이렇게 낯이 익지……."

오 실장이 머리를 긁적이며 중얼거렸다.

"정배식당 사장님인 거 같은데요."

"어……? 그러네. 정배식당!"

다미와 오 실장이 이구동성으로 외쳤다. 호수가 보기에도 식당에서 보던 모습과 사뭇 다르긴 했지만 정배식당 사장님이 맞는 것 같았다.

"아니, 정배 씨가 그렇게 미술관에 가보라고 했다는데도 꿈쩍도 안 하셨다면서?"

오 실장이 뒤를 돌아보며 호수에게 물었다.

"네. 그래서 정배 씨가 꽤 난감해했거든요."

"그럼 방송 촬영 날 전시를 관람하신 거네."

"그렇겠네요."

호수는 엄마가 식당 일 외에는 별다른 취미가 없어 미술관에 관심을 보이지 않는다는 정배 씨의 말을 떠올렸다. 아마미술관에 다녀오고도 정배 씨에게 아무 말 하지 않은 모양이었다.

"저희가 지금 전시실 안으로 들어와봤는데요, 권영은 씨가 바라보고 있는 게 바로 오늘 전시된 작품인 것 같습니다. 옆에 작품의 제목이 눈에 들어오는데요, 바로 〈위로를 삼켜보세요〉라고 소개되어 있습니다. 여기를 먼저 보시면, 가로로긴 그림이죠. 감청색의 낡은 슬레이트 지붕 밑으로 정배식당이라는 간판이 보이는 그림입니다."

구가영 아나운서의 설명을 들으며 호수는 일순간 아연해지는 기분이었다. 정배식당이 그려진 그림 앞에 서 있는 관객이 바로 그 식당의 주인이었기 때문이다. 정배식당 사장이자 정배 씨 어머니의 이름이 권영은 씨라는 걸 호수는 방송을 보며 알게 되었다.

"식당 옆에 우거져 있는 버들 나무가 왠지 정겹게 느껴지네요. 식당 앞을 지나다니는 이들과 식당 안에서 식사를 하는 사람들에게서 우리네 복작거리는 사람 냄새가 맡아지는 것도 같습니다. 그리고 바로 이 그림 앞에 또 하나의 작품이 놓여 있습니다. 작은 테이블에 설치된 인덕션 화구 위에 국밥이 놓인 모습인데요. 바로 밑에 작품을 감상하는 요령이 쓰여 있습니다.

◎ 이 국밥은 매일 오후 1시에서 2시까지 일정 시간 동안만 전시가 되고 나머지 시간에는 조소로 뜬 모형이 대신 전시됩니다.

◎ 뚝배기 옆에 놓인 작은 그릇에 국밥을 담아 한술 떠먹어보세요. 이것 역시 작품의 일부입니다.

마침 시간이 1시 30분이어서 실제로 제 앞에 국밥이 놓여 있습니다. 여기 나와 있는 설명대로 제가 직접 국밥을 먹어보도록 하겠습니다."

구가영 아나운서가 국밥을 그릇에 떠먹는 걸 지켜보던 권영은 씨가 그녀의 뒤로 다가가 넌지시 묻는 모습이 화면에 담겼다. 여태껏 구가영 아나운서의 질문에만 답하던 권영은 씨였다.

"맛이 어떤가요?"

"네? 아, 좋아요. 정말 맛이 있는데요. 이 맛을 어떻게 표현해야 할지 모르겠어요. 뭐랄까, 정말 위로가 삼켜지는 느낌이랄까요."

"그래요?"

고개를 갸웃하며 미심쩍어하는 권영은 씨의 표정이 화면에 고스란히 드러났다.

"미술관에서 뭔가를 먹는다는 것도 생소하지만 이런 맛을 느끼는 것도 참 특별한 것 같아요. 어머님은 어떻게 느끼실지 궁금하네요. 한번 드셔보시면 어떨까요."

"그럴까……."

권영은 씨가 그 앞에서 왜 머뭇거리는지 호수는 알 것 같았다. 이번 작품에 직접 참여를 부탁하기 위해 찾아갔을 때 정배 씨로부터 들었던 말 때문이었다.

"엄마는 제 실력을 믿지 못하세요. 식당 일을 도와드리는 것까지는 별말 하지 않으셨지만, 어깨너머로 배운 실력으로 제가 끓여낸 국밥을 단 한 번도 먹어본 적이 없으세요. 기본적으로 제가 이 일을 하는 걸 탐탁지 않게 생각하시니까요."

"이거, 제 아들이 만든 국밥 같은데요."

"네? 아, 아들이요?"

"제가, 이 식당 주인이거든요……. 이 녀석이 이래서 미술관에 자꾸 가보라고 한 것이고만."

"그럼…… 여기 정배식당이……."

"네. 제가 여기 주인이고, 아들이 저를 도와 일해왔어요."

"그렇군요. 이 작품에 정말 어떤 사연이 숨겨져 있는지 더 궁금해지는데요. 일단 이 국밥 한번 드셔보세요, 어머님."

구가영 아나운서가 권영은 씨 앞으로 국밥을 담은 그릇을 들이밀었다. 권영은 씨가 크게 한숨을 들이마셨다가 내뱉었다. 국밥 한 숟갈을 먹기에도 크나큰 결심이 필요한 사람처럼. 구가영 아나운서로부터 국밥이 든 그릇을 받아 든 권영은 씨가 숟가락을 들었다. 오히려 긴장된 표정을 짓고 있는 건 그 옆의 구가영 아나운서였다.

"어떠신가요, 어머님. 네?"

구가영 아나운서의 재촉에도 아랑곳하지 않고 권영은 씨는 국밥 맛을 음미하는 데 집중했다. 그녀의 얼굴 미간이 좁아지며 서너 개의 굴곡이 생겼다. 권영은 씨가 다시 한번 국밥을 떠서 입으로 가져갔다. 고개를 갸웃하고는 한 번 더 떠서 먹었다. 곁에서 구가영 아나운서가 초조한 듯 권영은 씨의 기색을 살폈다. 한참을 찡그려 있던 권영은 씨의 얼굴이 다림질한 듯 펴지기 시작했다. 두 눈썹이 들리듯 추켜올려지면서 저절로 미간의 주름이 사라졌다.

"머…… 먹을 만하네요."
"그렇죠? 맛있죠? 그럴 줄 알았습니다! 그런데 아드님이 만드신 국밥을 정말 처음 드세요?"
"네. 아들이 저 모르게 만든 국밥 같아요."
"그렇군요. 어떤 이유로 어머님 몰래 국밥을 만든 걸까요. 앗. 여기 뭔가가 적혀 있는데요. 이게 뭘까요…… 아, 신청자의 사연이군요. 그렇다면 어머님도 모르게 아들분이 사연을 신청하고 작품 속에 자신의 음식을 녹여낸 거였군요. 그럼 사연이 뭔지 한번 살펴볼까요?"

구가영 아나운서와 권영은 씨가 나란히 서서 작품 옆에 찍힌 사연 문구를 읽어 내려가기 시작했다. 야구선수 내내 폼이 적절치 않다며 지적받은 그가, 국밥과 함께하는 인생만큼은 교정받고 싶지 않다던 바로 그 사연이었다.

"이런 사연이 이 작품 속에 담겨 있었군요. 어떻게 이런 작품이 만들어졌는지 알 수 있게 된 사연이었습니다. 사연을 직접 읽고 나니 이 공간의 작품과 경험했던 맛이 정말 특별하게 느껴지는 것 같습니다. 이 방송을 보시는 시청자 여러분들도 이 독특한 전시를 한 번쯤 관람해보시면 좋을 것 같습니다. 이 사연 밑에 마치 어머님께 드리는 편지처럼 단 한 문장이 적혀 있는데요, 이 문장을 읽어드리면서 저희 문화가 오늘의 미술관 탐방을 마무리하겠습니다. 바로 다음과 같은 문장입니다.

어머니. 저는 뜨거운 것이 좋습니다!"

구가영 아나운서의 멘트를 끝으로 화면이 미술관에서 스튜디오로 옮겨져 진행자의 얼굴을 클로즈업했다. 화면 속을 바라보던 진행자는 이내 고개를 돌려 말을 하기 시작했다.

"시청자 여러분, 구가영 아나운서가 오늘 소개해드린 특별한 미술관 어떠셨나요. 우연찮게 아들의 사연과 작품을 어머니가 관람하게 된 모습을 보시기도 했습니다. 야구선수였던 박정배 선수가 이제는 국밥을 만들어가겠다는 사연도 인상적이었지만, 못내 그 모습을 서운해하던 어머니의 모습도 보실 수 있었습니다. 그런데, 과연 어머니는 아들이 마련한 위로의 국밥을 먹고 어떤 생각이 드셨을까요. 그 해답은 바로 전시 공간 한편에 마련된 방명록에서 확인하실 수 있습니다. 관심 있으신 분들은 꼭 한번 찾아가보시기를 바라며 오늘 저희 방송은 여기서 마치겠습니다."

방송이 종료되자마자 호수는 오 실장, 다미와 함께 서둘러 전시관으로 향했다. 방명록에 남긴 권영은 씨의 글을 확인하기 위해서였다.

"아니, 두 사람 말이야. 정배 씨가 직접 만든 국밥을 작품화할 생각은 어떻게 했어그래."

오 실장이 다미와 호수를 번갈아 바라보며 물었다.

"그림은 제가 그렸지만, 정배 씨가 만든 국밥 아이디어는 호수 씨 생각이에요. 작가의 말을 고심하다 정배 씨의 마음을 드러낼 수 있으면 좋겠다고 제안하더라고요. 호수 씨가 직접 식당에 가서 정배 씨를 만나 진행한 거예요."

다미의 말을 듣고 오 실장이 호수에게로 고개를 돌렸다.

"호수 씨가 말이야, 제대로 일을 해낼 때가 있었어."

"그거 모르셨어요?"

오 실장과 다미가 말을 주고받는 동안 호수도 기분이 조금씩 나아지는 듯했다. 옛 여자친구의 갑작스러운 등장에 아무래도 마음이 심란하던 호수였다. 하지만 호수는 이제 알 것 같았다. 카메라에 비치는 일보다 사람들과 함께 뭔가를 일궈가는 것이 본인의 적성에 더 들어맞다는 것을. 아나운서를 꿈꾸던 시절은 힘들었지만, 그것 말고는 다른 생각을 할 수가 없었다. 이제 호수는 세상이 조금 더 넓게 바라보였다. 한 시절을 함께했던 여자친구가 제법 능숙하고 실력 있는 아나운서가 되었다는 사실에 열등감을 느끼기도 했지만, 각자의 적성과 길이 다르다는 것을 호수는 이제 인정하기로 했다.

전시실 안에 먼저 들어가 방명록을 펼쳐놓고 그 안을 살펴보고 있는 오 실장과 다미 옆으로 호수도 서둘러 다가갔다.

"여기 있네, 어머님 글."

권영은 씨의 글을 발견한 오 실장이 들뜬 목소리로 말했다. 오 실장이 검지로 짚어 내려가는 권영은 씨의 글을, 그 옆에서 호수도 천천히 따라 읽어가기 시작했다.

📄 정배야, 엄마다.

와서 국밥 먹어봤어. 네가 만드는 국밥은 처음 먹어봐. 국밥 팔아 만든 돈으로 너에게 야구를 시켰는데, 그런 네가 이제 국밥을 만든다니 코웃음이 났지. 솔직히 네가 한심해 보일 때도 있었어. 그런데, 내가 잘못 생각했어. 넌 꼭 이 일이 아닌 다른 일을 해야 한다고 생각했던 거야, 남들처럼. 꼭 너에게 다른 사람과 폼이 다르다며 바꿔야 한다고 하던 사람들과 다를 바가 없었던 거 같아. 그래, 정배야. 너는 어렸을 때부터 엄마가 만든 국밥을 좋아했지.

네가 국밥이 좋다면야, 그건 내 마음대로 어쩔 수 없는 거지. 나는 왜 네가 국밥을 좋아하고 직접 만들어내면 안 된다고 생각했을까. 미안하다. 네가 좋은 게 있다니 나도 행복해. 나는 너를 위해 국밥을 만들어왔으니, 이제부터는 정배 네가 다른 사람들의 마음을 녹이는 따뜻한 국밥 한 그릇 만들어주도록 해.

엄마가

여러분의 마음만 받겠습니다

방송 이후 미술관을 찾는 사람들의 수효가 크게 늘었다. 동시에 미술관 관람객들 사이에 전에 없던 현상이 일어나기 시작한 것도 그즈음이었다. 전시를 감상한 관람객들이 방명록에 글을 남긴 후 그 주위에 먹을 것을 두고 가는 일이었다.

- 엄마랑 왔다가 초코송이 한 봉지 놓고 가요. 맛있게 드세요. 일곱 살 윤미가.
- 제가 만든 얼그레이파운드 케이크 하나 가지고 와봤어요. 울적한 기분에 빠져 있으시다면 한 조각 삼켜보세요.
- 한 번도 누군가를 위해 요리를 해주거나 먹을 걸 내어본

적이 없어요. 국밥 먹고 저도 위로받은 것 같아 뭐라도 남기고 가요. 에너지 바예요. 기운이 필요하신 분들 그냥 드세요.

⬚ 방명록에 적으신 분들 글 보고 용기 내어 72시간 동안 푹 고아낸 사골을 가져왔어요. 돌아가신 엄마가 늘 해주던 사골국이었는데 전, 엄마에게 한 번도 해드린 적이 없네요. 엄마 대신 이 글 보신 분들이 맛있게 드셔주시면 고마울 거 같아요.

⬚ 날씨가 좀 추워졌지만, 팥빙수 좀 갈아 왔어요. 이냉치냉 아닙니까. 이거 드시고 속 시원해지세요. 다 먹고 살자고 하는 일 아닙니까. 기운 내시고요.

사람들이 먹을 것을 두고 가는 일이 계속되자 난감해진 건 미술관이었다. 그렇다고 음식을 치워버릴 수도 없는 노릇이었다. '위로를 삼켜보세요'라는 전시 제목처럼 관람을 마친 사람들이 또 다른 누군가를 위해 자발적으로 남겨놓은 것들이었기 때문이었다. 나름의 진심과 의미가 담겨 있어 처리하기가 더 곤란했다.

오 실장은 사람들이 음식과 간식을 미술관에 가져와 두고 가지 않게 안내 문구라도 세워놓아야 하는 게 아닌지 고심했지만, 다미는 그런 식으로 관람객들을 통제하는 건 애초의 전시 의도와 맞지 않는 것 같다며 우려했다. 뜻밖의 해결책을 내놓은 건 호수였다.

"정말 위로가 필요한 사람들에게 가져다주면 되지 않을까요."

오 실장과 다미가 동시에 호수를 쳐다봤다.

"정배 씨가 만든 국밥도 같이요. 어차피 제가 매일 정배식당에서 국밥을 공수해 오니까 그때 한번 얘기해볼게요."

"아니, 그런 사람들이 대체 누구인데?"

"한 끼 먹을 곳이 필요한 노숙자들은 어떨까요."

"······그게, 되겠어?"

오 실장이 염려스러운 듯 되물었다.

"안 될 건 없죠."

다미가 나서며 말했다. 다미의 말이라면 오 실장도 크게 반대하는 법이 없었다.

"손 연구원 생각도 그렇다면······ 한번 추진해볼까?"

그렇게 해서 랑데부 미술관 이름으로 쉼터에서 한 끼의 점심 식사를 노숙자들에게 제공하게 된 것이었다. 기부 차원으로 몇 차례 진행된 한 끼의 점심 식사는, 정배 씨가 현장에서 직접 국밥을 만들어 노숙자들에게 한 그릇씩 전달하고, 미술관에서 가져온 먹거리들은 일정량으로 분배되어 그들 각자의 식판 위에 올려졌다. 갑작스러운 추위로 체감 온도가 영하까지 떨어진 날이었다.

이후 전시관 입구 앞에 안내 문구가 기재되었다.

안녕하세요, 랑데부 미술관입니다.

관람객 여러분들이 소중한 마음을 담아주신 음식들의 위로를 쉼터 노숙자분들에게 전해드렸습니다. 관람객 여러분들이 건네주신 위로로 밥 한 끼 제대로 챙겨 먹기 어려운 분들께 도움을 드릴 수 있었습니다. 이제 저희는 관람객 여러분의 고마운 마음만 받을 뿐, 먹거리들은 받지 않겠습니다. 앞으로 두고 가신 음식들은 어쩔 수 없이 전시관 환경 관리상 폐기하도록 하겠습니다. 그동안 위로를 건네주셔서 감사합니다.

하지만 관람객들의 행동은 거기서 그치지 않았다. 익명의 관람객이 돈을 놓고 가기도 했으며, 생활 물품을 가져다 놓고 가기도 했다. 언젠가부터 미술관이 어떤 창구가 된 것처럼 기능하자 마땅한 처리 방법을 그때그때마다 알아봐야 했는데 그 일을 호수가 맡아 하기로 했다. 결과적으로 처리해야 할 일이 하나 더 늘어난 것은 사실이었지만 다행히 호수에게는 그 일이 그다지 번거롭게 느껴지지 않았다.

얼굴을 찾아서

새로 시작될 전시에 앞서 오 실장이 기존 작가가 이번에도 작품 제작에 참여할 수 없게 되었다는 소식을 전해왔다. 상황이 오래 지속되고 있어 향후 대안이 필요할 것 같다는 얘기도 함께였다.

"아쉽네요. 전시 자체가 애초에 작가님의 기획으로 시작된 거잖아요."

"그러게, 하지만 어쩔 수 없지 뭐. 이제 우리도 작가님의 빈자리를 메꿀 준비를 차차 해야 할 것 같아."

오 실장과 다미가 대화를 주고받는 걸 지켜보면서 호수는 다시 의구심이 샘솟았다.

"그 작가분 말인데요……."

이번에는 꼭 한번 말을 꺼내봐야겠다는 생각에 호수가 입을 뗐다.

"그 작가님이 혹시…… 실장님과 연구원님 중 한 분은 아닌가요?"

오 실장이 호수를 말끄러미 쳐다보다 다미에게로 고개를 돌렸다.

"아니지, 아니지. 우리가 무슨. 그나저나 호수 씨는 그쪽으로 아주 궁금한가 봐?"

"호수 씨 입장에서는 그런 생각이 들 수도 있겠어요. 같이 일하는 작가분에 대한 정보를 전혀 알지 못하니. 그런데 정말 저희는 아니에요."

선뜻 인정하지 않을 거라는 예상은 했지만, 두 사람이 입을 모아 부정하자 호수도 말문이 막혔다. 심증만 가득할 뿐 증거를 갖고 있는 것은 아니었으니까.

"작가님이 어떤 분인지 드러내는 건 그분 사정에 달렸다고. 작가님이 끝내 자신의 모습을 드러내지 않고 싶다면 아무도 그걸 강제하면 안 되는 거지."

오 실장의 말에 호수는 정신이 번쩍 들었다. 멋대로 작가의 정체를 유추하며 재단하고 있는 자신의 모습을 발견해서였다. 당사자가 원하지 않는다면 어느 누구도 그 사람의 존재를 밝혀낼 권리가 없는 것이었다. 어쩌면 내심 작가가 둘 중 한 사람이기를 자신이 바라고 있던 것은 아니었는지 호수는 생각했다. 정말 두 사람이 아니라면 작가는 너무나 멀고 닿을 수 없는 곳에 존재하는 느낌이었다.

"그래도 작가님이 작품 제작이 어려운 상황 속에서도 사연은 선정해주셨어. 아주 귀여운 사연이던데. 자 다들 한번 읽어보라고."

오 실장이 사연이 담긴 종이를 다미와 호수에게 나누어주었다. 호수는 받아 든 사연의 내용을 읽어 내려갔다.

〈화내지 않는 아빠 얼굴 찾아주세요〉

안녕하세요, 작가 선생님.

저는 해신초등학교 3학년 주영서라고 해요. 제가 사연을 신청한 이유는요, 바로 저희 아빠 때문이에요. 왜냐하면 저희 아빠는 항상 화만 내는 사람이거든요. 아빠는 언제나 얼굴을 찡그리고 있어요. 제가 춤을 추고, 피아노를 쳐도 항상 같은 표정을 하고 있어요. 주말에 아빠는 언제나 소파에만 묻혀 있어요. 피곤하대요. 엄마가 그러는데 아빠가 우리 가족 먹고사는 걸 챙기느라 그렇대요.

있잖아요, 아빠 얼굴 표정은 세 가지밖에 없어요. 엄마랑 함께 아빠 표정에 이름을 붙였는걸요. 바로 밉돌이, 짜증돌이,

피곤돌이예요. 밉돌이는 아빠가 사람들이나 저한테 화낼 때 짓는 얼굴 표정이구요. 짜증돌이는 자기 마음대로 안 되면 대번에 짜증부터 내는 표정이에요. 피곤돌이는 아무것도 안 하고 불러도 대답 없는 돌 같은 아빠 표정이랍니다. 아빠는 항상 세 가지 표정만 지을 뿐이어서 아빠의 원래 얼굴이 어땠는지 가물가물해요. 어떻게 하면 아빠의 원래 얼굴을 찾을 수 있을까 고민이에요. 작가님은 화내지 않는 우리 아빠 선한 얼굴 그려줄 수 있어요? 우리 아빠가 그거 보고 원래 얼굴을 되찾을 수 있게요.

사연 신청자, 해신초등학교 3학년 주영서

"어머, 여기 그림도 그려놓았네요."

뒷장에 아이가 그린 것 같은 아빠의 얼굴이 여러 개 있었고, 장마다 이름이 적혀 있었다. 밉돌이, 짜증돌이, 피곤돌이. 그런데 호수가 아이가 그린 그림 속 아빠의 얼굴을 들여다보는데 왠지 모르게 낯이 익었다.

"아, 이분!"

"왜, 아는 분이야?"

오 실장이 안경 너머로 눈을 치켜뜨며 물었다.

"네, 얼마 전에 저희 미술관 찾아왔던 분이에요. 이분과 같이 왔던 아이가 사연을 신청했나 봐요."

"그래? 부녀가 함께 미술관을 방문했다가 아이가 사연을 남겼나 보지? 아이가 아빠 생각하는 마음이 참 예쁘네. 근데, 이 아이 아빠 표정이 진짜 좀 그래?"

오 실장이 손바닥으로 얼굴을 위아래로 훑으며 물었다.

"글쎄요. 저도 그때 한번 봤던 것뿐이라서 잘은 모르겠어요. 다만, 그때 인상이 뭐랄까…… 성격이 좀 까다로워 보이는 편이긴 했던 것 같아요."

호수가 그때 보았던 아이 아빠의 짜증 섞인 얼굴을 떠올리며 말했다. 아빠와 다르게 방긋방긋 웃던 아이의 대조적인 웃음이 호수의 머릿속에 선명히 남아 있었다. 부암동에서 처음 눈을 본 날이었다.

그때 호수는 전시관에서 본관으로 건너가다 허공에서 흩날리는 싸라기눈을 목격했다.

"밖에 눈이 와요."

찬 기운을 안은 채 사무실 안으로 들어간 호수의 말에 오 실장과 다미가 창밖을 바라봤다.

"이른 눈이네요, 벌써."

"이르게 눈이 오는 해에는 폭설이 자주 오던데."

다미의 말에 오 실장이 눈살을 찌푸리며 걱정스럽다는 듯 말했다.

"호수 씨는 부암동 눈 처음 보겠어?"

오 실장이 호수에게 물었다.

"네, 저는 처음이죠."

"부암동에서 잘 지내려면 눈과 친숙해야 한다고. 곳곳에 제설을 잘해놓으니까 고립될 염려는 없지만, 미리미리 미술관 주변 눈도 쓸고 동네 제설도 도와야 할 일이 제법 있을 거야."

"네, 알겠습니다."

호수가 담담히 대답했다. 눈을 그다지 좋아하지 않는 호수였지만, 미리 걱정하지 않기로 했다. 봄이면 사람들이 꽃을 심고, 여름과 가을이면 각각의 계절에 맞는 향기가 몸을 감싸는 동네였다. 겨울에는 어떤 풍경을 만나게 될지 한편으로는 기대가 되는 것이었다.

"어, 근데 이게 무슨 소리지?"

창밖을 바라보던 오 실장이 무슨 소리가 들리는 듯 밖을 향해 귀를 기울였다. 바깥에서 누군가 고성을 지르고 있었다.

"제가 가볼게요."

호수가 일어나 사무실 바깥으로 향했다. 주차장 쪽에서 들려오는 소리였다.

"막무가내로 나가라고 하면 어떡하라는 말입니까!"

주차장 한편에 정차된 차 안에서 한 남자가 얼굴을 붉히며 관리소장에게 따지듯 말하고 있었다.

"소장님, 무슨 일이세요?"

헐레벌떡 다가간 호수가 관리소장에게 물었다.

"아, 글쎄 이분이 저희 주차장은 비좁아서 예약제로만 운영된다고 말씀을 드렸는데도 영 막무가내라서요."

"이보세요. 막무가내? 말씀 그렇게 하시는 거 아네요."

차 안의 남자가 발끈하며 끼어들었다. 오만상을 찌푸린 싸늘한 표정이었다.

"빈자리가 남아 있다면 저희도 이렇게까지 하진 않죠. 보시다시피 이미 만차인 상태고, 또 선생님 차 때문에 미리 예약하신 분이 피해를 입으면 안 되지 않습니까."

소장이 타이르는 어조로 말해봐도 소용이 없었다.

"그러니까요. 미술관 앞에 안내 문구를 써놓든가요. 자주 오는 사람들이야 주차 예약하고 와야 한다는 걸 알지, 저처럼 처음 오는 사람이 어떻게 다 일일이 확인을 하고 와요. 여기 언덕까지 겨우 헤매다 올라왔는데 다시 나가라고요? 거참 어이가 없네. 전 모르겠으니까, 알아서 하세요!"

남자는 대화하기를 포기하고 그 자리에서 버티기로 한 듯 차창을 올려버렸다. 그런데 닫히는 창 너머 한 여자아이가 뒷좌석에 앉아 있는 게 호수의 눈에 보였다. 바짝 긴장한 듯 좌석에서 등을 떼고 금방이라도 올 것 같은 표정으로 앉아 있는 모습이었다.

"이런, 어떡하죠. 주차 예약한 차량이 곧 도착할 텐데요."

관리소장이 닫힌 차창 문을 내려다보며 한숨을 푹 내쉬었다.

"소장님, 일단 이분 들여보내죠. 제가 여기 지키고 있다가 예약 차량 들어오면 이 차를 빼서 미술관 나오실 때까지 밖에서 대기하고 있을게요."

"예? 그렇게까지 하시게요? 무슨 발레파킹 서비스도 아니고……."

"아이 때문에요. 뒷좌석에 아이가 있더라고요. 아빠가 실랑이 벌이는 모습에 마음이 멍들고 있는 것 같아 보여서요……. 일단 들여보내줬으면 좋겠어요, 소장님."

관리소장이 닫힌 창을 들여다보다 할 수 없다는 듯이 "그러죠, 그럼" 하고는 차 창문을 두드렸다.

"뭡니까?"

창문을 내리며 남자가 톡 쏘아붙였다.

"모르고 오셨다니까요……. 오늘은 저희가 예외적으로 주차할 수 있도록 해드리겠습니다. 대신 키는 차 안에 두고 다녀오세요."

갑작스러운 상황 변화에 구긴 표정을 폈던 남자가 다시 이맛살을 찡그리며 중얼거렸다.

"진작에나 그럴 것이지. 가자, 영서야."

남자가 차 시동을 끄자, 뒷좌석에서 아이의 목소리가 들려왔다.

"아빠아. 화 좀 그만 내."

별 대꾸 없이 차에서 내린 남자는 뒷문을 열어 아이를 내리게 했다. 양모로 된 털모자를 쓰고 핑크색 재킷에 코르덴바지를 입은 아이였다.

"너는 뭘 이런 데를 오자고 해서, 쯧."

남자가 아이에게 타박을 하며 주머니에 양손을 신경질적으로 찔러 넣었다. 부녀가 전시관으로 향하는 모습을 보며 호수도 관리소장과 함께 막 돌아서려던 참이었다.

"어이쿠!"

갑자기 남자의 새된 비명 소리가 들렸다. 호수가 돌아보니 돌부리에 걸렸는지 남자가 한쪽 발을 손으로 쓰다듬고 있었다.

"이게 왜 여기 있어가지고!"

짜증이 인 남자가 손을 떼고 그 발로 돌을 내려찍었다. "악" 소리와 함께 남자가 다리를 감싸 들고 동동거렸다.

"거봐, 아빠는 아픈 발로 왜 또 돌을 차."

앙칼진 아이의 목소리가 이어 들려왔다. 우울한 낯빛으로 아빠를 바라보던 아이의 눈이 호수와 마주쳤다. 호수는 고개를 까닥이며 '괜찮아, 괜찮아' 입 모양으로 말해주었다. 그러

242

자 아이가 굳은 표정을 풀고 호수를 향해 배시시 웃음을 지어 보였다.

"그래도 여간 피곤한 게 아닐 텐데도 딸하고 같이 미술관 찾아오고 그런 거 보면, 아주 화만 내는 분은 아닌 거 같은데."

호수의 말을 귀 기울여 듣고 있던 오 실장이 입을 열었다.

"그러게요. 아이한테 맞춰주려 노력은 많이 하시는 것 같았어요."

다미가 오 실장의 말에 동조했다.

"아이를 생각하는 마음이 크니까 아이가 가보고 싶은데도 같이 가주고 하는 거라고. 근데 아이 보는 앞에서만이라도 분노를 좀 잘 삭이고 해야 할 텐데…… 호수 씨."

"네, 실장님."

"호수 씨는 아이를 키운다는 게 어떤 의미인 줄 아나?"

별안간 묻는 말에 호수는 눈을 멀뚱거리며 고개를 저었다.

"그건 말이야, 엄숙하고 진지한 어른으로서 살아가는 걸 박탈당하는 거야. 아이들과 같이 어울리다 보면 어른도 완전히 넋을 놓을 때가 있거든. 우리 애들이 지금은 웬만큼 커서 지들 방에만 있지만 사연 속 영서처럼 이럴 때가 있었지. 이때는 내가 애들 앞에서 막 춤도 추고 그랬다고. 장난치고 놀려주고, 이쁜 짓 하고."

"이쁜 짓이요?"

"궁금해?"

"아뇨."

괜히 물었다 싶어 호수가 단박에 거절했지만, 오 실장의
눈빛이 순간 번득였다.

"너를 본 그날이 더 데이 아워 러브 엣지, 엣지, 엣지, 엣
지."

"그거 혹시, 걸그룹 노래 아니에요?"

오 실장의 행동에 웬만해서는 놀라지 않는 다미도 눈을 치
켜뜨며 물었다.

"그래, 맞아. 손 연구원도 뭔가를 좀 아는 사람이구먼. 엣
지, 엣지, 엣지⋯⋯."

가성으로 노래를 흥얼거리면서 양손을 펴서 얼굴을 가렸다
보였다 하는 동작에 깜짝 놀란 다미가 의자를 뒤로 밀쳤다.

"아니, 실장님 왜 갑자기⋯⋯."

호수 역시 손사래를 쳤지만 오 실장은 꿋꿋하게 노래와 안
무를 이어갔다.

"오, 이런."

지켜보던 호수가 급기야 두 손으로 눈을 가렸다. 요즘 시
종 무표정한 얼굴로 일관하던 다미가 정말이지 오랜만에 풋,

웃음을 터뜨렸다.

"실장님이 무모한 행동으로 손 연구원님 웃게 하셨으니까, 오늘은 제가 그냥 넘어가겠습니다."

"그래? 그럼, 더해줄까? 엣지, 엣지, 엣지……."

"제발, 그만!"

"아, 사람이 그렇다고 대놓고 질색을 하네. 직장 상사한테."

울상이 된 호수에게 오 실장이 정색을 했다.

"오죽하면 그러겠어요, 이건 테러예요, 테러."

난데없이 벌어진 일에 놀란 가슴을 쓸어내리며 호수가 말했다. 그래도 다미가 웃는 표정을 보니 호수는 기분이 조금 나아졌다. 창밖으로는 잿빛 구름이 하늘을 점점 메우는 모습과 거센 바람에 나무들이 흔들리는 게 보였다. 곧 비나 눈이 쏟아질 날씨였다. 어느새 사위가 어둑해진 탓에 통창에 세 사람의 모습이 그대로 반사되어 비쳤다. 바깥의 날씨와 다르게 사무실 안은 훈기가 가득했다. 오랜만에 세 사람이 함께 웃는 풍경이었다.

사는 게 다 화나는 일투성이라고요?

"왜 아빠는 항상 짜증부터 내?"

차에서 내리자마자 영서가 한마디를 쏘아붙였다.

"영서야. 네가 몰라서 그러는데, 그건 그 트럭 아저씨가 잘
못한 거야. 갑자기 끼어들어서 아빠가 급정지한 거 몰라? 그
아저씨가 굉장히 위험한 행동을 한 거야, 영서야."

"그래도 그렇지. 처음 보는 아저씨한테 욕부터 하면 어떡
해?"

"그건…… 아빠가 갑자기 너무 화가 나니까…… 걷고 있는
데 누가 자전거 타고 네 앞을 가로막으면서 지나갔다고 영서
너도 생각해봐. 그럼 화가 나겠니, 안 나겠니?"

"안 나."

영서의 대답에 희준은 "휴, 말을 말자"하고 혼잣말로 중얼거렸다.

"거봐. 애들도 다 알아. 불안해한다니까. 애 앞에서는 웬만하면 언성 높이지 마. 욕도 좀 그만하고."

같이 걷던 아내까지 핀잔 조로 거들자, 희준은 집안에 자기편은 아무도 없다고 생각하며 아파트 공동현관 비밀번호를 꾹꾹 눌러댔다. 아내와 영서보다 앞서 걸어가 엘리베이터 버튼을 누르자마자 희준의 휴대폰이 울렸다.

"여보세요."

아내와 영서가 옆에 다가와 섰는데도 마음이 상할 대로 상한 희준은 눈길 한 번 주지 않았다.

"뭘, 뭐가 선정돼요? 미술관이요? 그런 거 신청한 거 없는데요. 끊습니다……."

순간 곁에 있던 영서가 "아빠!" 하고 외쳤다.

"왜, 왜?"

"그거 내가 사연 신청한 거야. 선정됐대? 아빠 얼굴 그림으로 그려준대?"

"네가 뭘…… 신청했어? 내 얼굴?"

전화를 끊으려던 희준은 다시 휴대폰을 귀 언저리로 가져갔다.

"제, 딸아이가 무슨 사연을 신청했다는데요······. 제 얼굴을 그려달라고 했나요?" 휴대폰을 든 채로 희준이 영서를 내려다봤다. 그러더니 갑자기 버럭 소리를 질렀다.

"누구 마음대로 내 얼굴을 그려요?"

"아빠! 나 좀 바꿔줘."

희준의 얼굴이 불그스레해지면서 목청이 높아질 기미가 보이자 영서가 얼른 손을 뻗었다.

"랑데부 미술관이세요?"

휴대폰을 뺏어 든 영서가 통화를 하며 희준을 노려봤다.

"네, 감사합니다. 진짜 기뻐요. 꼭 보러 갈게요. 제 사연 선정해주셔서 정말, 정말 감사합니다."

영서가 전화를 끊자마자 희준이 물었다.

"영서야, 내 얼굴을 그려달라는 게 무슨 말이야? 이거 사기 아냐? 영서야 너 요즘 같은 세상에 함부로 가족 정보 팔고 다니면 안 돼."

"사기는 무슨 사기야, 내가 그냥 아빠 얼굴 그려달라고만 했는데."

"그러니까 아빠 얼굴을 할 일 없이 왜 그려달라고 하냐고. 그걸 또 누가 그려주기나 한대?"

"응. 아빠가 화만 내니까 아빠 선한 얼굴 좀 찾아달라고 했어. 아빠도 아빠 선한 얼굴 어떻게 생겼는지 미술관 가서 좀 봐."

엘리베이터 문이 열리자마자 영서는 잔뜩 이골이 난 표정을 하고 구석으로 가버렸다.

"그런 걸 굳이 왜 해서 재는……."

"왜긴, 요즘 아이들이 자기가 직접 참여해서 하는 거 얼마나 좋아하는지 몰라? 영서가 좋아서 했다는데 맞장구쳐주진 않고 왜 자꾸 심통이야."

"아, 왜 당신까지 나서서 그래?"

희준은 억울한 낯빛으로 목청을 돋웠다. 아내와 영서가 또 시작이냐는 듯한 뜨악한 표정으로 희준을 바라봤다.

"하여간, 누가 여자애 아니라고 유별나요 암튼."

민망해진 희준이 시선을 허공에 던지며 중얼거렸다.

"아빠, 여자아이라고 하면서 차별하는 거 아니라고 선생님이 그랬는데, 자꾸 그럴 거야?"

"아유, 알았어. 너도 아빠한테 잔소리 만만치 않게 하는 거 알지? 야, 엘리베이터 문 열렸다. 가, 가."

현관으로 가서 아내가 도어록 비밀번호를 누르는 사이 희준은 영서를 힐긋거리다 이제야 궁금한 게 생긴 듯 물었다.

"근데, 진짜 그 미술관에서 내 얼굴 그려주는 거 맞아? 그럼, 전시도 되는 거 아냐? 다른 사람들도 와서 보게 되잖아."

"그럼, 당연하지."

"그래…… 영서야 꼭 그렇게 해야겠니? 아빠는 얼굴이 그렇게 내걸리는 게 싫은데. 그것도 그렇고 미술관에서 아빠 얼굴 함부로 사용하면 있잖아, 그것도 초상권이라고, 법에 저촉되는 거야. 그건 알고 있니?"

"아빠!"

"여보!"

영서와 아내가 동시에 외치는 소리에 희준은 몸을 움찔했다.

"하여간, 무슨 말을 못 하지. 내 팔자야……."

양 갈래의 눈빛이 자신을 쏘아보는 걸 뒤로하고, 잔뜩 찌푸린 표정으로 희준은 집으로 들어섰다.

예전과 다르게 희준은 요즘 부쩍 체력이 떨어지는 느낌이었다. 내일의 체력까지 끌어다 쓰는 듯 희준은 회사에서 에너지 음료와 커피를 습관적으로 자주 마셨다. 가끔 거울 속의 얼굴을 들여다보면 붉게 충혈된 눈자위와 푸석푸석한 피부, 벌써 거뭇하게 올라온 수염이 입과 턱 주변을 덮고 있을 뿐, 생기라곤 없었다. 점심값을 아끼기 위해 되도록 구내식당을 이용했고, 회사 회식 말고는 동료들과 따로 저녁을 먹는 일도 없었다. 언제부터인가 하루하루를 무색무취하게 보내고 있다는 생각에 가끔은 우울해졌다. 퇴근길은 출근길과 마찬가지로 전쟁이었다. 사람들 틈에 끼어 발도 닿지 않은 채

구름처럼 떠 있는 자신의 모습이 비친 지하철 차창을 바라보며 집으로 돌아오는 일상의 반복이었다.

평일에 자신이 갖고 있는 에너지를 모조리 가져다 사용하는 그였으므로, 주말에는 그 무엇도 할 체력이 희준에게는 남아 있지 않았다. 희준이 소파에 누운 채 종일 티브이를 보는 모습은, 쉰다기보다 그대로 버려진 사람처럼 보였다. 아내와 영서는 그런 그를 두고 밖으로 나가서 시간을 보내는 일이 더 많았다. 희준은 다시 월요일이면 자리에서 일어나 새벽빛을 향해 떠나곤 했다. 그에게 인생은 남보다 되도록 일찍 일어나 회사로 출근하고, 각종 에너지 음료와 커피로 버티며 일을 하고, 해결되지 않는 일들에 시달리다 걱정거리를 안고 지하철을 타고 한 시간에 걸쳐 집으로 돌아오는 일이었다. 그런 그에게 주말에 뭔가를 한다는 건 정신적으로나 육체적으로 감당하기 어려운 일이었다.

얼굴 피부는 점점 아래로 꺼지는 듯했고, 몸도 어디선가 자꾸 끌어당기는 느낌을 자주 받았다. 하지만 희준은 나아가야 한다고 생각했다. 스스로에게 채찍질하듯 나아가야 했다. 희준에게 삶은 나아가느냐 그렇지 않느냐에 달려 있었다. 그저 나아가는 것으로만 자신의 존재를 증명할 수 있는 것이라고 생각했다. 하지만 언젠가부터 한 걸음 나아가는 것조차 벅차다는 느낌이 들면서, 희준은 그를 가로막는다고 여겨지는 모든 것들에 벌컥벌컥 부아가 치밀어 올랐다.

그보다 앞서 승진한 동기가 그랬고, 자기 일을 마무리하지 않은 채 퇴근하는 후배가 그랬고, 지하철에서 팔꿈치로 자신을 밀어제치는 사람들이 그랬고, 방향 지시등을 켜지 않고 끼어드는 운전자들이 그랬다. 그때마다 돌연 그는 투사가 되어 소리를 질러댔다. 혼자 있을 때도 욕을 내뱉으며 중얼거리는 건 예사였고, 모르는 타인에게 대거리를 하는 것도 마다하지 않았다. 그러고 나면 문득 아내와 영서가 곁에 있다는 사실을 뒤늦게 인식하긴 했으나, 그럼에도 불구하고 서슴없이 욕지거리를 내뱉곤 했다.

목요일 퇴근길에 그는 얼마 전 영서에게 괜한 짜증을 부렸던 게 생각나 전화를 걸었다. 금요일에는 오랜만에 휴가를 내고 영서와 놀이공원에 가줄 생각이었다. 하지만 영서가 받지 않자, 희준은 아내에게 전화를 걸었다.

"여보, 영서 있어?"

"왜?"

"뭘, 왜야. 딸 목소리 좀 들어보겠다는데. 애는 왜 전화를 안 받아."

아내가 휴대폰 너머로 영서야, 하고 부르자마자 싫어! 하는 목소리가 곧바로 들려왔다.

"싫대."

"아니, 아빠가 부르는데 왜?"

"아빠가 미술관 가지 말라고 해서 삐졌어."

"미술관?"

희준은 자기 얼굴이 그려져 전시된다던 그 미술관을 떠올렸다.

"당신은 왜, 애 가고 싶어 하는데도 못 가게 만들어서 그래. 나랑 다녀올 거니까 그렇게 알아."

"그게 전시가 되고 있기는 한 거야?"

"그렇다니까. 내일 영서 학원 다녀오면, 우리끼리 오후에 따로 미술관 다녀올 테니까 그렇게 알아."

아내의 서슬에 희준은 내일 연차 휴가를 사용할 계획이라는 말도 하지 못하고 전화를 끊어버렸다. 놀이공원이고 뭐고 할 일이 사라져버린 희준은 연차 휴가를 반납하고 출근해야겠다는 생각을 했다가 이내 마음을 고쳐먹었다. 영서가 신청했다던 자신의 얼굴이라는 게 어떤 모습일지 자못 궁금해졌기 때문이었다. 골똘히 지하철 차창 밖을 바라보며 고민하던 희준은 도착역이 거의 다가왔을 무렵 결국 결정을 내렸다. 회사에 연차 휴가를 제출했다는 사실을 숨기고 혼자 미술관에 가서 자신의 얼굴이 그려진 그림을 직접 확인해보자는 것이었다!

영서가 자신의 얼굴을 어떻게 그려달라고 했을까 상상하

다 보니, 어떻게든 가봐야겠다는 쪽으로 생각이 굳어졌다. 그렇다고 이제 와서 영서와 아내에게 미술관에 같이 가자고 말하기도 영 애매한 상황이었다. 그렇게 쓸데없는 짓거리 좀 하지 말라며 타박한 지 얼마 되지 않은 탓이었다. 오후에 아내가 영서를 데리고 미술관에 간다고 하니, 자신은 오전에 먼저 들러보면 될 것 같았다.

그런 다짐을 하고 나자 희준은 오랜만에 특별한 일이 생긴 듯 야릇한 기분이 들었다. 어떤 계획이나 이벤트 없이, 그저 주말이면 아내나 영서가 하자는 대로 억지로 끌려 나가곤 했을 뿐이었다. 그때마다 희준은 주인이 끄는 방향에 저항하며 미적대는 강아지가 된 것만 같다는 느낌을 아무에게도 말한 적 없었다. 자기 자신을 위해서는 연차 휴가를 사용해본 적 없던 희준이었다. 그래서 남몰래 혼자 할 일이 생겼다는 사실에 괜스레 활기까지 느껴졌다.

미술관이 오픈하기 무섭게 희준은 부리나케 안으로 달려 들어갔다. 선글라스를 쓰고 외투 깃까지 잔뜩 세워 올린 희준은 일전에 주차 문제로 실랑이를 벌였던 걸 상기하면서, 혹시 누가 알아보기라도 할까 괜히 긴장을 감추지 못했다. 빠른 걸음걸이로 전시관 앞에 도착해 안도하던 순간이었다. 누군가 전시관 문을 열고 밖으로 나왔다. 검은색 모자와 점퍼를 입은, 그때 그 관리소장이었다. 희준은 어디론가 몸을 감추고 싶은 마음이 굴뚝같았지만, 그러기엔 너무 근거리였다.

눈이 마주친 관리소장이 시선을 돌리지 않고 바라보자, 희준은 도둑이 제 발 저리듯 "오늘은 차 안 가져왔는데요" 하고 먼저 운을 뗐다. 희준의 느닷없는 고백에 "아, 그때 그……" 하고 관리소장이 짐짓 웃는 척을 했다. 다시 오지 않을 줄 알았던 미술관이었다. 희준은 위축되려는 마음을 추스르며 전시관 안으로 도망치듯 들어갔다.

전시관으로 들어서 곧장 전시실로 향한 희준은 작품을 발견했다. 희끄무레한 조명 아래 보이는 그림은 정말 누군가의 얼굴처럼 보였다. 하지만 아무리 그 앞에서 들여다봐도 그림 속 얼굴에서 자신과 닮은 구석이라고는 없어 보였다. 그림 전체가 흐릿해 보이는 데다가 얼굴 윤곽이 불분명해 어떤 사람의 얼굴을 그렸는지조차도 알 수가 없었다. 눈썹과 코, 이마와 입매, 귓가, 그 어느 것 하나 선명하게 그려진 게 없었다. 희준은 당혹스러운 마음에 더 가까이 다가서다가 뭔가에 걸려 허리를 굽혔다. 사각의 철제 기둥이었다.

버튼을 누르시오.

문구 바로 위에 붉은색의 원형 버튼이 있었다. 지시대로 버튼을 누르자 설치된 그림이 움직이기 시작했다. 천장에 설치된 레일을 따라 그림이 희준의 눈앞으로 다가왔다. 전시 벽면에서 분리된 그림은 보다 선명하게 보였다. 트레이싱지처럼 반투명한 종이 위에 그려진 그림이었다. 이맛살의 주름이 도드라지고 입매가 비뚤어져 짜증을 내는 듯한 얼굴. 그림을 보며 희준은 이게 내 얼굴인가 하고 자세히 들여다봤다.

그게 다가 아니었다. 분리된 그림과 다른 또 하나의 그림이 그 자리에 걸려 있는 게 보였다. 희준이 다시 버튼을 누르자 예의 벽면에 설치된 그림이 그를 향해 움직이기 시작했다. 움푹 파인 볼, 푹 꺼진 눈 그늘, 생기 없는 피부, 드문드문 성글게 난 수염 등이 영락없이 자신의 얼굴이라는 걸 희준은 알아보았다. 모호하게 느껴지긴 했지만 앞서 지나친 그림 역시 자신의 얼굴 모습이었다. 왜 굳이 이런 표정의 얼굴을 그려낸 건지 희준은 의아했다.

고개를 기울여보자 그림이 있던 자리에 또 다른 그림이 있었다. 희준은 버튼을 누르고 다가오는 그림을 뚫어지게 바라보았다. 성이 난 듯 치켜올려진 눈썹, 부릅뜬 눈과 포효하듯 크게 벌린 입, 날카로운 눈매, 그 옆에 새겨진 잔주름들이 세밀하게 그려진 그림이었다. 누가 봐도 화를 내는 모습이 분명한 희준, 자신의 얼굴이었다.

세 장의 그림들이 각각 분리되고 나서도 전시 벽면에는 다른 그림이 남아 있었다. 진회색 목탄으로 그려진 앞선 그림들과 달리 그의 얼굴이 여러 가지 색으로 채색되어 있었다. 이런 표정을 가지고 있었던 게 언제였던가 싶을 만큼 평온하고 담담한 웃음을 띤 얼굴이었다. 희준은 버튼을 눌렀다. 이제 아무것도 움직이지 않았다. 희준은 남아 있는 그림 바로 밑에 보이는 제목을 건너다봤다.

Title: 나도 모르는 겹겹의 내 얼굴

제목을 보며 희준은 어딘가에 데인 듯 마음이 쓰라렸다. 나도 모르는 내 얼굴이었다. 매일 쫓기듯이 살아가는 나머지 정말 어떤 얼굴을 갖고 살았는지 잊고 산 것만 같았다. 작품과 제목 옆에는 신청자의 사연이 고딕체로 찍혀 있었다. 희준은 영서가 신청한 사연을 단숨에 읽어 내려간 다음 이어지는 다음 문구까지 놓치지 않고 들여다봤다.

작품 관람에 도움이 되는 정보

◎ 전시된 개별 회화 작품들은 모두 고영서 양의 스케치를 바탕으로 다시 제작되었습니다.

◎ 분노나 공포 상황에 직면하면 에피네프린과 노르에피네프린이라는 호르몬이 증가한다고 합니다. 하지만 두 호

르몬은 분비된 뒤 수 초 만에 분해된다고 합니다. 조금 참는다면 스트레스 상황이 금세 지나갈 수 있다는 것을 알려주는 반응이기도 합니다.

◎ 사소한 스트레스에도 민감해지고 화를 내고 있다면 누군가를 잘 대하는 데 필요한 에너지가 바닥난 것이라고 합니다. 인내심의 문제라기보다 에너지의 문제라는 것입니다. 충분한 휴식을 취하고 좋은 영양분을 섭취해 자기를 조절할 수 있는 에너지를 마련해주는 것이 좋다고 합니다.

◎ 한 명상 수행 프로그램은 화가 날 때마다 '마음을 붙들어보라'고 합니다. 그런 다음 주문처럼 이렇게 속삭이며 마음을 헤아려보라고 권합니다.

'내가 네 마음 다 안다.'

작품과 사연을 다 보고 난 후 희준은 왠지 기진맥진이 되어 어깨를 축 늘어뜨렸다. 언제나 거울을 보면 피곤에 전 모습뿐이었다. 분노를 표출한 후에도 지워지지 않은 화난 표정을 거울 속에서 발견하고 놀란 적도 있었다. 환히 웃는 자신의 얼굴을 바라본 게 언제인지 싶었다. 처음 전시실 안으로 들어와 그림을 봤을 때도 갖가지 표정이 겹쳐 있는 자신의 얼굴을 알아보지 못했었다. 여유를 갖지 못한 채 매사 신경

질적인 반응을 내보이던 희준이었다. 자신이 부정적인 감정을 표출하고 있다는 사실조차 인식하지 못할 정도로 일상적으로 짜증을 내왔다. 그렇게 만들어진 표정들이 원래 얼굴마저 불분명하게 만들어왔다는 걸 그는 조금이나마 이해하게 되었다.

그동안 너무 자신을 몰아세운 것 같다고 생각했다. 가족을 위해 나름 열심히 일했지만, 정작 가족을 직접 대할 때는 웃음을 보여주지 못할 정도로 에너지를 소모시키며 살아온 것이다. 어쩌면 스스로를 몰아세움으로써 자신의 존재를 사회와 가족에게 증명하려고 했던 것은 아닌지 싶었고, 그런 자신에게 조금 미안해졌다. 그것은 아주 낯설고 생소한 감정이었다.

인터체인지를 돌아 내려가 강변북로로 진입하려던 희준은 사색이 되었다. 차선이 차들로 꽉 막힌 채 움직임이 거의 없었기 때문이었다. 차들이 뿜어내는 불빛이 빽빽하게 도로를 메우고 있었다.

"그냥 가던 길로 가지 그랬어."

"거긴, 뭐 별수 있는 줄 알아. 토요일 저녁에는 어쩔 수 없어. 그나저나 제 시각에 처제네 돌잔치에 도착할 수 있을지 모르겠네."

시간을 단축하겠다며 굳이 강변북로로 방향을 틀자고 한 건 희준이었다. 하지만 예상치 않게 더 난감한 상황에 빠져들었다. 처제의 딸아이 돌을 기념해 가족끼리 모이기로 한 날이었는데, 이렇게 가다가는 모임이 끝나고 나서야 도착할 지경이었다.

"이게 뭐야. 밥도 못 먹겠다. 조금 일찍 나오지."

다른 건 몰라도 배고픈 건 못 참는 영서가 시무룩한 표정으로 말했다. 등에 땀이 나기 시작한 걸 느끼며 희준은 목을 쭉 빼 얼마나 길이 막히는지 확인해보았다.

"세상에 있는 차는 오늘 다 나왔나 보다 야."

"그걸 농담이라고 하세요."

희준의 말에 옆자리에 앉은 아내가 옅은 탄식을 내뱉었고, 영서는 지루한 듯 하품을 했다.

속이 타는 마음으로 운전하던 희준이 도로 합류 지점에서 막 진입해 들어가려고 할 때였다. 뒤쪽에 멀찌감치 떨어져 있던 차가 돌연 속력을 내며 위협적으로 달려들더니 연거푸 경적을 울려댔다. 놀란 희준이 급브레이크를 밟은 바람에 아내와 영서까지 반동으로 몸이 앞쪽으로 기울었다. 옆 차선 차의 창문이 쓱 내려가더니, 그 안에 있던 운전자가 손가락질을 하며 희준에게 소리 질렀다.

"야 이 새끼야, 어디서 운전 배워먹었길래 운전을 이따위로 하냐!"

그 모습을 보고 희준이 운전석 창문을 따라 열었다.

"여보, 상대하지 마."

"아빠!"

아내와 영서가 동시에 외쳤다. 하지만 희준은 창문을 열어 놓고 상대방 운전자를 아무 말 없이 바라보기만 했다.

"막 들이밀지 말고 새끼야, 운전 조심히 하라고!"

상대방 운전자가 험악한 표정을 지으며 악을 쓰듯 외쳤다.

그때 희준의 머릿속을 순식간에 스쳐 지나가는 장면들이 있었다. 별일도 아닌 일로 아내에게 버럭 화를 내던 일, 시끄 럽게 군다며 영상을 따라 춤추던 영서에게 소리 지르던 일, 피곤을 이기지 못하고 이불을 덮어쓴 채 아무 대꾸 없이 잠 만 자던 일, 어디라도 나가자는 아내와 영서의 말에도 아랑 곳없이 하루 종일 티브이를 보던 일, 미술관에서 주차 문제 로 시비를 벌이던 일, 그리고 영서가 그린 얼굴들, 짜증과 분 노와 피곤이 겹겹이 자신의 얼굴을 가리고 있던 것들…….

"내가 네 마음 다 안다."

희준이 상대편 운전자를 보며 별생각 없이 중얼거렸다. 전 시실에 적혀 있던 말이었다. 순간 그의 가슴속에 뭉클한 목 소리가 들려왔다.

희준아, 하고 부르는 목소리였다. 뭐 하나 제대로 하려고 하면 도무지 도움 되지 않고 방해하거나 막아서거나 끼어드는 사람투성이 세상 사느라 힘들지. 아내와 아이에게 멋지고 능력 있는, 사리 분별 잘하는 아빠로, 사회에서는 인정받는 사람으로 살고 싶은 거 다 안다. 하지만 네 마음대로 안 될 때가 더 많다. 그게 정상 아니겠니. 네가 급하게 어딘가로 갈 때, 하필이면 다른 사람들도 급하게 어딘가로 가지. 따지고 보자면 지금껏 그래왔잖니. 남보다 빨리 오르려고 매일 온 힘을 다해 싸워왔잖아. 괜찮아, 싸우지 않아도. 가족이 안전하게 잘 가면 돼. 조금 늦으면 어때. 괜찮아. 내가 네 마음 다 안다, 희준아.

희준은 순간 화를 내려던 감정이 차갑게 식어버린 걸 느꼈다. 아무 동력 없이 희준은 그저 상대편 차량의 운전자를 바라본다.

"뭐래…… 뭐야."

돌아이 아닌가 하고 생각하듯 상대편 운전자가 희준의 기색을 살피며 창문을 닫고는 차를 급히 출발시켰다. 희준이 옆을 돌아보자 뒤에서 주행 중이던 차가 속도를 멈추며 양보해주는 게 보였다. 그 차를 향해 희준은 씩 웃으며 손을 들어 보였다. 무사히 도로에 합류하고 나서 희준이 옆을 돌아보자 아내가 놀란 표정을 짓고 있었다. 백미러로 바라본 뒷좌석 영서의 얼굴도 마찬가지였다.

"왜들 그러고 있어?"

영문을 모르는 표정으로 희준이 물었다.

"아빠 지금 욕도 하지 않고, 화도 내지 않은 거 알아?"

"그러게. 웬일이야. 막 웃기까지 하네. 이상하다, 이상해……."

이구동성으로 영서와 아내가 호들갑스러워하며 말했다.

"이왕 늦은 거 어떻게 하겠어. 예전에 어떤 충청도 출신 개그맨이 했던 말이 생각나네. 충청도 사람들이 약간 넉넉하고 서두르지 않는 성향이 있잖아. 그래서 충청도 어딘가에서는 뒤에서 빨리 가라고 경적 울리며 빵빵거리는 차가 있으면 내려서 이렇게 얘기해주곤 했대."

"뭐라고?"

아내가 물었다.

"아, 그렇게 서두를 거면 어제 오지 그랬슈?"

영서는 잘 못 알아들은 눈치였고, 아내는 영 재미없어하는 기색이었다.

"자기는 유머 감각은 없어. 그거 알지?"

화내고 짜증 내는 것보다야 나은 게 아니냐며 아내에게 반박하려 희준은 그만두었다. 매 순간 모든 일에 예민하게 반응하며 스트레스 호르몬을 분비하는 것보다는, 순간을 그저 무탈하게 흘려보내는 것도 좋을 것 같다고 생각하면서.

차가 조금씩 가다 서기를 반복하는 사이 아내와 영서는 깜빡 잠들어버린 상태였다. 계획과 달리 약속 시간에 한참 늦어버렸지만, 자신이 운전하는 차 속에서 잠든 두 사람의 평온한 얼굴을 번갈아 바라보며 희준은 스스로에게 하는 말인 듯 나지막이 중얼거렸다.

내가 네 마음 다 안다.

누군가를 마음에 담는 일

을선은 오랜만에 그 식당에 들렀다. 미술관에서 청소 일을 하지 않은 이후로 식당에 발길이 뜸해졌던 차였다. 문을 열고 들어가자 을선을 알아본 식당 주인 정현이 주방에서 뛰쳐나왔다.

"어르신! 이게 얼마 만이세요."

"잘 지냈어요, 사장님?"

"저야 잘 지냈죠. 왜 이렇게 오랜만에 오셨어요. 전, 어르신 무슨 일 생기신 줄 알고 걱정 많이 했거든요."

"그동안 어찌나 사장님 밥 생각이 나던지 말이에요."

"밥이야 아무 때나 오셔도 얼마든지 해드리죠. 자주자주 오세요, 어르신."

을선은 반갑게 맞아주는 정현에게 고마움을 느낀다. 하지만 자신을 애처롭게 바라보는 김 씨의 눈길 또한 읽었다. 전과 다르게 수척해진 모습을 알아보면서도 내색하지 않는 것 같다. 을선이 보기에 정현은 언제나 진중한 사람이었다. 그가 내놓는 밥과 반찬도 그를 닮아 항상 정갈하고 담백했다.

"건강은 문제없으신 거죠? 여기 앉으세요, 어르신."

"그럼요. 괜찮아요."

을선이 정현의 안내에 따라 테이블 앞에 앉았다.

"항상 다섯 시면 식당에 들르시다가 갑자기 안 오셔서 얼마나 걱정했게요."

"저 하나 오지 않는다고 어디 티가 나요."

"아유, 모르는 말씀 마세요, 어르신. 저희 식당 브이아이피시잖아요. 요즘은 좀처럼 오지 않으셨지만, 매일 같은 시간에 들러 식사하시는 단골은 어르신밖에 없었거든요. 단골손님한테 더 잘해드려야죠."

정현이 넉살 좋게 웃었다.

"말이라도 고마워요. 그런데 그 스트리트 댄스인가 뭔가 한다던 딸은 잘 지내요? 제가 사장님한테 그 얘기 들었을 때쯤 지나 식당에 오지 못한 거 같아서요."

"아, 어르신 기억하세요? 예, 잘 지내요. 그때 기억 안 나세요? 그때 제가 랑데부 미술관이라는 곳에서 딸하고 만나 같이 춤추고 왔다고 했잖아요."

생각하면 쑥스럽다는 듯 정현이 객쩍게 웃었다.

"맞아요, 기억나죠. 그 일로 딸하고 화해했다고 했나요?"

"기억하시는군요, 어르신. 네, 제가 춤꾼이었는데 딸도 그걸 하겠다고 하니 말려왔던 건데 그때 이후로 마음을 내려놓았어요. 절 닮아 그런지 꽤 잘 추던데요. 더 이상 못 말리겠다 싶더라고요. 미술관에 고맙죠. 그 작품 전시가 저와 딸에게는 서로를 다시 알아보는 기회가 되었으니까요."

을선은 고개를 끄덕였다. 두 사람의 인생이 어긋나지 않게 되어 다행이라는 생각이었다.

"근데 어르신, 그거 아세요?"

"어떤……?"

"미술관에서 딸과 오랜만에 만난 날이었는데, 어느새 시간을 보니 어르신이 곧 식당에 들르실 때가 되었더라고요. 그래서 딸한테 중요한 단골손님이 오실 시간이라 말하고 얼른 식당으로 돌아온 거였어요."

"아니, 그랬어요? 그러실 필요까지는 없었는데."

"네. 어르신에게만 살짝 알려드리는 건데, 사실 전 딸보다 단골손님이 더 중요하거든요."

정현이 순하게 웃는 모습을 을선은 가만히 지켜봤다.

"참, 식사하셔야죠, 어르신. 항상 드시던 청국장 내어드릴
까요?"

"그거 먹으러 왔어요. 먹고 싶어서."

"그럼 잠시만 기다려주세요. 저희 브이아이피 고객님께 제
가 금방 차려드릴게요."

정현이 신이 난 사람처럼 가벼운 발걸음으로 주방으로 향
했다. 그다지 배고프지 않았던 을선은 금세 식욕이 돌았다.
그래서 이 식당에 오면 좋았다. 한참 어린 사람이 내어주는
음식이었지만 엄마 생각이 나게 하는 집밥이었다. 입맛이 없
을 때도 침을 고이게 하는 정갈하고 고즈넉한 작은 식당 분
위기가 을선은 참 좋았다.

"아빠!"

외침과 함께 젊은 여자가 식당 문을 열고 들어섰다. 무심
코 고개를 돌린 을선과 여자의 눈이 마주쳤다.

"어? ……할머니."

여자가 을선을 보고 눈을 크게 뜬 채 어리둥절한 표정을
지었다.

"해주 왔구나."

주방에서 고개를 빼꼼 내밀며 알은체하던 정현의 얼굴이
갑자기 굳어졌다.

"어르신은?"

정현이 을선이 앉아 있던 빈 의자에 눈길을 주며 해주에게 물었다.

"가셨어."

"뭐? 가셨다고?"

"급한 일 있으시대."

"갑자기?"

"응. 근데, 아빠. 랑데부 미술관 청소하시는 할머니가 우리 식당에도 오고 하시나 봐?"

"미, 미술관? 랑데부?"

해주가 고개를 끄덕였다.

정현은 어안이 벙벙해진 얼굴로 빈자리를 하염없이 바라볼 뿐이었다. 을선이 매일 같은 시간에 들러 식사를 하던 바로 그 자리였다.

식당을 나와 잰걸음으로 걷던 을선은 뒤를 돌아보고 나서야 안도의 숨을 내뱉었다. 어떻게든 자신이 미술관에서 일했다는 사실은 알리고 싶지 않았기에 잘 빠져나왔다 싶었다.

가방에서 진동을 느낀 을선이 휴대폰을 꺼내 들었다.

"다미니?"

"할머니, 어디 계세요. 괜찮으세요?"

"아, 괜찮다마다. 이 시간에 일은 안 하고 웬일이니."

"아주머니한테 연락받았어요. 할머니가 연락도 없이 사라지셨다고요."

"기운이 좀 나서 바깥에 나와봤지. 신경 쓰지 말어."

"어떻게 신경이 안 쓰여요."

다미의 코맹맹이 목소리를 들으니 얘기는 하고 나올 걸 싶었다.

"이제 집에 곧 돌아가실 거죠?"

"……."

을선이 곧바로 답하지 않고 어름어름 뜸을 들였다.

"할머니?"

"가야지…… 한 군데만 더 들렀다가."

"……괜찮으시겠어요?"

"괜찮아. 염려하지 말거라."

"알았어요, 할머니. 그럼 조심히 다녀오세요. 연락은 꼭 받으시고요."

다미는 언제나 채근하는 법이 없었다. 을선은 성미가 급한 자신을 그런 다미가 오랫동안 감당해왔음을 모르지 않았다. 그래서 요즈음에는 다미에게 더 마음이 쓰였다.

"염려 마. 우리 다미 걱정 안 되게 다녀올게."

"그럼 안심이고요."

다미와 통화를 마친 후 을선은 곧바로 택시를 잡아탔다.

270

부암동에 가까워지면서 곳곳에 쌓인 하얀 눈이 빛에 반짝여 눈부셨다. 완강한 빛과 견고한 눈의 성채가 서로를 꼿꼿이 응시하는 듯한 그 풍경을 을선은 좋아했다. 혼자 랑데부 미술관 주변을 산책하다 나뭇가지에 쌓인 눈 뭉치가 퍽퍽 떨어져 내릴 때면 아이처럼 깜짝 놀라곤 했다. 감정을 표현하는데 인색하고 놀라는 법이 없던 을선이었다. 부암동에 머물지 않았더라면 그 무엇도 자신의 그런 성정을 무르게 할 수 없었을 것이었다.

을선은 미술관 앞에서 모자를 푹 눌러썼다. 가급적 아무도 자신을 알아보지 않게 하기 위해서였다. 언제 또다시 미술관에 와보게 될지 모르는 일이었다. 혼자서 고요히 주변을 둘러보며 미술관의 모습을 담아두고 싶었다.

그렇게 한참 동안 미술관 주위를 걷고 있을 즈음이었다. 누군가 그녀를 알아보고 알은체를 했다.

"아니, 을선 님 아니세요!"

화들짝 놀란 을선이 돌아봤다. 김춘호 씨였다. 낭패해 어쩔 줄 모르던 을선이 모자를 살짝살짝 들어 올렸다.

"아, 아니. 저를 어떻게 알아보시고."

"항상 그 비슷한 모자 쓰고 일하셨잖아요. 단번에 알아봤죠. 제가 눈썰미 하나는 좋거든요."

김춘호 씨는 예전보다 더 활달해 보였다.

"제, 이름은 어떻게……."

"그야, 이름표를 달고 다니셨잖아요."

"그걸, 기억하세요?"

형식적으로 착용하고 다녔던 이름표였다. 그 이름을 부르거나 기억해주는 이는 이제껏 아무도 없었다.

"그럼요. 제가 그 이름을 어떻게 잊겠어요. 미술관에서 을선 님과 종종 마주치면서 얘기 나누고 할 때가 저는 참 좋았거든요. 갑자기 그만두셨다고 해서 제가 얼마나 서운해했는지 몰라요. 그때 무슨 사정이라도 있으셨나 봐요?"

"건강이…… 건강이 조금 안 좋아져서요."

"어디가 편찮으셨나 보군요. 가만…… 안 그래도 전보다 많이 마르셨네요. 지금은 괜찮으세요?"

김춘호 씨가 안색을 살피며 물었다.

"네, 많이 괜찮아졌어요."

"그렇죠? 그러니 다시 찾아오신 거겠지요. 그럼 언제부터 일 다시 시작하세요?"

을선이 잠시 머뭇거리다 대답했다.

"일은 다시 하지 않으려구요. 오늘은 그냥…… 이곳이 그리워서 찾아왔어요."

"아, 아……." 김춘호 씨가 머리를 긁적였다. "제가 괜히 넘겨짚었네요."

"춘호 님은 여전하시네요."

을선은 김춘호 씨가 무안하지 않게 말을 돌렸다.

"미술관 덕분이지요, 뭐."

"미술관이요?"

"네. 예전에는 매일 늙어만 가는 기분에 몸을 움츠렸는데, 이 미술관에서 제 사연으로 전시된 작품을 보고는 완전히 달라졌어요. 젊음이 사라진 게 아니라, 단지 내 모습이 변화해 간 것이라는 생각이 들고 난 이후에는요. 변화를 두려워하고 몸을 웅크리고만 있는 게 늙어가는 모습이구나 싶었고요. 이젠 사는 것도 나름 재미있고 활력이 도는 것 같아요."

김춘호 씨가 털털하게 웃었다.

그가 얼마나 까다롭고 괴팍한 성미를 가진 사람이었는지 을선은 알고 있었다. 자신에게 남은 젊음을 그려달라는 다소 억지스러운 그의 사연을 보고 황당해했던 기억을 을선은 떠올렸다. 하지만 그의 사연으로 작품을 만들어보겠다고 결심한 건, 늙고 주름진 그의 외면 속에서 젊음이라는 것을 한번 찾아보겠다는 오기 같은 것이었다. 을선 역시 비슷한 해답을 찾고 있던 시기였기 때문이었다.

작품을 만들어가며 을선이 알게 된 것이 있었다. 사람은 누구나 시간을 거스르지 못하고 풍화되며 깎여나가지만 그렇지 않은 것도 있다는 사실이었다. 언제고 변하고 말 겉모습과 달리 저마다에게 깃들어 생애 내내 타오르는 것이 있었다. 김춘호 씨에게서 을선이 발견한 것이 바로 그 다정한 눈빛이었다.

"이제 가봐야겠어요."

"벌써요? 미술관에 들어가서 직원분들하고 인사도 한번 나누지 않으시고요?"

"예. 일하는 데 괜히 방해라도 될까 봐요."

"그래도 그렇지, 이렇게 가시면 서운해서 어쩌나……."

김춘호 씨의 희끗한 눈썹 양 끝이 아래로 기울어졌다.

"또 보면 되죠."

"아이, 그럼 되겠네." 김춘호 씨가 애써 밝은 표정으로 바꾸며 대답했다. "미술관에 또 찾아오실 거죠? 이렇게라도 마주치면 좋지 않습니까."

그가 덧붙인 말에 을선은 고개를 까닥였다.

"그래야죠."

미술관에서 이어지는 언덕길을 내려오며 을선은 다미에게 전화를 걸었다.

"할머니. 들르신다는 곳은 잘 다녀오셨어요?"

"응, 다미야. 사실은 랑데부 미술관에 다녀오는 길이야. 밖에 나온 김에 꼭 가보고 싶더라고."

"그러셨어요, 할머니. 그래도 여기까지 오셨으면 안에도 들어오시지 그랬어요. 그만두실 때 못 나눈 인사도 나누고 하면 좋았을 텐데요. 특히 호수 씨가 할머니 굉장히 보고 싶어 해요."

오랜만에 듣는 이름이었다. 그 이름을 듣자 을선은 다행이라는 생각부터 했다. 처음에는 아무런 관련 경력이 없는 호수가 미술관에 잘 적응할 수 있을지 고민이었다. 제대로 버티지 못하고 금세 그만둔다면 호수나 미술관 모두 손해가 되는 일이었기 때문이었다. 그래서 을선은 그런 호수를 남모르게 지켜보았다. 가끔 미술관 일을 버거워하거나 힘들어 보일 때마다 을선이 다가가 말동무가 되어준 것도 그 때문이었다. 하지만 지금 호수는 누구보다 미술관에 필요한 사람이 되어 있었다. 그동안 잘 버텨낸 호수가 을선은 대견했다.

"작가의 정체에 대해서도 몹시 궁금해하고요."

웃음 섞인 다미의 말에 을선도 입가에 미소를 지었다.

"이제 작가에 대해 솔직히 얘기해줘도 될까요?"

"그러렴. 듬직한 우리 미술관 직원인데."

"알겠어요, 할머니."

"그래, 다미야. 나 오늘 미술관 다녀와서 아주 행복해. 일 잘하고, 또 연락하자."

"할머니, 잠시만요."

막 끊으려던 찰나에 다미의 목소리가 비집고 들어왔다.

"그래, 다미야."

"할머니…… 아무래도 이제 전시를 그만 마무리할 때가 된 것 같아서요."

다미가 어렵사리 그 얘기를 꺼낸 걸 을선도 모르지 않았다. 언젠가 닥칠 일이기도 했다. 근래 들어 사연만 선정할 수 있었을 뿐 작품에 제대로 손댈 수조차 없던 걸 생각하면 당연한 시점이었다. 하지만 와락 서운한 마음이 달려드는 건 어쩌지 못했다.

"……네 말이 맞아, 다미야. 이젠 그렇게 할 때지."

말과 다르게 을선은 쉬이 마음이 떨어지지 않았다.

"그럼 다미야, 이건 어떻겠니."

"말씀하세요, 할머니."

몇 번이나 입술을 달싹이며 망설이던 을선이 마침내 입을 열었다.

"마지막으로 오직 하나뿐인 나만의 작품을 전시해보면 어떻겠니?"

별 헤는 밤의 언덕에서

　퇴근 후 긴히 할 얘기가 있다는 말에 호수는 다미를 따라 나섰다.

　"좀 걸을까요?"

　"그러죠."

　발걸음을 같이 옮기는데 하늘 위에 말갛게 뜬 초승달이 선명히 보였다.

　"비 오고 난 뒤에 금세 개었어요."

　호수가 하늘을 보며 중얼거렸다. 간만에 맑은 밤하늘이었다.

　"아미 같아요. 저 달."

　"BTS의 팬클럽 아미요?"

"아뇨, 누에나방처럼 아름다운 눈썹을 가리키는 말이에요. 가늘고 길게 굽어진 아름다운 눈썹 같다고 해서 옛 선조들이 초승달을 아미라고 불렀다고 해요."

"그런 거였어요? 얘기를 듣고 나서 그런지 더 아름다워 보이기는 하네요."

호수가 능청을 떨며 말했고 다미가 미미하게 웃었다.

"그런데 저한테 하실 말씀이란 게 어떤 건가요?"

호수가 궁금한 눈초리로 물었다.

"호수 씨, 작가님이 어떤 분이신지 되게 궁금해하셨잖아요."

"그렇죠."

"그거 알려드리려고요."

"예? 자, 잠깐만요, 저 숨 좀 쉬고요."

갑작스럽게 작가가 누구인지 알려주겠다는 다미의 말에, 그대로 멈춰 선 호수가 크게 심호흡을 했다.

"질문이 있는데요, 연구원님."

"네, 호수 씨."

"작가님이…… 제가 아는 분이신가요?"

다미가 고개를 끄덕였다.

"호수 씨와 제법 가깝게 지내던 사람이죠."

오 마이 갓. 호수는 드디어 다미가 작가가 바로 자신이었음을 고백하려는 게 아닌가 싶었다. 호수가 그 사실을 어느 정도 짐작하자 하는 수 없이 밝히기로 한 것이리라는 생각이 들었다. 호수는 다시 한번 크게 숨을 내쉬었다.

"저 이제 준비됐어요. 얘기해주세요."

"뭘 그렇게까지 비장한 표정을 지으세요."

다미가 긴장한 호수를 보고 피식 웃었다. 호수 자신도 이 사실에 왜 이렇게 긴장이 되는지 모를 일이었다.

"미술관 청소하셨던 할머니 기억하세요?"

"그죠. 가끔 생각나긴 하죠. 하지만 지금은 그것보단 작가 님이 누구신지……."

"그분이 작가님이세요."

호수는 넋을 잃은 채 멍한 표정을 지었다.

"다, 다시 한번 말씀해주시겠어요?"

"미술관에서 일하시던 주을선 할머니요."

"그분이…… 작가님이셨어요?"

호수가 믿지 못하겠다는 듯 다시 물었다. 머릿속이 떵했다.

"네. 전 할머니의 외손녀고요."

"네에?"

호수가 자기도 모르게 탄성을 질렀다. 청소부 할머니가 작 가였다는 사실보다 그 얘기가 호수에게는 더 충격적이었다.

"두 분이 그럼, 가족이란 얘긴가요?"

다미가 고개를 끄덕이곤 먼저 걷기 시작했다.

"할머니는 원래 화가셨어요. 하지만 사정상 다른 업종에서 일할 수밖에 없었어요. 오래 그 일을 해오셨고요. 더 늦기 전에 그토록 원했던 미술을 다시 시작해야겠다 다짐하고는 일을 그만두신 걸로 알아요."

"그랬군요. 그런데 작가의 이름은 그동안 왜 공개하지 않으셨던 거예요?"

"사람들의 사연과 마음을 더 중요하게 생각하신 거 같아요. 그 앞에서 작가의 이름이나 어떤 조건들이 선입견이 되지 않기를 원하셨고요. 사람들의 이야기를 작품에 잘 담아낼 수만 있다면 그걸로 족하다고 항상 말씀하셨거든요."

"그럼 다미 씨도 처음부터 작가님과 함께 일을 하신 건가요?"

그러고 보니 두 사람이 언뜻 닮은 구석이 있어 보이는 것 같기도 했다.

"그건 아니에요. 저도 미술계를 떠나 있었거든요."

"정말요?"

"네. 엄마가 돌아가시고 나서 마음을 붙이지 못하고 방황하던 시절이 있었어요. 그때 할머니가 이쪽 일을 해보면 어떻겠냐고 권유해서 일하게 된 거예요. 할머니와 저는 전략적 동반자예요. 서로의 비밀을 감싸주고 서로의 아픔을 감싸 안

아주는.”

다미의 말을 들으며 호수는 얼굴이 홧홧거렸다.

“그런 상처가 있으신 줄 몰랐어요. 그것도 모르고 제가 계속 철없이 작가가 누구냐며 연구원님을 귀찮게 했네요.”

“아니에요, 그동안 속 시원히 알려드리지 못해 죄송해요.”

선선히 웃는 다미의 입가로 하얀 숨이 터져 나왔다.

“이제 할머니께는 작가님이라고 해드려야겠어요. 어쩐지 작가의 말을 볼 때마다 어딘가 익숙하다 했거든요. 지금 돌아보니 할머니의 어투와 굉장히 닮아 있었네요. 이제 작가님이 누군지 알게 됐으니 작품을 더 열심히 도와드려야겠네요. 찾아뵙고 인사도 드리고…….”

“그래서 말인데요.”

걸음을 멈추고 다미가 호수에게 몸을 돌렸다.

“이제 더 이상의 작품 활동은 하지 않으실 거예요.”

“무슨 일이 있으신가요?”

같이 멈춰 선 호수가 물었다.

“네. 전시 중반에 한번 암이 재발하고 또…… 작업 중에 쓰러지신 적도 있거든요. 그래서 작품 제작을 더는 못하고 있었던 거예요.”

호수는 이유 없이 어두워지곤 했던 다미의 모습을 떠올렸다. 그게 할머니의 병환 때문이었다는 걸 이제야 알게 되었다.

"그래서 그랬군요……. 무슨 말씀인지 알겠어요. 그렇다면 앞으로 전시는 어떻게 되는 걸까요?"

다미가 호수를 물끄러미 바라봤다.

"오직 한 사람만을 위한, 하나뿐인 작품 전시는 막을 내리게 되는 거죠."

호수는 알겠다는 듯 고개를 끄덕였다.

"아쉽네요. 그런데 누구보다 할머니께서 더 서운하고 아쉬워하겠어요."

"그러게요. 그래도 호수 씨 덕에 전시가 지금까지 별일 없이 잘 되어온 것 같아요."

"아니에요, 연구원님."

갑자기 호수는 한없이 부끄러운 마음에 휩싸였다. 할머니도 다미도 좋지 않은 상황을 버티면서 어떻게든 작품 전시를 이어가기 위해 최선을 다해왔다는 사실을 지금에야 알게 되었기 때문이었다.

"할머니는 지금, 마지막 작품을 준비 중이세요."

"마지막 작품이라면…… 어떤 사연으로 말인가요?"

"할머니 자신의 사연으로요."

그 말을 남긴 채 다미가 내리막길 쪽으로 발걸음을 내디뎠다. 다미의 뒷모습을 바라보다 호수는 고개를 떨궜다. 가슴에 가득 차 있던 숨이 무겁게 내뱉어졌다. 앞서 걸어 내려가던 다미가 뒤로 고개를 돌리고 외쳤다.

"그때까지 우리, 잘해봐요."

호수는 다미를 향해 힘차게 고개를 끄덕였다.

랑데부 미술관

익숙한 얼굴의 사람들이 전시관 안으로 들어서기 시작했다. 정배식당의 모자지간인 두 사람이 사이좋게 나란히 모습을 드러냈고, 뒤를 이어 김춘호 씨가 등산복 차림으로 나타났다. 조금 후에는 해주와 아경, 그리고 해주의 아버지인 선정현 씨가 전시관으로 들어섰다. 지금까지 사연을 신청해 선정되었던 사람들이 한자리에 모이기로 한 날이었다.

"호수 씨!"

누군가 어깻죽지를 퍽 하고 치는 바람에 호수는 놀라 옆을 돌아봤다. 울긋불긋한 택배 브랜드 재킷을 걸치고 모자를 눌러쓴 구대오 씨였다.

"아야, 아파요."

"젊은 사람이 엄살은" 하며 구대오 씨가 히죽 웃었다.

"아이고, 대오 씨. 잘 지내세요?"

오 실장이 구대오 씨를 알아보고 악수를 청하며 물었다.

"그럭저럭 할 만해요. 아, 어제는 무슨 직원 특강을 해서 들으니까 아주 좋더라고요."

"무슨 강의였는데요?"

"그게, 내가 전달하는 택배 하나에도 좋은 기운이 있다고 생각하라고 하더라구요. 그냥 택배를 전달하는 게 아니라 즐거움을 전달한다고 여기라고 하데요. 제작되는 제품의 생산 공정이 나에게서 완성된다고 생각하라고 말이죠. 비하하거나 자책하지 말고 스스로를 위해주고, 뭣 때문에 산다, 이런 말은 하지 말라고 하더라고요…… 감동스럽지 않아요?"

오 실장이 마지못해 고개를 끄덕이자 구대오 씨의 얼굴에서 사람 좋은 웃음이 피어났다. 그의 인상은 전과 다르게 온화해진 모습이었다. 호수는 동네 여기저기에서 일상적으로 구대오 씨를 발견하곤 했다. 택배 물품을 배달하느라 가슴에 안고 있던 박스들을 내려놓은 채 기울어진 축대를 일으키거나, 언덕 빙판길을 힘겹게 걷는 할아버지를 기운차게 업고 가는 등의 모습이었다. 저녁 무렵 길고양이를 위해 누군가 놓아둔 것 같은, 아무렇게나 엎어져 있는 고양이 밥그릇을 제대로

놓은 후 그 안에 먹이를 쏟아놓는 모습을 우연찮게 목격하기도 했다. 택배 브랜드 재킷만 아니라면 구대오 씨는 동네에서 일부러 할 일을 찾아다니는 사람처럼 보였다. 보이지 않는 곳에서 뭔가를 고치거나 누군가를 돕거나 먹이를 챙겨주는 일상의 조각들이 그의 인상 사이사이로 스며들어 변하게 했는지도 모르겠다고 호수는 생각했다.

사람들이 제일 놀란 건 이전과 달리 크고 널찍한 모습으로 바뀌어 있는 전시관의 모습이었다. 전시실의 일부만을 사용해 하나의 작품을 전시했던 전과 다르게, 지금껏 가벽으로 막아두고 사용하지 않았던 나머지 공간까지 모두 개방한 것이었다. 넓고 탁 트인 전시실 안에 그동안 전시되었던 작품들이 한데 모인 것을 보고 사람들이 연신 탄성을 터뜨렸다.

"안녕하세요, 여러분."

그때 전시실 앞쪽에서 누군가 마이크로 말을 하기 시작했다.

"저는 랑데부 미술관의 학예실장 오영균입니다. 여러분을 이렇게 다시 뵙게 되니까 너무 반갑습니다. 오늘 저희 랑데부 미술관을 다시 찾아주신 것 진심으로 환영하고 또 감사드립니다."

드문드문 서 있던 사람들이 오 실장을 알아보고, 마련된 자리에 앉기 시작했다.

"이렇게 다시 뵙고자 연락을 드린 건, 여러분의 사연을 통해 단 하나의 작품을 선보였던 이 전시의 끝을 오늘 함께하고자 해서입니다. 바쁘신 와중에도 이렇게 어려운 걸음 해주신 여러분께 진심으로 감사드립니다."

오 실장이 꾸벅 허리 숙여 인사하자 사람들의 아쉬워하는 탄식과 더불어 박수 소리가 터져 나왔다.

"무엇보다 그동안 여러분의 사연을 담아 작품으로 만들고 작가의 말을 남겨준 작가분이 누구인지 정말 궁금해하셨을 분들이 많을 거라고 생각해요. 저희 작가님이 정말 진심을 다해 여러분의 사연과 이야기를 담아 작품을 만드셨거든요. 오늘 그 작가분을 여러분께 소개하게 되어서 영광이고 또 감사한 일이라 생각합니다. 그럼, 저희 작가님을 소개해드리겠습니다."

오 실장의 말과 함께 갑자기 전시실의 조명이 모두 꺼졌다. 천장에 거치된 빔 프로젝터에서 희미한 빛이 감돌더니 대형 스크린에 곧 화면이 나타났다.

"안녕하세요, 여러분. 저는 이 미술관에서 여러분의 사연과 함께 작품을 만들어온 주을선이라고 합니다."

"어? 저분 청소부 할머니잖아."

구대오 씨가 영상을 향해 외쳤다. 그러자 여기저기서 할머니를 알아본 사람들의 음성이 들려오기 시작했다.

"저를 알아보시는 분이 있을까요? 저는 미술관에서 청소를 맡아 했었죠. 여러분들 옆에서 일상적으로 주위를 돌보던 제가 바로 작품을 만든 사람이었습니다."

할머니가 자신이 작품을 만든 작가였음을 밝히자 사람들이 술렁이기 시작했다.

"그동안 여러분의 사연을 대하면서 전 참 행복했답니다. 저는 그동안 행복과는 거리가 먼 삶을 살아왔거든요. 남편이 일찍 세상을 떠나는 바람에 제가 어쩔 수 없이 작은 사업을 물려받아 꾸려갈 수밖에 없었는데, 그 회사가 바로 이 미술관의 모기업인 H그룹이에요."

호수는 아연했다. 할머니가 H그룹의 경영자일 거라고는 전혀 생각지 못한 탓이었다.

"운이 좋게 회사는 잘 성장해갔지만, 저는 갈수록 비워지는 느낌이었어요. 어떻게든 회사를 키워야 한다는 생각에 사람들에게 함부로 굴었죠. 사람들을 다그치고, 심지어는 막말도 서슴없이 해댔죠. 그렇게 쉴 틈도 없던 어느 날 뒤돌아보니 이게 아니다 싶은 생각이 드는 게 아니었겠어요? 그것도 인생의 말미를 바라보는 시점에서요. 뭔가 잘못된 것만 같았어요. 그래서 도망치듯 회사를 떠나 이곳 미술관에서 몰래 청소 일을 하며 다시 그림을 그리기 시작했죠. 마음 터놓고 지낼 사람 하나가 없다는 사실을 깨닫고는 문득 사람들과 애기하고 싶다는 생각이 들었어요. 가슴에 멍울처럼 박힌 상처를 꺼내고 싶다는 생각도 들었고요. 어떻게 하면 좋을까 하다 한 사람 한 사람의 사연을 한번 들어보고 그분과 대화하듯이 저도 작품을 만들어가보고 싶었어요. 그렇게 여러분을 만나게 된 거랍니다. 여기 우리 직원들에게는 비밀로 해달라고 했어요. 아무에게도 제 존재를 안 드러내고 싶었거든요."

거기까지 말하고 할머니는 뭔가 할 말을 잃은 듯 고개를 떨구고 머뭇머뭇거렸다. 다시 할머니가 고개를 들었을 때는 한쪽 눈가에 투명한 눈물 방울이 맺혀 있었다.

"여러분이 이 영상을 보실 때쯤이면 저는 이제 이 세상에 없는 사람일 겁니다."

사람들 사이에 잠시 어수선한 소란이 일었다.

"이렇게 말도 없이 먼저 떠나게 되어 미안합니다. 하지만 저는 죽음을 앞두고도 다시 사는 기분이었어요. 뭔가 잘못되었다는 생각을 남기고 떠나고 싶진 않았거든요. 여러분들의 사연을 접하고 그것을 작품으로 만들면서 저는 이 세상에서 살아간다는 의미를 깨달았습니다. 이제는 편히 떠날 수 있을 것 같아요."

할머니가 잠시 침묵하자 사람들의 목소리도 잦아들었다.

"윤호수 씨."

별안간 들리는 할머니의 음성에 호수는 정신이 번쩍 들

었다.

"우리 기업에 원래는 아나운서로 지원했었지요? 면접 심사 때 제가 참여하고 있었던 사실은 몰랐을 거예요. 남들이 보면 경영자가 채용 면접에 참여하는 게 한가해 보일 수도 있지만, 인재를 구하는 일이 중요하다는 걸 몸소 보여주기 위해 면접에도 가끔 직접 참여하는 경우가 있지요. 그때 마침 면접자였던 호수 씨를 저는 눈여겨보았답니다. 아쉽게도 다른 분이 채용됐지만 호수 씨는 놓치기 아까운 사람이었어요. 요즘 젊은이 같지 않게 여유가 있어 보였거든요. 그저 스펙이 전부인 사람처럼 굴지 않고 생각이 유연하고 무엇보다 다정다감하고 다른 사람을 생각할 줄 아는 사람이라는 인상을 받았어요. 우리 미술관에 그런 사람이 필요한 참이었는데 호수 씨가 적임자였던 거죠. 호수 씨의 소망과 다르게 미술관으로 채용해 미안해요. 여태껏 그 사실을 비밀로 해서도 미안하고요. 하지만 미술관에서 호수 씨와 대화해보고 일하는 모습을 지켜보면서 제 판단이 맞았다는 걸 알았답니다. 성실하고 친절한 호수 씨가 우리 미술관에 있어주어서 저는 너무 든든하고 고마웠습니다."

아나운서 채용 면접에서는 뽑히지 못한 채 미술관으로 오게 된 이유를 호수는 이제야 이해했다. 불현듯 면접 때 떠오르는 기억이 있었다. 여남은 명의 심사위원 중 가장 끝에 앉아 냉담한 표정으로 불쑥불쑥 예리한 질문을 던져놓다가도 간혹 웃음 짓던 사람이 바로 할머니였다는 사실을 호수는 떠올렸다. 호수는 꽤 오래 인연을 이어온 사람을 떠나보내는 슬픔이 느껴졌다.

"그리고 저희 미술관에 사연을 신청해주신 분들. 고맙고 미안합니다. 해주 아버님, 청국장 먹지 않고 그냥 가서 미안해요. 식당 안에 들어온 해주 씨가 절 알아보는 것 같아, 나올 수밖에 없었어요. 미술관에서 일했다는 사실을 밝히고 싶지 않았던 저의 마음을 이해해주세요. 그동안 저에게 좋은 음식을 내어주셔서 고마웠습니다."

겉으로는 표정을 지을 수 없는 해주 씨 아버지였지만 호수는 그의 웃는 모습을 읽어낼 수 있었다. 알게 되면 보인다는 말이 괜한 소리는 아니었다.

"아, 그리고 정배식당 사장님. 거기 계시죠? 전 권영은 님 보면서 동병상련의 심정을 느꼈습니다. 일찍 남편과 헤어지고 삶을 일궈나가는 게 쉽지 않았을 텐데 고생 많이 하셨습니다. 저도 정배식당 찾아가 직접 국밥 먹어보곤 했답니다. 정말 손맛이 끝내주더군요. 아들 정배 씨가 운영하는 정배식당 2호점을 열었다면서요? 축하드려요. 만나서 같이 수다나 열심히 떨면 좋을 텐데…… 다음 생애에는 만나서 친구 합시다."

돌아보니 권영은 씨가 스크린을 향해서 손을 흔드는 모습이 보였다.

"그리고 오 실장님. 이제 회사와 재단의 경영은 전문 경영인에게 맡겨 우리 가족은 아무도 경영에 참여하지 않게 됩니다. 회사 지분도 모두 직원들에게 나눠줄 예정이고요. 실장님이 앞으로는 재단의 운영을 맡아서 잘해주시기를 부탁드리겠습니다. 마지막으로 다미야. 아픔이 많았던 나의 손녀. 이제는 걱정 같은 것 하지 말고 자유롭게 너의 삶을 살아가면 좋겠어. 나 대신 작품을 만든 걸 보고 내가 얼마나 놀랐는지 너는 모를 거야. 그 아까운 재능을 놓아두지 않기를 바란다. 그동안 나를 여러모로 도와주어서 고마웠어, 다미야."

주위를 두리번거리던 끝에 호수는 그렁그렁한 눈으로 기둥 뒤에 서서 스크린을 바라보고 있는 다미를 발견했다. 이런저런 일 속에서도 내색 없이 꿋꿋하게 버텨가며 일상을 살아낸 다미가 호수는 대단하게 느껴졌다.

"우리는 각자 이 우주상에 하나뿐인 존재라고 생각해요. 그래서 우리 미술관 이름이 랑데부 미술관이랍니다. 우주에서 우주선끼리 도킹하듯, 각자의 존재들이 서로를 알아보고 보듬고 마음을 내어줄 수 있는 공간이 되었으면 했습니다……. 이제 봄이 올까요? 저에게는 이제 없을 봄이지만 여러분에게는 좋은 봄이 찾아오면 좋겠어요. 누군가에게 그토록 보고 싶던 봄이, 여러분에게 자연스레 찾아온다는 게 얼마나 부러운 선물인지 모르겠어요. 저는 이제 그걸 깨달았답니다. 저에게 생의 의미는 바로 그거였어요. 나 아닌 다른 존재들에게 나누어 줄 것이 남아 있다는 것을요. 하지만 이렇게 받기만 하고 떠나가게 되네요."

할머니가 안경을 벗고 손수건으로 눈가를 찍어내듯 닦았다.

"잘 사세요, 여러분. 제가 좋아하는 말이 있는데요, 마지막으로 그 말을 여러분에게 건네도 될까요."

한동안 카메라를 의식하듯 빤히 쳐다보고는 두 눈과 입가 가득 미소를 짓던 할머니가 이윽고 입을 뗐다.

"안녕."

그러고는 금세 눈물이 고인 얼굴로 또 한 번.

"안녕."

그러자 갑자기 누군가 소리쳤다. 구대오 씨의 것으로 들리는 힘찬 목소리로.

"안녕!"

그리고 또 누군가의 칼칼한 목소리로.

"잘 가세요!"

화면이 종료되고, 컴컴했던 공간에 전등이 켜지며 다시 환해졌다. 눈가에 어린 눈물 때문에 보이는 게 다 흐릿했다. 호수는 그사이 상상했다. 우주선이 되어 우주 이곳저곳을 헤매

다가 또 다른 우주선을 만나는 상상이었다. 반파된 우주선을 만나 수리를 해주고, 우주선을 잃은 사람을 싣고, 또 어쩌다 길을 잃고 헤매다 누군가의 우주선에 안착하게 되는 일 같은 것을. 지금껏 미술관에서 겪은 일들이 그런 것 같았다 .

어디로 향해야 할지 모르고 살았던 호수였다. 하지만 이제는 알 것 같았다. 사람들에게서 전해진 온기, 이 온기를 필요로 하는 사람들 쪽으로 가고 싶다는 생각이었다. 그리고 한 사람의 얼굴이 선명히 호수의 머릿속에 떠올랐다. 기업 회장이기 전에 호수에게는 마음을 나눌 수 있던 단 한 사람, 할머니, 아름다운 할머니. 할머니를 떠올리자 갑자기 울컥 슬픔이 북받쳤으나, 호수는 할머니가 그랬던 것처럼 자그맣고 명랑한 어조로 혼잣말하듯 중얼거렸다.

"안녕."

다시 봄이 찾아오면요

　어느덧 미술관에도 봄이 찾아왔다. 매해 어김없이 찾아오는 계절이지만, 호수는 정말이지 오랜만에 봄을 맞이하는 느낌이었다. 지난해까지만 해도 호수는 캄캄하고 그 끝을 알 수 없는 터널에 갇힌 듯한 기분이었다. 랑데부 미술관이 아니었더라면 이렇게까지 사람과 사람 사이에서 머물고 살아가는 기분을 느끼지 못했을지 모를 일이었다.

　봄과 함께 미술관에도 새로운 변화가 찾아왔다. 오 실장이 재단 운영을 담당하는 총괄 이사로 승진해 재단으로 자리를 옮겨갔고, 미술관에는 대신 새로운 관장이 곧 내정될 예정이었다. 호수는 일과 병행하며 대학원에 진학해 예술 행정을 공부하기 시작했으며, 다미는 미술관을 그만두고 미국으로 유학을 떠나기로 결정한 상태였다.

이제는 유일하게 호수만이 미술관에 남은 사람이 되었다. 두 사람 모두 같은 시기에 미술관을 떠나갔기에 호수는 말로 다 하지 못할 허전함에 시달려야 했다. 그러던 와중에 미술관에도 새로운 바람이 불어왔다.

새로운 신입직원이 등장한 것이었다.

첫 출근을 한 신입직원은 앳돼 보이는 인상에 어딘가 모르게 어색하고 잘 맞지 않는 듯한 정장 차림의 모습이었다. 거기에 잔뜩 긴장하고 굳은 표정을 지우지 못하는 그를 보며 호수는 처음 미술관에 찾아와 어리둥절했던 자신의 모습을 떠올렸다.

"안녕하십니까. 오늘 새로 출근한 정지우라고 합니다."

신입직원이 호수를 향해 꾸벅 고개를 숙였다.

"네, 잘 왔어요. 반가워요. 지우 씨 자리는 저쪽이에요."

손으로 빈 책상을 가리키며 호수가 말했다.

"먼저 우리 미술관에 대해 알아야 하니까, 한번 둘러보고 올까요?"

"네, 알겠습니다."

긴장한 목소리로 신입직원이 대답하며 사무실 밖으로 나

섰다. 호수가 신입직원을 불러 세웠다.

"아니죠, 아니죠, 지우 씨. 가방은 자기 자리에 두고 와야죠."

"아! 네, 알겠습니다!"

신입직원이 자신의 자리 쪽으로 몸을 돌려 부리나케 뛰어가 가방을 놓고 되돌아왔다. 헐레벌떡 뛰어나온 신입직원의 어깨에 팔을 두르며 호수가 말했다.

"혹시 지우 씨."

"네, 매니저님."

"곰브리치라고 알아요?"

"네?"

"모르는가 보죠?"

호수가 약간의 거드름을 피우며 물었다.

"아뇨, 그런 게 아니라, 당연히 알고 있어서요……."

"당연히요?"

"네, 제가 학사와 석사 모두 미술사를 전공해서요."

호수는 내리쬐는 빛 때문인지 자신도 모르게 눈가를 찌푸리며 헛기침을 했고, 신입직원의 어깨에서 슬쩍 팔을 내려놓았다.

"나 좀 많이 가르쳐줘요."

"필요하신 만큼요."

해사하게 웃는 신입직원을 보며 호수도 방긋 웃었다.

"여기가 왜 랑데부 미술관인지 알아요?"

"아, 아뇨…… 미리 뜻을 찾아보고 왔었어야 했는데 죄송합니다."

"우주의 하나뿐인 존재들끼리 서로 마주치고 또 소통한다는 의미로 지어진 이름이니까 잘 알아둬요."

"네, 알겠습니다, 매니저님."

신입직원이 고개를 까닥하며 대답했다.

"어이, 호수 씨!"

소리가 나는 쪽으로 고개를 돌려보니 미술관 출입구 밖에서 구대오 씨가 손을 흔드는 게 보였다. 호수가 신입직원에게 눈짓하며 구대오 씨를 향해 손을 들었다. 그러자 신입직원도 손을 들어 호수 옆에서 나란히 손을 흔들었다. 하염없이 손을 흔드는 동안 호수는 만남과 이별, 기대와 실망, 기쁨과 슬픔, 따뜻함과 쓸쓸함 같은 것들이 매일 반복되는 밀물과 썰물처럼 느껴졌다. 아주 특별할 것도, 몹시 실망하거나 좌절할 것도 없이 그저 비행하듯 살아가자고 다짐했다. 그러자 어쩐지 기분이 나아지는 것 같았고 외롭게 느껴지지 않았다.

호수는 신입직원에게 전시관을 손으로 가리키며 그곳을 향해 힘차게 걸어 들어갔다.

작가의 말

말수가 적은 아이였다. 대신 책을 좋아했다. 사춘기 때는 수업 시간에 교과서 안쪽에 좋아하는 작가의 소설책을 껴놓고 읽기도 했다. 성인이 되어서도 그런 성향은 크게 변하지 않았다. 친구들이 당구장이나 PC방으로 향하면 무리에서 떨어져 나와 발길을 옮기곤 했다. 그곳은 도서관이 되기도 했고 동네 어귀 어딘가이기도 했다. 그렇게 홀로 머물러 있는 시간이 좋았다. 사회에 편입되고 직장생활을 하면서 의식적으로 외향적인 사람이 되려고 노력했던 것 같다. 감정 표현이 적어지고 사람들에게 어떻게 비치는지가 중요한 사람이 되어 있었다. 가끔 스스로를 돌아보면 일그러진 얼굴이 비쳤다. 다른 사람에게는 괜찮아 보이려 하지만, 자신에게는 그러지 않지 않냐며 항변하는 내면의 얼굴이었다. 밖으로 잘 꺼내놓지 못하는 마음을 글로 표현하고 나면 조금 나아졌다. 그렇게라도 내면과 마주하지 않으면, 자주 공허해지곤 했다. 언제였던가, 몹시도 마음이 혼란스러웠던 어느 날 나는 습관적으로 서점으로 향한 적이 있었다. 그러나 그날 그곳에서 나는 흔들리는 마음을 다스릴 만한 책을 찾지 못했다. 그때 내가 읽고 싶은 글을 써내려가자고 생각했던 게 여기까지 이르게 했다. 어쩌면 나의 글쓰기는 스스로를 위한 작은 위로의 방식이었는지 모르겠다. 그렇게 시작된 글쓰기는 내 안에 머무르지 않고 소설 형식을 통해 점차 현실 세계와 타인을 향해 나아가게 되었다. 이제는 언젠가 내가 책 속에서 찾았던 것처럼 내 글이 누군가에게 위로로 닿을 수 있기를 바라며 기도하는 마음으로 쓴다.

2차 세계대전 당시 영국의 내셔널 갤러리는 독일군의 공습을 피해 모든 소장품들을 웨일스의 탄광 지하 등 비밀 장소로 옮겼다. 텅 빈 미술관에서는 음악회가 열렸다. 그러나 그것만으로는 사람들의 헐벗고 공허한 마음을 어루만지기 어려웠다. 결국 미술관은 비밀 장소에서 매달 작품 한 점씩만을 가져와 전시했는데, 그 작품 한 점을 보기 위해 수천 명의 사람들이 몰려들었다. 전쟁으로 인해 일상이 무너지고 매일 생명이 위협받는 상황에서도 사람들이 갈구한 것은 무엇이었을까. 전쟁의 공포가 일상을 조여오는 견디기 힘든 순간에도 지친 마음을 어딘가 내려놓거나 정화하고 싶었던 것은 아닐까. 사람들은 한 점의 그림 속에서 시대를 초월해 이어지는 생명과 생애의 가치를 발견하고 있었는지도 모른다.

『부암동 랑데부 미술관』이 전적으로 이 일화에서 영감을 받아 쓰인 소설은 아니지만, 현대의 사람들에게 그와 같은 여백의 순간을 전하고 싶어 시작된 것이라는 사실을 부정하기 어렵다. 속도와 효율이 중요시되는 사회에서 사람들은 쉽게 피로감을 느낀다. 일상은 수많은 정보와 디지털 콘텐츠, SNS로 둘러싸여 있다. 오프라인에서 진정으로 관계를 맺어가는 것이 어려운 세상에 살고 있다. 『부암동 랑데부 미술관』은 여백과 관계에 대한 이야기이다. 소설 속 이야기들을 통해 독자가 자기 자신과 대화할 수 있다면, 더 나아가 관계의 의미를 돌아볼 수 있다면 더할 나위 없겠다.

책을 출간하며 감사드릴 분들이 있다. 나무옆의자 출판사 이수철 대표님께 각별한 감사를 표하지 않을 수 없다. 작가로서의 내력을 관심 있게 지켜보고, 내게 조언과 도움을 아끼지 않는 대표님으로부터 많은 용기를 얻을 수 있었다. 하지순 편집주간님과 함께 일하며 좋은 편집자와 일한다는 게 어떤 것인지 새삼 알게 되었다. 이번 소설과 관련해 많은 대화를 나누었고, 쉽게 타협하려 할 때면 나를 흔들어 일깨워 더 좋은 소설로 만들어갈 수 있도록 북돋아주었다. 덕분에 소설의 균형과 주제 의식을 일관되게 이어나갈 수 있었다. 하지순 편집주간님께 이 기회를 빌려 감사드린다.

항상 버팀목이 되어주는 서울과 창원의 가족들에게 감사의 인사를 전한다. 첫 독자이자 삶을 동행하는 유진 씨의 남다른 시선은 내게 있어 또 다른 감각이 되어주곤 한다. 여러 갈래로 세상을 바라볼 수 있게 도와주는 유진 씨에게 감사하다.

마지막으로 다른 세계를 비행하다 이 책과 조우하게 된 당신께 감사드린다. 이 작은 만남 하나에도 우주의 기운이 깃들어 있다고 믿는다. 당신에게 전에 없이 깜짝 놀랄 만한 멋진 순간 혹은 좋은 인연과 랑데부하는 일이 생기기를 바라며,

안녕,
안녕!

부암동 랑데부 미술관

초판 1쇄 인쇄 2024년 9월 11일
초판 1쇄 발행 2024년 9월 20일

지은이 채기성
펴낸이 이수철
주 간 하지순
편 집 박은경
디자인 박예진
영업관리 오세미
콘텐츠개발 전강산, 송인욱, 최진영
영상콘텐츠기획 김남규
관 리 진호, 황정빈, 전수연

펴낸곳 나무옆의자
출판등록 제396-2013-000037호
주소 (10449) 경기도 고양시 일산동구 호수로 358-39 동문타워1차 703호
전화 02) 790-6630 팩스 02) 718-5752
전자우편 namubench9@naver.com
인스타그램 @namu_bench

ISBN 979-11-6157-195-9 03810